# Memola

## BOEK 2

door

Ben Dolphijn

## Voorwoord

Memola is met een groot aantal projecten bezig. Voor alle details is het lezen van Memola boek 1 noodzakelijk.

De hoofdstuknummering is een vervolg op de nummering van boek 1.

# Hoofdstuk 18

Ze stond goed uitgerust op. Vandaag, vrijdag, was een dag zonder afspraken. Ze nam alle tijd voor zichzelf. Sportte lekker, gevolgd door een uitgebreide doucheronde, sauna en vervolgens een uitgebreid ontbijt. Ze was blij met haar nieuwe woonhuis. Ze vroeg de computer of er een soort eenvoudige, simpele versie te koop was van de medic. Helaas, hier waren geen ontwikkelingen die vergelijkbaar waren met de in haar ruimteschip ingebouwde medische systemen. Misschien moest ze zich daar nog wat meer in verdiepen. De doctor zou er vast baat bij kunnen hebben, en dus ook zijn patiënten. Misschien zij zelf ook wel. Ze besloot dit verder te onderzoeken en gaf de computer opdracht te onderzoeken welke verschillen er zaten tussen de bestaande kennis op de planeet

en de kennis van het schip. Ze was
benieuwd.

Ze concentreerde zich weer op het
woonhuis bij het tehuis waar de moeder van
Johan zat. Ze bekeek de locatie nog eens
uitvoering vanuit de lucht via de beelden die
door een satelliet werden gemaakt. Ze werd
er niet echt veel wijzer van. Het woonhuis
stond toch nog wel een behoorlijk eind van
het tehuis af. Ze schatte de afstand op zeker
vierhonderd meter. Dat was meer dan ze
inschattend vanaf het tehuis had gedacht.
Het woonhuis lag in een hele grote bostuin
met rondom het huis een aangelegd park.
Rondom het terrein was een groot, zeker
drie meter hoog hekwerk. Het leek bedoeld
om iedereen buiten en iedereen binnen te
houden. Natuurlijk was er niet gerekend op
een bezoeker die bovenlangs kwam en ging.
Er leek ruimte genoeg in de bosrijke
omgeving om er te landen. Ze realiseerde
zich dat ze er heel weinig voor voelde om
opnieuw tegen de een of andere
ongedefinieerde injectie op te lopen en
vroeg de computer om een middel dat de

werking van lichaamsvreemde stoffen zou uitsluiten of fors zou beperken. De medic kwam uiteindelijk met een voorstel maar kon op geen enkele manier garanderen dat die tegen onbekende stoffen zou werken.
Memola liet zich toch maar injecteren met de stof, je wist maar nooit. Ze ging tenslotte in haar eentje op vijandelijk gebied op pad. Dat kon gevaarlijk zijn, zeker als de piraat feitelijk in het spel was.

Na haar bezoekje aan de medic ging ze met haar vliegauto op pad. Ze bleef lang hoog in de atmosfeer en probeerde met de supersterke telelenzen het huis te observeren. Er gebeurde echter niets, helemaal niets. Het kon wel volledig verlaten zijn. Vanaf de zijkant begonnen er wolken het gebied binnen te trekken en al gauw was haar uitzicht volledig afgeschermd door een dik wolkenpak. Ze had al wel een plek uitgezocht waar ze het makkelijks kon landen en had die coördinaten ingevoerd in het systeem van de vliegauto. Ze besloot gewoon te gaan landen. Zij kon het huis niet zien, dus kon het huis haar ook niet zien.

Ze dook snel naar beneden en stabiliseerde
even in het dikke wolkendek. Voor zover ze
kon nagaan werd ze niet gesignaleerd door
een of ander detectiesysteem. Ze dook naar
beneden en was snel ter plaatse, op de
landingslocatie. Ze daalde de laatste paar
meter in alle rust, scherp om zich heen
spiedend door het voorraam en via de
beeldschermen, verbonden met de camera's
aan de buitenkant. Er leek niets te
gebeuren. Niets leek haar komst te hebben
waargenomen. Ze landde en wachtte rustig
even. Daarna stapte ze uit en bedekte de
vliegauto met de doek, zoals ze dat al
eerder had gedaan. De auto werd daardoor
minder goed zichtbaar. Ze zette de doek
vast met wat tenthaken zodat het niet zou
wegwaaien. Het was een beetje een grijze
dag met dat dikke lage wolkendek. Rustig,
zich de tijd gunnend wandelde ze door de
bosachtige omgeving in de richting van het
huis. Ze passeerde een of ander soort pad,
een klein stukje verharding ten opzichte van
de zeer drassige omgeving. Dankbaar
maakte ze gebruik van het wandelpad. Dat
liep een stuk minder onprettig.  Het begon

zachtjes te regenen. Memola had er de pest in. Dit vond ze niks. Ze was er niet op voorbereid. Ze wandelde iets sneller over het pad. Het pad maakte een grote bocht, als het ware om de tuin van het huis heen. Toch nog een beetje onverwachts, stond ze op een meter of dertig van het huis. Het wandelpaadje kwam uit op een groter, breder wandelpad. Het wandelpad leidde rechtstreeks naar de zijkant van het huis, waar het eindigde bij een brede trap van een vijftal treden naar het terras.

Memola keek naar het terras. Het terras was grotendeels overdekt. Er was niemand en niets te zien. Ze besloot een snelle rush te nemen naar de rand van de trap en daar voorzichtig het terras te betreden.

Ze rende het pad op en ging gelijk naar het huis toe en de eerste treden van de trap op.

Plotseling gleed ze uit. Haar rechtervoet schoof opzij weg en torpedeerde haar linkerbeen. Ze viel opzij en klapte met een luide gil tegen de zijrand van de trap aan. Ze verloor het bewustzijn.

Ze had het idee dat ze maar heel eventjes weg was geweest. Ze had een knallende koppijn. Ze wilde aan haar hoofd voelen maar kon haar hand niet omhoog krijgen. Ze schrok en probeerde naar haar hand te kijken maar kneep haar ogen meteen weer dicht . Er was een fel licht op haar gericht. Er klopte iets niet. Ze voelde met haar hand. Dit was geen stoep. Ze moest toch wat langer weg zijn geweest. Kennelijk was ze gevonden en hadden ze haar hierheen gebracht. Wie "ze" ook mochten zijn en waar "hier" dan ook mocht zijn. De felle lamp werd weggedraaid en ze hoorde een mannenstem verbaasd zeggen:

"Ze beweegt, ze komt bij, "

Ze probeerde weer te kijken maar haar ogen waren nog verblind door het felle licht. Een flauw plafondlampje werd aangedaan en Memola keek rond. Er waren twee mannen bij haar bed, allebei aan haar rechterkant. Ze lag op een soort bed  met haar polsen

vastgebonden aan de reling van het bed.
Een typisch ziekenhuis bed.

Ze lag vastgebonden, ze werd gevangen
gehouden. Het schoot door haar heen. De
mannen zagen haar reageren. De ene
probeerde haar te kalmeren, terwijl de ander
naar de muur, recht tegenover Memola liep
en een klap gaf op een grote groene knop,
die daar tegen de muur was vastgemaakt.

"Rustig, rustig, mevrouw, u bent gevallen en
hebt een forse hoofdwond opgelopen. We
hebben die wond behandeld maar u moet
echt even rustig aan doen hoor. " De stem
klonk echt bezorgd.

De andere man kwam aan de linkerkant
naast haar staan. Ook hij probeerde haar te
kalmeren. "Alstublieft mevrouw, probeer
rustig te blijven. U zult wel behoorlijk last
hebben van uw hoofd. Het was ook een
behoorlijke wond. We hebben hem
schoongemaakt, twee krammetjes gezet om
het gat te dichten en uw hoofd verbonden.
Als u even rustig blijft liggen dan zullen we
uw handen los maken. U sloeg nogal met

uw handen om u heen in uw slaap, daarom hebben we ze vastgebonden zodat u zich niet onnodig zou bezeren. "

Inderdaad zag Memola, dat de man begon haar pols los te maken van de bedrand. Ook de andere man begon aan zijn kant haar pols te bevrijden. Ze werd weer rustig en bekeek de twee mannen. Het leken haar eenvoudige, aardige mannen van ruime middelbare leeftijd.

De twee keken haar rustig aan. De oudste nam het woord.

"Rustig maar mevrouw. De dokter komt zo, die zal u dan terug begeleiden naar uw eigen afdeling. Weet u van welke afdeling u komt?" vroeg hij met een zeer vriendelijke stem, alsof hij tegen een patiënt praatte die onder behandeling was. Kennelijk dachten ze dat ze uit het huis zelf kwam of uit het tehuis hierachter?

"U werkt hier?" begon ze haar ondervraging om uit te zoeken hoe het hier in elkaar stak.

De oudste man glimlachte.

"ja, wij werken hier in het basement en de begane grond. Wij zijn broeders en doen naast eenvoudige zaken als verbandjes aanleggen vooral keukendienst. Wij hebben u gevonden en hierheen gebracht. We hebben uw hoofdwond schoongemaakt en verbonden en de dokter gewaarschuwd. Hij zal zo wel hier zijn. " Hij knikte haar bemoedigend toe.

Ze moest voorzichtig zijn. Moest ze op de dokter wachten of moest ze voor zijn komst deze ruimte uit zijn. Ze besloot op de dokter te wachten. Deze beide mannen hadden haar goed behandeld. Ze wilde hen geen problemen bezorgen. Welk spel zou ze spelen. Het meest voor de hand liggend was de patiënt die haar geheugen kwijt was en dus niks kon vertellen.

Haar handen waren los en zij strekte haar armen voor zich uit en voelde daarna voorzichtig aan haar hoofd. Ze had een behoorlijk stuk verband om haar hoofd.

"Is het ernstig ? " vroeg ze met een beetje een trillende stem, duidelijk bezorgd om de ernst van haar hoofdwond.

De dokter kwam binnen. Het was een kordaat mannetje. Niet al te groot maar wel besluitvaardig. Hij keek meteen naar Memola en trok verrast een wenkbrauw op. Hij knikte naar haar en liep gelijk naar een open kast in de zijwand waar een heleboel medicijnen stonden. De oudste broeder draaide zich naar de dokter toe en begon een verhaal tegen de dokter. Memola kon het niet goed verstaan. De dokter knikte en keek nog eens naar Memola. Ze voelde dat ze erg slaperig werd maar probeerde overeind te blijven. Haar ogen zakten dicht. Ze ontspande. Ze voelde dat ze wegdoezelde. Er werd aan haar verband gerommeld. Het werd losgemaakt en de wond werd schoongemaakt. Ze hield haar ogen dicht maar volgde wat er gebeurde door de geluiden te volgen en door wat ze voelde. Ze meende dat het de dokter was die haar wond verzorgde. Stiekem gluurde ze door speetjes van haar ogen en zag de dokter die naar de open kast liep. Ze knapte snel op. De dokter kwam terug met een injectienaald in zijn hand. Ze had geen zin in weer een spuitje om onder zeil te gaan. Ze besloot haar ogen te openen en de dokter aan te kijken.

De dokter schrok duidelijk en keek naar Memola. Hij herstelde zich en zette een kleine glimlach op zijn gezicht. Zo ervoer Memola het tenminste. De dokter liep rustig naar haar toe en maakte de spuit gereed voor de injectie. Memola draaide weg van de spuit en mompelde iets van "Nee, dat wil ik niet."

De dokter maande haar tot rust en vertelde dat dit alleen maar was om rustig te worden en snel te herstellen.

Memola draaide verder weg. De dokter deed een stapje achteruit en keek haar aan.

"Hoe heet je? "vroeg hij vriendelijk.

Memola was op de vraag voorbereid. Ze deed alsof ze ernstig nadacht over het antwoord op die vraag en deed alsof ze steeds nerveuzer werd over het ontbreken van de informatie. Ze begon licht te trillen en te rillen, onderwijl gelijk haar spieren testend of ze naar wens reageerden. Alles werkte perfect. Ze trok haar benen op en draaide naar de dokter. Ze zat nu rechtop, gereed om het bed uit te springen, zo nodig bovenop de dokter. De dokter zette grote ogen op. Hij was er duidelijk niet op voorbereid dat de patiënt zo snel bij de pinken was.

"Weet je je naam niet meer", vroeg hij, helemaal niet bezorgd klinkend maar meer berekenend. Hij deed een klein stapje naar haar toe en begon de spuit in gereedheid te brengen om haar weer onder controle te krijgen.

Ze keken elkaar in de ogen en begrepen maar al te goed wat er aan de hand was. Beide richtten ze hun ogen op de spuit. Memola was het snelst en stond al naast de dokter voor hij het zich realiseerde. Ze draaide de spuit en duwde de naald in zijn buik en spoot gelijk de inhoud zijn buik in. Ze keek hem aan. Hij hikte en blikte wazig voor zich uit. Ze trok hem zijn licht groene doktersjas uit en draaide hem zo dat hij op de rand van het bed kon gaan zitten. Ze trok zijn jas aan en draaide hem verder het bed op. Hij bleef als verdoofd voor zich uit staren. Memola bekeek de spuit. Zou het meer dan alleen een verdovingsserum zijn.

"Hoe heet je?" vroeg ze met een rustige stem.

De dokter vertelde zijn naam. Op vragen van Memola vertelde hij bereidwillig dat hij al vijftien jaar in dit huis werkte en dat er een stuk of vijf dames hier werden verzorgd. De laatste dame was pas een jaar of twee geleden toegevoegd. Het bleek de moeder van Johan te zijn. Ze had een kamer op de tweede verdieping. Alle patiënten zaten in de zuidelijke vleugel, waar ze nu ook waren. Memola vroeg hoe de patiënten werden vervoerd en de dokter vertelde dat ze in de schuur een ambulance hadden staan. De sleutel lag in de la van het chauffeurskamertje, ook in de garage. Ze besloot de dokter te laten slapen en ging de kamer uit. Dat leek simpeler dan ze had gedacht. De dokter had een badge en die werkte. Ze liep door de gang naar de kamer waar volgens de dokter de moeder van Johan zou verblijven. Ze opende de deur met de badge en stapte naar binnen. In de hoek van een behoorlijk grote kamer stond een bed met iemand er in. Ze wandelde er heen en had de indruk dat het een vrouw was die heel erg veel leek op de vrouw van de overval bij Johan. Deze vrouw was alleen sterk vermagerd. Ze keek naar het bed. Dat was helaas niet verplaatsbaar. Ze moest de dame het bed uit helpen en lopend zien mee te krijgen. Ze sloeg het dekbed terug en trok de magere dame van het bed. Ze werd er wakker van en begon iets te brabbelen . Voor Memola klonk het als "lopen, lopen, bewegen, bewegen".

Memola had het idee dat er regelmatig met de patiënten werd gelopen om ze te laten bewegen. Ze was blij met het idee. Door die oefeningen was de moeder van Johan duidelijk redelijk op krachten en kon aardig meelopen, ook al was haar geest behoorlijk afwezig.

Ze wandelde met de moeder van Johan de gang in, ging de trap af en ook de volgende trap en wandelde naar het terras aan de achterkant. Ze kwam niemand tegen. Het was echt stil in het huis. Met de badge opende ze de deur naar het terras en sloot het achter haar weer. Ze wandelde de trap af waar ze gevallen was. Het was inmiddels wel weer droog maar alles was nog wel kletsnat. Het was nog steeds licht. Ze veronderstelde dat het nog steeds vrijdag was. Ze wandelde met de moeder van Johan over het grasveld naar het pad. Het lopen voor de moeder van Johan werd duidelijk moeilijker. Ze ondersteunde haar al de hele weg met een stevige arm onder haar oksels maar dat werd steeds lastiger. Ze sloeg een arm van de vouw over haar schouder en trok haar steviger tegen zich aan. Het was een behoorlijke lastige tocht maar uiteindelijk bereikte ze haar vliegauto. Ze opende een van de achterdeuren en legde de vrouw rustig op de achterbank. De vrouw rolde zich meteen op en viel doodvermoeid in een diepe slaap. Het was ongetwijfeld een enorme inspanning voor haar geweest na al die maanden in een soort van coma. Memola trok de doktersjas uit en gooide die maast zich op de passagiersstoel. Ze plofte neer op de bestuurdersstoel en startte de vliegauto. Plotseling klonk er een enorme sirene. Het hele huis werd in het licht gezet. Overal vandaan kwamen plotseling figuren die volledig willekeurig leken rond te rennen. Memola glimlachte. Ze was doodmoe maar tevreden. Ze steeg loodrecht omhoog en vloog gelijk door naar haar ruimteschip.

Ze ging door de grote sluis en parkeerde in het grote ruim. Tot haar grote verbazing stonden daar ook twee grote containers. Ze was helemaal verrast. De containers zouden toch pas zaterdag worden afgeleverd. Ze realiseerde zich dat het dus al zaterdag moest zijn. Voorzichtig maakte ze de moeder van Johan wakker en droeg haar bijna de lift in en nam haar mee naar de staseboxen. Ze kleedde haar uit en liet haar zachtjes in een van de staseboxen glijden. Ze activeerde de medic en vroeg een volledige analyse en een verbeter rapport.

Ze sloot de box en ging naar de computerkamer. Daar stelde ze vast dat het inderdaad al zaterdag was. Ze was dus een hele dag onder zeil geweest.

Ze vond gegevens van fabrikanten van batterijen en vroeg haar fiscalist om er twee te benaderen voor overname. Het voordeel van zo'n bestaande productie eenheid was dat de mallen qua maatvoering en alle distributiekanalen beschikbaar waren. Dat was een snelle stap voorwaarts. Ze nam een uitgebreide maaltijd en liet de medic haar fysieke gesteldheid onderzoeken. De medic had tijd nodig, zowel voor haar gegevens als voor de moeder van Johan.

In de tussentijd opende ze de twee containers en pakte alle spullen uit. Ze plaatste de bomen langs de zijkant van het ruim en bekeek uitgebreid de informatie die voor de behandeling van de bomen was meegestuurd.

In de andere container zaten alle medische spullen, nodig voor het weer op een behoorlijk niveau brengen van haar medische voorraden. Ze sleepte alle spullen naar hun plaats en was doodmoe toen ze dat eindelijk voor elkaar had.

Ze bekeek de uitslag van het medische onderzoek van de moeder van Johan en gaf opdracht haar zo spoedig mogelijk op een redelijk niveau te brengen. De medic gaf aan daar zeker twee hele dagen voor nodig te hebben. Beter was om hier vijf dagen voor uit te trekken. Memola zuchtte eens diep. Het moest maar. Ze gaf gelijk opdracht aan de computer om de nodige medische middelen die voor haar behandeling nodig waren bij te bestellen, zodat de voorraden weer op niveau zouden zijn. De computer schatte de termijn die haar lichaam onder invloed was geweest op tweeëneenhalf tot drie jaar.  Voor Memola was dat een redelijke verwachting. Het herstellen daarvan in vijf dagen was natuurlijk onzin, maar het zou in ieder geval een redelijke verbetering van haar lichamelijke status tot stand brengen.

Ze ging er even rustig bij zitten met een kop koffie. Ze kon in ieder geval concluderen dat de moeder van Johan al drie jaar geleden was gekidnapt en opgeborgen in het tehuis. Wie was dan de vrouw die haar plaats had ingenomen en waarom. Er was dus sprake van een persoonsverwisseling. Was de eigenaar van het grote huis de piraat. Was de piraat er op uit om de familie ten gronde te richten. Wie waren de andere vijf vrouwen en/of mannen die in het huis werden vastgehouden. Vele vragen zonder antwoord. Ze had wel het gevoel dat ze een heel stuk dichterbij de waarheid was gekomen. De eigenaar van het huis was op zijn minst betrokken bij het mysterie. Wat was het doel, waarom was dit allemaal opgezet. Wat was haar rol in het hele verhaal.

Voorlopig hield ze het er maar op dat de piraat de rijke families ten gronde wilde richten en er zelf beter van willen worden. Kennelijk kon hij bedrijven overnemen of bedrijven ten gronde richten. Hij moest toch wel zeer draagkrachtig zijn. Dit soort operaties kosten altijd heel veel geld.

Memola overdacht de dag nog even. Het zou een rustige dag worden. De vrijdag was dat wel geworden maar de zaterdag had haar toch in een heel nieuw daglicht geplaatst.

Het was wel een bijzondere toestand. Eerst had ze zich op vrijdag doelbewust op andermans terrein begeven, wetende dat die ander dat zeker niet wilde. Na haar val waarbij ze het bewustzijn had verloren, was ze onder narcose gehouden. Ze werd dus feitelijk gevangen gehouden. Ze had weten te ontkomen. Ze realiseerde zich nu pas dat het middel dat de medic haar van te voren had toegediend tegen vreemde van buiten komende, niet eigen stoffen haar flink had geholpen door bijtijds uit de verdoving te komen om een volgende dosis voor te kunnen blijven. Ze had weten te ontkomen, daarna had ze zelf iemand gekidnapt. Ze schrok een beetje van die gedachte maar feitelijk was het wel waar. Zeker de persoon in kwestie had niet geprotesteerd maar was daartoe ook niet in staat.

Ze was moe en ging naar bed. De medic
zou zijn best doen haar weer op te peppen.

# Hoofdstuk 19

Memola werd wakker gemaakt door de computer. Ze voelde zich nog helemaal niet fit. Ze wilde zich nog even omdraaien maar de computer gaf een steeds irritanter geluid om haar het bed uit te krijgen. Ze gaf zich geïrriteerd gewonnen. Ze wist dat ze dit niet kon winnen. De computer zou het geluid alleen maar tot hogere irritatieniveau opschroeven waardoor haar adrenaline ook verder zou worden opgevoerd en ze dus niet meer zou kunnen slapen. Irritant maar kennelijk nodig.

Ze douchte en knapte een beetje op. Ze kreeg van de computer een geweldig ontbijt aangeboden. Kennelijk moest ze behoorlijk aansterken om weer op krachten te komen. Ze moest bekennen dat het zware ontbijt haar zeer goed smaakte en ze sloot het ontbijt af met een heerlijke bak koffie.

Ze meldde zich netjes in de computerkamer en kreeg gelijk te horen dat ze over een kwartiertje op pad moest voor haar afspraak met Johan en zijn vader en zus en broer. Het zondagmiddag familieberaad. De afspraak kwam haar meteen helemaal voor de geest. Johan wist niet beter dan dat haar auto heel hard kon rijden. Om ze te laten geloven in een gezamenlijke toekomst moesten ze de extra opties van de vliegauto leren kennen. In deze fase alleen nog maar om hun beeld van de toekomst in het juiste perspectief te kunnen plaatsen. Ze had er meteen zin in. Ze controleerde de energievoorraad van haar vliegauto en plaatste een nieuwe energie-box. Ze controleerde de reserve box. Die was nog in orde. Ze besloot meteen maar te vertrekken.

Ze vloog naar het huis van Cor, de vader van Johan. Ze bedacht dat het voor haar nu vast stond dat zowel de vader van Johan, Cor, als de moeder van Johan incidenteel werden vervangen door op hen lijkende personen. Daar moest meer achter zitten.

Ze landde weer achter op het terrein van het woonhuis van Cor en wandelde weer naar het terras. Het was droog maar er stond een gure wind. Ze wandelde snel via het terras naar de terrasdeuren en opende die van buitenaf. De deur was niet afgesloten. Ze werd verwacht.

Ze stapte naar binnen en sloot de deur achter zich. Voor haar zat de hele familie stil bij elkaar, duidelijk wachtend tot zij er bij zou komen.

De stoel voor haar was leeg. Ze groette de familie en wandelde rustig naar de lege stoel. Er werd wat gemompeld maar erg bemoedigend klonk het niet.

"Goede middag", herhaalde ze haar groet, terwijl ze ging zitten.

Ze voelde een vijandige sfeer.

"Uw totale bedrijf zal binnen vijf jaar failliet zijn, tenzij u met mij in zee gaat," begon ze.

De familie bewust flink tegen de schenen trappend.

"De productiekosten van jullie auto's zijn ongeveer drie keer zo hoog als van mijn auto's. Mij auto's rijden op een energiebasis die bij de aankoop wordt meegeleverd. Gratis rijden gedurende tenminste drie jaar. Jullie auto's zullen over vijf jaar volledig zijn verdwenen. Mijn auto's rijden met de genoemde energievoorziening ca. 300 km per uur. "

Memola keek de groep rond. Ze keken haar ongelovig aan. Alleen Johan keek vertwijfeld.

"Jullie geloven me niet. Mag ik jullie uitnodigen voor een proefrit? " Memola gebruikte een vleiende stem, zoals die in de reclame werd gebruikt voor snoepjes voor kinderen.

Johan keek zijn vader aan. "Die auto kan echt driehonderd kilometer per uur, pa", begon hij voorzichtig. "Ik heb er in gezeten. Geef haar de kans het te bewijzen."

Memola keek Cor aan. "Ik heb nog veel meer voor jullie om aan te werken in de toekomst. Maar misschien vertel ik jullie dat nog wel. " Er kwam geen reactie. Memola knikte.

"Jammer, ik zal proberen jullie te sparen maar het is aan jullie om de eerstvolgende stap te doen. " Ze keek de tafel rond, stond op en zuchtte eens diep. Ze had kennelijk hun vertrouwen niet kunnen winnen.

Johan stond ook op. "Ik ben het wantrouwen zat. Als jullie zelfs niet willen accepteren dat iemand een betere auto kan maken dan wij en ook niet de gelegenheid willen geven om het te bewijzen, dan neem ik hierbij alsnog afscheid van deze bijenkomst." Hij keek zijn vader verhit aan.

"Sorry Johan, sorry Memola, als ik je zo mag noemen, nogmaals sorry , ik kan gewoon niet goed meer denken. Johan heeft gelijk. Iedereen heeft het recht om zijn of haar stelling te mogen bewijzen. Je hebt heel wat stellingen geponeerd Memola. Je mag je stellingen bewijzen. Kom," zei Cor eenvoudig en stond op. Ook de broer en zus van Johan stonden langzaam op. Ze waren duidelijk verrast door de plotselinge verandering van gedachten van hun vader. Kennelijk hadden ze van te voren al de nodige discussies gehad.

Memola draaide zich om en wandelde naar de terrasdeur waardoor ze was binnengekomen. Ze deed de deur open en wandelde weg. Ze keek niet op of om. Ze moesten haar maar volgen. Ze wandelde naar haar vliegauto, haalde de doek van de auto en gooide die in de kofferruimte.

Ze deed de passagiersdeur open voor Cor. Ook de andere deuren verdwenen omhoog in het dak van de auto. De drie kinderen stapten achter in. Er was behoorlijk wat ruimte en ze zaten er prima met zijn drieën naast elkaar. Memola stapte in en hoorde de zus van Johan bewonderend mompelen over de aankleding van de auto. Memola sloot de deuren en draaide zich half om.

"Dank jullie dat jullie aan boord wilden komen. Deze auto is niet alleen een auto.

Om te bewijzen wat deze auto kan, wil ik jullie laten zien, dat hij ook kan vliegen. De toekomst voor elke auto. Maar deze versie kan pas in een veel latere fase worden toegepast. Er is geen regelgeving voor vliegende auto's. We zullen dus voorlopig de fabricage baseren op rijdende, niet-vliegende auto's. Allemaal goed in de riemen, dat is een voorwaarde, anders vliegt hij niet. Let op we gaan eerst omhoog en gaan verder via de weg. "

Memola draaide zich weer om en startte de vliegauto. Ze ging meteen recht omhoog, vloog laag het terrein af en ging achter het huis weer omlaag op een landweggetje. Ze reed de landweg af en zorgde dat ze snel bij de grote weg was. Het was een rustige omgeving en het was een zondag, dus ook rustig op de weg. Eenmaal op de grote weg verhoogde ze de snelheid. Memola keek regelmatig in haar spiegels om te zien of alles goed verliep en hoe de reacties achterin waren. Via de schermen op het dashboard kon ze de auto rondom bekijken en ook al het verkeer. Vooral Johan maar ook Cor keken hun ogen uit. Memola merkte dat Cor zowaar enthousiast leek te worden. De geluidsarme acceleratie, de soepele gang van de auto, hij genoot er van. Zodra hij merkte dat Memola naar hem keek, haalde hij het genot en de grijns van zijn gezicht.

"Let op !! ", riep Memola toen ze op topsnelheid over de weg raasden. Ze ging langzamer rijden en keek goed rond of er enig ander verkeer was. Ze zag niemand. Plotseling schoot ze omhoog en verhoogde de snelheid tot topniveau. Met een enorme zwaai schoot ze omhoog en bleef doorvliegen omhoog de ruimte in. Ze lette goed op de reacties. Ze waren alle vier met stomheid geslagen. Ze staarden naar buiten en zagen alleen maar lucht en duisternis.

Na enige tijd draaide Memola bij en keek de groep rond.

"Mag ik jullie uitnodigen voor een kopje koffie of een ander drankje bij mij thuis. Ik woon in een ruimteschip dat voor anker ligt op de ree. We zijn daarheen onderweg," vertelde ze met een beetje een overdreven uitnodigende stem, daarmee indirect doelend op het gebrek aan gastvrijheid omdat haar zelfs geen kopje koffie was aangeboden bij haar bezoek bij de familie.

Meteen kwam het ruimteschip in zicht en Memola draaide naar de grote sluis. Ze vloog langzaam naar binnen en via de sluis het ruim in.

Cor, Johan en de andere twee keken helemaal verbouwereerd om zich heen. Dit hadden ze nooit verwacht. Hier hadden ze ook nooit verder bij stil gestaan. Ze waren alle vier zeer onder de indruk van wat er allemaal was gebeurd. Memola liep voor ze uit de trap op en wandelde haar woonkamer in.

Ze hoorde de groep achter haar aan lopen, onderwijl rondkijkend naar haar bomen in het ruim en de aankleding van het schip.

Ze gebaarde naar de bank en de fauteuils om plaats te nemen. Ze keken alle vier hun ogen uit. Enerzijds waren ze nog verbluft van de tocht met de vliegauto en anderzijds waren ze nog nooit in een ruimteschip geweest. Ze hadden er duidelijk ook nooit bij stil gestaan wat dit leven betekende.

Memola keek Cor ernstig aan. Ze vroeg hem of hij hier ooit eerder was geweest. Hij ontkende dit ooit eerder te hebben gezien. Ze vertelde dat er een man bij haar in het ruimteschip was binnengedrongen die sprekend op hem, Cor, leek en die een enorm verhaal had gehad over de kidnapping van Johan.

Cor ontkende nadrukkelijk hier ooit eerder te zijn geweest.

Memola geloofde hem.

Ze vroeg wat ze wilden drinken en haalde twee thee en drie koffie, voor haar ook koffie. Ze had er ook nog koekjes bij maar nam die zelf niet. Ze was niet zo'n koekjes mens.

Uiteindelijk ging ze zitten en keek de groep rond. Ze vroeg wat ze vonden van haar auto en of hun auto over vijf jaar ook op deze manier zou kunnen vliegen en rijden.

Johan ging rustig achteruit zitten hoewel hij behoorlijk opgewonden was en de prestaties van de vliegauto zeer hoog achtte. Hij liet zijn vader, Cor, reageren en keek hem aan. Ook de anderen keken naar Cor. Hij was tenslotte de man die uiteindelijk de beslissingen nam.

Cor keek de anderen aan en wendde zich vervolgens tot Memola. Hij verklaarde zeer onder de indruk te zijn van de prestaties van de auto, de vliegcapaciteit, de snelheid, het interieur en ook van het exterieur. Hij meende dat ze had bewezen dat deze auto hun ontwikkelingen ver, zeer ver vooruit was op bijna alle fronten. Hij vroeg wat ze voorstelde.

Memola knikte. "Ik overweeg om jullie mijn auto's te laten bouwen. Jullie productiecapaciteit is enorm. Jullie verkoopkanalen zijn zeer uitgebreid. Mijn capaciteit is op dit moment uitzonderlijk klein. Wij produceren nu een auto per veertien dagen. De auto die we produceren kan alleen rijden, hij kan niet vliegen. Dat zou nog veel te gevaarlijk zijn. Er zijn nog

geen regels voor en dus zijn ongelukken
aan de orde van de dag als het niet is
georganiseerd. Onze productie voor dit jaar
is grotendeels al verkocht maar zonder
prijsafspraak en zonder afleverdatum. Er zijn
twee opties. De twee bedrijven, jullie totale
auto-organisatie en mijn totale auto-
organisatie fuseren waarbij ik 51 % van de
aandelen krijg en jullie voeren het totale
management, of de bedrijven blijven volledig
gescheiden en ik besteed de productie en
eventueel de verkoop aan jullie uit. In de
eerste situatie is er volledig inzicht in alle
gegevens. In de tweede situatie zijn jullie
uitsluitend opdrachtnemer en beslis ik alles
alleen. Het lijkt mij nuttig dat jullie de
komende dagen met elkaar overleggen en
dat ik volgende week zondag bij jullie kom
om jullie besluit te horen. O, nee, sorry er is
natuurlijk een derde optie. Jullie willen niet
met mij in zee gaan. Even goede vrienden,
overigens. Jullie hebben de eerste keus. Die
keuze bestaat echter alleen deze week en is
absoluut eenmalig." Memola keek de groep
rond. Ze knikten.

Ze nodigde ze uit weer naar het ruim te gaan om weer terug te keren naar het huis van Cor. Ze wandelden gedwee achter Memola aan en namen weer plaats in de vliegauto. De kinderen weer achterin en Cor naast Memola voorin.

Cor voelde voorzichtig aan het dashboard. Vervolgens aan de zitting van zijn stoel en aan de binnenkant van de buitendeur. Hij staarde nog eens omhoog naar het plafond om te zien waar de deuren verdwenen en waarvandaan ze weer in het zich kwamen.

Memola glimlachte. "De ruimte is luchtdicht, de deuren sluiten ook weer luchtdicht af. In het dashboard zit een speciaal controlepunt voor de luchtdichtheid. Onder de twee stoelen zitten zuurstof voorzieningen voor noodgevallen. Te bedienen via het dashboard of met de hand, via de onderkant van de stoelen. Deze voorzieningen zitten niet in de rijdende auto. De auto is daardoor veel eenvoudiger te bouwen dan de vliegauto."

Memola vloog inmiddels via de luchtsluis de ruimte in en snelde richting de planeet. Ze keken gefascineerd naar de snelle nadering van de planeet. Memola landde snel in de achtertuin. Ze wilde dit overleg snel afsluiten. Volgende week zondag zou ze hun besluit vernemen. Ze vloog laag over het grasveld en landde vlak voor het terras. Ze opende de deuren en liet hen uitstappen. Ze riep nog een groet, sloot de deuren en verdween met hoge snelheid recht omhoog. Ze keerde snel terug naar haar ruimteschip.

Memola vroeg de computer naar de status van de moeder van Johan die in stasis was. Ze begreep dat bewegen voor haar een noodzaak was. Memola liet haar wekken en begon met haar rondjes te wandelen en oefeningen te doen, voorgeschreven door de medic. Gelijk oefende ze zelf ook. Dat had ze zelf ook meer dan nodig. Na de voorgeschreven oefeningen bracht Memola de moeder van Johan weer terug naar har slaapplaats en vertrok weer. Ze zette haar eigen oefeningen voort. Dat was goed.

Tot slot douchte ze en bereidde zich een uitgebreid avondeten. Ze had een groot deel van de morgen geslapen en was door de computer gewekt omdat ze naar Cor en Johan moest. De dag was lang genoeg geweest. Morgen moest ze weer in de loods zijn. Ze moest bijblijven met Dirk.

Ze was toch moe van alle gebeurtenissen en misschien was ze ook nog een beetje aan het herstellen van alle drugs die haar waren toegediend. Ze moest toch nog een keer nagaan hoe het zat met de eigenaar van het grote huis waar ze was gedrogeerd. Ze had de moeder van Johan toch maar daar vandaan gehaald. Ze was dus ontvoerd en kennelijk was er iemand die regelmatig in haar plaats dingen deed. Twee dubbelgangers van een gezin. Dat neigde toch naar familiewraak of zo iets. Wat moest ze hiermee aan. Ze besloot de politie te informeren over het tegen hun zin vasthouden van de andere vijf mensen die nog in het huis verbleven.

Ze stuurde een anoniem bericht naar de politie en vermelde alle betrokken gegevens.

Ze zou verder rustig afwachten wat er met de melding werd gedaan.

Ze ging naar bed.

Memola stond verfrist en bruisend van energie op. Ze voelde zich goed. Meteen bekeek ze wat gegevens over het tehuis waar de moeder van Johan geacht werd te verblijven. Ze maakte een lekker rustig knabbelontbijtje en nam een flinke bak koffie er bij. Ze wilde eigenlijk wel zien te achterhalen of de eigenaar van het huis dezelfde was, als de directeur van de zorginrichting, die ze had ontmoet bij haar bezoek aan het tehuis. Ze had wel het beeld dat de beide mannen lichamelijk op elkaar leken maar dat de uitstraling echt volkomen verschillend was. De directeur was meer de medicus die ook organiseerde. De piraat was meer de getergde, geïrriteerde, schichtige en zieke geest met geld. Hoe meer ze er over terugdacht, hoe meer ze het gevoel had, dat de piraat een hopeloos over het paard getild mannetje was, dat vreselijk rijk was maar zich enorm miskend voelde. Zou hij toch deel uit maken van de rijke families. Ze liet de computer de rijke families in kaart brengen. Het was de moeite waard om dit nader uit te zoeken.

Ze ruimde haar ontbijt op en stapte in de vliegauto. Het was maandagmorgen en ze moest naar de loods. Ze controleerde de energievoorraad en was tevreden ze kon deze week nog wel doorkomen met de beschikbare hoeveelheid. Ze verbruikte best wel heel wat energie maar dat was logisch met haar dagelijkse ruimtereizen.

Ze vloog snel naar de loods. Het was nog donker toen ze aan kwam. Ze reed rustig naar binnen en was verrast doordat er een donkerblauwe auto naast haar parkeerplekje stond. Ze parkeerde haar auto op de gebruikelijke plek. Ze stapte uit en wandelde om de blauwe auto heen. Hij zag er prima uit. Het donkerblauw paste heel erg goed bij deze uitvoering. Ze wandelde naar binnen. Ze nam een kop koffie in de kantine en ging zitten bij de twee beeldschermen die er langs de muur waren geplaatst. Ze activeerde de computers die er onder stonden en bekeek de voortgangsrapportage van Dirk.

Ze hoorde wat gerommel bij de voordeur en liep er rustig heen om de deur open te doen. Voor de deur stond een voor haar onbekende jongeman met een grote baseballpet op zijn hoofd waardoor zijn gezicht erg verborgen was. Ze maakte eerst een beweging met het verzoek om zijn pet af te zetten. De jongeman keek haar wantrouwig aan.

Memola had geleerd voorzichtig te zijn, hoewel ze zeker niet bang was uitgevallen. De jongeman nam zijn pet niet af maar draaide zich om en keek naar iemand die kennelijk van opzij, van buiten het gezichtsveld van Memola, kwam aanlopen. Dirk kwam in zicht en schudde de jongeman de hand. De jongeman sprak snel en een beetje schichtig tegen Dirk. Dirk keek opzij terwijl hij de voordeursleutel uit zijn broekzak opdiepte.

Zijn gezicht klaarde meteen op toen hij Memola zag en deed de deur open. Meteen enthousiast stapte hij naar binnen. Memola hoefde niets te zeggen.

"Hoe vind je hem," vroeg Dirk meteen.

Memola moest glimlachen. "Schitterend "moest ze erkennen.

"Dit is Bob. Onze whizzkid die alle werkwijzen vast moet gaan leggen. Hij begint vandaag en zal moeten bewijzen dat hij kan wat hij beweert te kunnen. " Dirk sloeg hem stevig op de schouder en liep de kantine in. Memola keerde terug naar haar koffie en vroeg Dirk of hij al had proefgereden met de blauwe auto. Dirk zei dat hij alleen in de loods had gereden maar dat het machtig goed aangevoeld had. Memola gniffelde.

De andere medewerkers kwamen al spoedig daarna binnen en Dirk babbelde voortdurend tegen Bob over alle dingen die aan de orde waren. Hij overhandigde Bob een zeer lux uitziende camera waarmee de opnames moesten worden gemaakt. Ze gingen vandaag starten met een nieuwe auto zodat hij alles meteen goed en in de juiste volgorde kon vastleggen. Bob vroeg het aantal werkplekken en reageerde meteen met de mededeling dat je alle vier de werkplekken moest filmen. Dirk was een beetje beduusd maar begreep meteen wat hij bedoelde. Ze bestelden meteen een viertal vaste camera's en konden die uit voorraad ophalen in het winkelcentrum. Dirk en Bob vertrokken onmiddellijk en de medewerkers begonnen alvast spullen bij elkaar te halen en de eerste tekeningen te verzamelen om zodra ze terug waren meteen te kunnen starten. De juffrouw van de administratie werd meteen aan het werk gezet doordat de telefoon begon te rinkelen. Het bleek Mark, de vader van Angelica te zijn. Hij wilde met haar praten. Ze spraken af voor de lunch.

Dirk en Bob waren al snel terug en begonnen meteen met het monteren van de camera's. Ze werden direct verbonden met het computersysteem zodat de gegevens direct werden ingelezen in het systeem.

Memola bekeek een groot aantal offertes voor alle mogelijke onderdelen. Ze liet Dirk en het meisje van de administratie de bestellingen regelen. Ze haalde de offertes informaties over de kunststofdaken voor de auto's er uit en bekeek ze apart. Ze overlegde met Dirk en ze vonden dat twee leveranciers een goede prijs leken te hebben. De mallen zagen er zo op de foto's zeer betrouwbaar uit en ze mochten er elk tien leveren. Dirk zou ze ter plaatse gaan controleren, samen met Bob.

Memola liep uiteindelijk met Bob en Dirk naar de blauwe auto. Bob was meteen helemaal verkocht, hij vond het een magistrale auto. Memola wilde weten wat de auto in de verkoop moest opbrengen. Bob vond meteen dat die wel anderhalve ton moest kunnen opbrengen. Dit was echt een auto voor de elite, voor de echt rijke jongens. Dirk vond dat wel heel erg veel geld. Memola moest glimlachen.

Ze vertelde dat ze zo een proefrit zou gaan maken en dat de auto al verkocht was. Ze zou er een ton voor vangen. De koper zou er helemaal de blits mee maken. Dirk keek Memola aan. Een ton was toch ook wel heel erg veel geld voor een auto.

Memola deed de auto open en stapte in. Ze vond dat de auto er ook van binnen zeer feestelijk en met een enorme positieve uitstraling stond te schitteren. Ze was zelf ook enthousiast.

Ze stapte in en startte de motor. Ze stelde de veiligheidscodes in op haar vingerafdrukken en haar iris en reed rustig de loods uit. Bob stond te trappelen om ook te mogen rijden maar zijn tijd zou nog wel komen. Memola reed rustig de wijk uit en via de provinciale weg naar de grote weg. Ze testte de auto op snelheid, stabiliteit en rijvaardigheid. Ze was bijna jaloers op de nieuwe eigenaar. Ze besloot de auto midden voor het winkelcentrum te parkeren. Vanaf nu mocht hij opvallen. Ze parkeerde de auto en zag Dirk en Bob voor het winkelcentrum staan met een camera. Ze filmden haar aankomst en de auto vervolgens uitgebreid van dichtbij. Maar wel alleen van buiten. Ze moest glimlachen maar wilde zelf niet al te uitgebreid in beeld. Goed, zij was de chauffeur en kon moeilijk onzichtbaar blijven. Ze stapte uit en wandelde rustig het winkelcentrum in. Ze draaide zich om en merkte dat er al een groepje mensen om de auto heen was komen staan. Ze ging naar binnen. Ze wandelde een rondje en stapte de koffieshop in. Mark was er al.

Hij bestelde netjes koffie voor haar maar kwam wel snel ter zake. Hij had vastgesteld, dat het geld allemaal van die ene rekening was overgeboekt naar een andere rekening op de naam van een bank waar hij nog nooit van had gehoord. Hij had via zijn connecties de directeur achterhaald en die had verteld dat hij expliciet van Memola de opdracht had gekregen het zo te regelen. Mark wilde weten of dit klopte en of zij invloed had op de bankdirecteur zodat het geld veilig was.

Memola moest wel glimlachen. Dit was precies wat ze hem had verteld, dat er zou gaan gebeuren. Ze stelde hem gerust. De bank was haar eigen bank. De directeur was bij haar bank in dienst. Hij was uitzonderlijk betrouwbaar. Memola zag dat Mark een diepe zucht slaakte. Hij moest het wel uit handen geven maar had in ieder geval een stukje rust gevonden. Memola was blij dat hij zoveel vertrouwen in haar had. Kennelijk was het zo dat als zij meedeelde dat het in orde was, dan was hij tevreden.

Ze bestelden een eenvoudige maar prima lunch en aten rustig. Memola vroeg hoe het met Angelica en de rest van het gezin ging. Mark begon gelijk een heel verhaal over hoe geweldig de familie tegenwoordig met elkaar om ging en hoe druk Angelica het wel niet had met alle opgedragen werkzaamheden. Memola was heel tevreden met de gang van zaken.

Mark stond er op het eten af te rekenen en Memola liet hem zijn gang gaan.

Memola herinnerde hem er aan dat hij tien auto's bij haar had besteld. Ze vroeg hem wat elk van die auto's zouden mogen kosten. Ze vroeg wat zijn huidige auto had gekost.

Mark moest bekennen dat hij dat niet precies wist maar hij dacht iets van anderhalve ton. Memola vertelde hem dat zijn eerste aankoop klaar stond op de parkeerplaats voor het winkelcentrum. De kosten waren erg meegevallen. De auto kostte maar een ton. De allereerste uit de serie. Ze gaf hem een factuur voor de aankoop en hij zou het bedrag overmaken op de rekening die op de factuur stond vermeld.

Mark keek nieuwsgierig naar buiten. Ze wandelden het winkelcentrum uit.

# Hoofdstuk 20

Er stond een grote groep mensen voor de auto. Memola moest zich een weg banen door de mensen heen en gebaarde Mark dat hij naar de andere kant moest om in te kunnen stappen.

De mensen maakte morrend ruimte voor haar en Mark. Ze zette haar hand op de identificatie plaat en liet haar ogen scannen op de scan tegen de bovenrand van de auto. Memola opende de portieren die netjes omhoogschoven en het publiek reageerde verbaasd en bewonderend. Memola lette op de reactie van Mark en ook Mark keek zijn ogen uit. Hij bewonderde het uiterlijk met grote ogen en was onder de indruk van de omhoogschuivende deuren, die in het plafond van de auto verdwenen.

Memola stapte in en meteen waren er mensen die zo ongeveer met haar mee instapten in de auto. Ze maande iedereen om achteruit te gaan en liet de deuren weer omlaag komen, nadat ook Mark was ingestapt. Memola startte de auto met de startknop op het touchscreen van het dashboard en begon langzaam weg te rijden. De mensen maakten ruimte. Vele telefoons met camera werden ingezet om de beelden vast te leggen. Memola grinnikte. Betere reclame kon je niet wensen. Een auto die juist nu al de markt veroverde via de nieuwszenders en vooral de sociale media. Mark zou het lastig krijgen met zoveel belangstelling. Ze zouden de eerste tien auto's laten bestaan uit de vier modellen met allemaal een andere kleur. Dus tien kleuren in vier modellen. Ze zou het met Angelica en Dirk doorspreken. Ze vond het heel sterk van Dirk dat hij Bob had meegesleept naar het winkelcentrum om de aankomst van de auto vast te leggen. Memola reed weg en reed met Mark naar de grote weg. Daar testte ze de auto een klein beetje en liet Mark zien hoe alles werkte.

Memola realiseerde zich dat het rijden in deze auto wel heel veel leek op het rijden met een gewone automaat maar door de functies op het dashboard met touchscreen waren er toch andere handelingen te verrichten. Het gaspedaal was op drie plekken doorgevoerd die rechtstreeks met elkaar in verbinding stonden. Een op de vloer om met de rechtervoet te worden bediend. Een op het stuur voor de rechterhand en een op het dashboard op het touchscreen. Het zelfde gold voor de rem. De stuurbediening voerde de boventoon, daarna de vloer en als laatste het touchscreen, dit om te voorkomen dat een toevallig op het dashboard vallend voorwerp de bediening zou overnemen. In principe was alles ingesteld op stuurbediening. Het sturen zelf had twee bedieningen, naast het stuur was ook het dashboard ingericht voor het manoeuvreren. Steeds moest de bediening doelbewust via een aparte knop op het stuur worden omgezet naar de andere locatie. Mark luisterde vol bewondering naar alle wonderen. Hij vond de stoelen heel comfortabel maar Memola meende dat daar nog een verbeterslag gemaakt zou kunnen worden maar dat was voor de volgende generatie auto's. Ze ruilden van zitplaats. Memola liet Mark zien hoe hij zijn handafdruk en de iris van zijn ogen kon laten inscannen om de auto te kunnen openen, afsluiten maar ook kon laten rijden. Ze wees op de scan boven de voorruit. Hij moest even goed naar boven kijken zodat de ogenscan als bestuurder ook kon plaats vinden. Ze oefenden eerst even op de parkeerplaats maar Mark had het snel onder controle. Ze reden rustig terug naar het winkelcentrum met Mark aan het stuur. Memola stapte daar uit en zwaaide Mark na, die snel verdween. De auto trok opnieuw belangstelling. Memola liep het winkelcentrum in en werd uitgebreid nagestaard. Ze wandelde door het winkelcentrum, ging er aan de zijkant uit en wandelde om het winkelcentrum, via de achterkant heen, richting de loods. Ze keek voorzichtig of ze werd gevolgd maar had niet de indruk.

Meteen toen ze binnenkwam werd ze door Bob besprongen. Hij was super enthousiast over de hele gang van zaken en wilde graag bij hen komen werken als computermanager en systeem beheerder. Memola vroeg aan Dirk wat zijn ervaringen met Bob waren en Dirk had een goed gevoel over hem. Hij had hem benaderd als whizzkid over computers en camera's en dat soort zaken omdat hij dat ook bij zijn oude baas had gedaan. Het leek hem een aardige gast. Memola nam hem aan en vertelde dat Dirk zijn baas en vaste aanspreekpunt was.

Memola besprak met Dirk nog de vier modellen en de tien kleuren met aangepaste bekledingskleuren voor binnen. Er bleken vier kleuren te kunnen worden toegepast voor zover het de bekleding betrof. Ze vonden dat eigenlijk ook genoeg. Voor de rest was de buitenkleur ook de kleur voor binnen met op enkele vaste plekken, zoals rondom het dashboard een soort stootrand van rubber, ook in de buitenkleur.

Memola wenste Dirk succes met het tweede model en vertrok. Ze wilde nog enkele panden bekijken voor productieruimte en reed met haar auto naar een parkeerplaats een stukje verderop. Via haar info-tablet zocht ze de locaties op van enkele productiehallen die te koop stonden of te huur.

Ze bezocht vier locaties die alle vier leeg stonden. Ze achtte alle vier de locaties geschikt om productie-units in op te zetten. Ze wandelde er in haar eentje om heen en bekeek de staat van de gebouwen. Ze waren eigenlijk alle vier in niet al te beste conditie.

Ze bezocht uiteindelijk nog een vijfde gebouw maar die bleek nog in gebruik. Ze parkeerde voor de deur op een van de parkeerplaatsen en wandelde naar binnen. Ze had verwacht dat er een soort receptie zou zijn maar die was er niet. Je liep eigenlijk gelijk het kantoor binnen. Een juffrouw zat achter een van de vier computers en keek haar volledig verrast, zelfs een beetje angstig aan.

Haar houding verbaasde Memola. Ze wilde rustig naar haar toelopen toen plotseling een zware mannenstem haar aandacht trok.

"He, wat moet dat hier. Wie bent u, wat moet u hier !!!" Een stevige, wat oudere man kwam het kantoor binnen. Hij droeg een licht bruine overal en had stevige handschoenen aan.

"Goede middag," begon Memola met een beetje een bestraffend klinkende stem. "Zo !, begroeten wij mensen die bij ons komen binnen lopen. Behandelen jullie al jullie klanten en bezoekers alsof het misdadigers zijn?" vervolgde Memola, gelijk het initiatief nemend.

De man stapte dichterbij en keek Memola een beetje stuurs aan. Hij werd niet graag berispt.

"Vreemden stappen hier nooit zo maar binnen. Dit is mijn kleindochter en die heeft een hekel aan onbekende vreemdelingen. " Hij knikte met zijn hoofd naar het meisje.

"En jij ook, "sprong Memola daar gelijk op in.

"Dan wordt het misschien tijd om me even voor te stellen, dan ben ik in ieder geval niet meer zo'n vreselijke vreemdeling meer. Mijn naam is Memola. Ik heb begrepen dat dit pand te huur of te koop is, klopt dat? "

De oudere man keek haar gefrustreerd aan en spreidde zijn twee armen wijd uit. "Ja, dat klopt. Ik ben Bram en dit is mijn kleindochter Margarita. Sinds de autofabriek is gesloten hebben we bijna geen werk meer. Ik heb vrijwel al mijn mensen moeten ontslaan en heb nog net wat klusjes om mezelf, mijn zoon en mijn kleindochter aan het werk te houden maar dat is eigenlijk ook al ten einde. Stel dat ik werk zou hebben, wat kunt u, wat is er mogelijk in uw bedrijf, hoe is uw financiële situatie, moet het pand worden overgenomen om de zaak überhaupt te kunnen voortzetten?"

Bram keek Memola een beetje hoopvol maar toch heel gelaten aan. "De bank is begonnen met de verkoop van het pand om daarmee een deel van mijn schulden te kunnen betalen. Het probleem is dat de schuld in mijn bedrijf kleiner is dan de waarde van het pand bij vrije verkoop. Maar ik kan de rente en aflossing gewoon niet betalen." Hij boog zijn hoofd.

Memola pakte een stoel en ging zitten. Ze wees naar Bram dat ook hij moest gaan zitten. Bram keek even opzij naar zijn kleindochter.

Zij stond gelijk op en keek Memola hoopvol aan. "Wilt u iets drinken," vroeg ze meteen.

Memola glimlachte  maar bedankte.

"Bram, "begon Memola nadenkend, "hoe hoog is je bankschuld en wat is volgens jou de marktwaarde van het pand in de vrije markt?"

Bram keek haar aan en zuchtte. "Mijn bankschuld is bijna vier ton. Ik denk dat het pand met alle inboedel, apparatuur en voorraden een waarde vertegenwoordigd van zo'n vijf ton. "

Hij keek haar verwachtingsvol aan.

"Als dat de situatie is, waarom doet de bank dan zo moeilijk? "wilde Memola weten.

"Ik kan de rente niet meer betalen. De schuld loopt zo steeds verder op en voordat er helemaal niets meer is, wilde bank dat alles zou worden afbetaald." Memola merkte een stevige ingehouden woede bij Bram.

"Ik wil graag zelf je pand bekijken Bram. Wil je mij die laten zien of wil je dat ik alleen rond loop of mag ik niet binnen kijken? " Memola zette bewust de boel op scherp. Hier blijven luisteren naar de klachten van Bram over de bank was niet waar ze voor gekomen was.

Bram begreep wat ze bedoelde en stond op. Hij wendde zich naar de deur waardoor hij was binnengekomen en wenkte haar.

Memola stond ook op en wandelde achter hem aan de productieruimte in. Het was een mooie, goed verlichte hal. Redelijk hoog en stevig gebouwd. Er stonden enkele bewerkingsmachines in, draaibanken en lasboxen. Een kleine spuitinrichting met een dompelbad voor verf. Die apparatuur was alleen nuttig als toeleveringsactiviteiten voor de montage. Ze wandelde dicht langs de buitenwanden en zag hier en daar wel een stuk achterstallig onderhoud. Ze liep de toiletten in. Ook hier moest wel iets gebeuren om het geheel weer netjes te laten functioneren. Ze had de indruk dat het al wel de nodige maanden geleden was dat hier feitelijk werkzaamheden waren verricht. Het verfbad was leeg en matig schoongemaakt. Ze liep door een buitendeur naar buiten en bekeek het terrein en de buitenmuren. Het geheel moest echt weer een grote beurt hebben. Ze wandelde door de voordeur weer naar binnen waar Bram nog even buiten bleef hangen bij haar auto. Hij scharrelde langdurig rond haar auto en kwam vooralsnog niet naar binnen. Memola kreeg van Margarita koffie en ze kletsten samen een beetje over de moeilijke toestand en hoe haar opa er onder leed.

Bram bleef een behoorlijke tijd weg. Na een dik kwartier kwam hij zwaar onder de indruk van de auto voor zijn deur weer binnen.

Hij plofte op een stoel bij Memola en Margarita. Margarita schonk hem meteen een kop koffie in.

Memola glimlachte. "Leuk karretje, niet?" opende ze het gesprek.

"Schitterend, ze straalt van nieuwigheid. Daar zou ik wel onderdelen voor willen maken," begon hij gelijk.

Memola glimlachte. "Ze?" vroeg ze.

"Ja, dit is een vrouwenmodel, veel allure en veel schwung, niet robuust maar wel heel sierlijk, typisch vrouwelijk." Bram was heel gedecideerd.

"Uw auto? "vroeg hij, vragend naar de bekende weg.

Memola knikte.

Margarita bleef haar opa verbaasd aankijken.

"Ga maar even kijken ," zei zijn opa tegen haar, tegelijk wijzend naar de voordeur.

Margarita stond op en wandelde rustig naar de voordeur en vervolgens naar buiten.

Memola wendde zich naar Bram en keek hem serieus aan.

"Bram, als ik het pand bekijk denk ik dat er behoorlijk wat achterstallig onderhoud is. Verder schat ik de dagwaarde onder de vier ton. De herstelkosten schat ik op meer dan vijftigduizend. Als de bank recht heeft op vier ton dan denk ik dat je bedrijf gewoon failliet is. Je bedrijf heeft geen opdrachten en nog een paar werknemers die niets te doen hebben maar wel betaald zouden moeten worden. "

Bram boog zijn hoofd. Hij knikte alleen maar.

"Wat zou je van de auto die buiten staat kunnen maken," wilde Memola weten.

Bram keek op. Memola zag een sprankje hoop in zijn ogen.

Ik zou de assen en de wielen met kogellagers kunnen maken. Misschien zijn er nog meer draaiende delen die uit metaal zijn opgebouwd die we hier zouden kunnen fabriceren."

Memola knikte. "Stel dat ik je bedrijf koop, inclusief de schuld bij de bank, ben ik dan ook eigenaar van het pand? " Memola keek Bram aan.

Bram ging rechtop zitten. "Hou je de huidige werknemers dan ook in dienst?" wilde hij meteen weten. "En wat wil je dan betalen voor mijn bedrijf?" ging hij meteen door.

Memola glimlachte. "Ik betaal je tienduizend". Ze wist dat het alleen maar een bedrag was voor het gevoel. Ze wilde Bram mee kopen en hij moest een positief gevoel over houden aan de deal. Die tienduizend zou ze bij de bank terug verdienen bij het inlossen van de schuld.

Bram keek haar aan. Hij zuchtte eens diep, ging staan en stak zijn hand uit. "Deal" zei hij alleen maar.

Memola ging staan en schudde Bram de hand. "Deal" zei ze. Ze glimlachte en klopte Bram met haar andere hand op de schuddende hand.

Memola ging zitten en Margarita kwam weer binnen. Ze was duidelijk onder de indruk van Memola's auto. Memola kreeg van Bram de bedrijfsgegevens en het inschrijvingsnummer bij de Kamer van Koophandel en het rekeningnummer van Bram waar het bedrag op gestort moest worden met de naam van de rekeninghouder, Bram dus. Ze stuurde alle gegevens door aan de fiscalist met het verzoek een standaard aandelenoverdracht op papier te zetten en naar Bram toe te sturen.

Bram ging naar Margarita toe en vertelde haar wat er was gebeurd. Hij was uit de schulden maar zijn bedrijf was verkocht. Memola was de nieuwe eigenaresse.

Memola beloofde de volgende dag terug te komen met gegevens omtrent de te produceren onderdelen. Ze stuurde een bericht naar Dirk aangaande de uit te besteden activiteiten en de aan te leveren materialen. Memola bekeek nog even het computersysteem dat Bram gebruikte en keurde dat gelijk af. Ze stuurde nog een bericht naar Dirk inzake hun eigen systeem.

Het begon al donker te worden. De dag was al weer voorbij. Memola nam afscheid, groette Margarita en vertrok.

Memola keerde snel terug naar haar ruimteschip en wandelde een geruime tijd met de moeder van Johan, door de woonkamer, door de gang, via de trap naar het ruim. Gelijk controleerde ze de watervoorziening bij de bomen. Ze zou snel weer water moeten bijbestellen. De bomen verbruikten wel niet zo heel veel maar toch aanzienlijk meer dan de voorraadbeheerregeling gewend was. Ze wandelde bewust ook door de oefenruimte en liet haar daar even uitrusten, terwijl ze zelf wat bewegingsoefeningen en wat spieroefeningen deed. Ze liet de moeder van Johan zelf ook een klein beetje proeven aan het werken met apparaten en bracht haar daarna weer terug naar de stasisbank. Ze was duidelijk vermoeid maar toch al een heel stuk sterker dan toen ze haar hier had gebracht. Misschien zou ze zondag al sterk genoeg kunnen zijn voor een terugkeer naar Cor en Johan. Ze moest natuurlijk zelf nodig weer wat tijd besteden aan haar piraat. Die mocht zeker niet zomaar ontsnappen.

Ze at volgens de voorschriften van de medic via de centrale computer en bekeek snel daarna de informatie op het scherm.

Twee onderzoekbureaus hadden onafhankelijk van elkaar de werkzame stof in het hars vastgesteld. Het was dezelfde samenstelling als er eerder uit was gekomen en geen van beide zag een mogelijkheid de stof chemisch te maken zonder extreme omstandigheden. Een van de bureaus suggereerde daarbij dat die omstandigheden bijvoorbeeld, gewichtloosheid of extreme kou konden zijn. Het wekte voor Memola de indruk dat als ze hier buiten een unit zou hebben, die omstandigheden misschien voor haar wel eenvoudig te realiseren zouden zijn. Ze dook dieper in de problematiek van de technische voorwaarden die nodig zouden zijn de twee stoffen te koppelen. Volgens de computer waren beide elementen, gewichtloosheid en extreme kou buiten eenvoudig beschikbaar. De twee basisstoffen waren van zichzelf al behoorlijk complex en daardoor niet geneigd onder eenvoudige omstandigheden een combinatie aan te gaan.

Ze overdacht de problematiek. Als ze een vast plekje aan de ree kon krijgen dan had ze gewichtloosheid en de kou bij elkaar. Ze bestelde een nieuwe watertank met water en wilde het water gewoon benutten in haar watervoorraad en de tank als laboratoriumpje waar de twee stoffen met elkaar gemengd moesten worden. Ze begreep uit de theorie dat het op natuurlijke weg moest vermengen, je kon het niet forceren, juist de vertraging door de kou moest de koppeling realiseren. De gewichtloosheid moest ze laten zweven en niet op elkaar laten kleven.

Memola bestelde beide complexe stoffen die kennelijk redelijk eenvoudig en zeer goedkoop beschikbaar waren.

Ze zag enkele berichten van de fiscalist. Ze noemde hem nog steeds zo terwijl hij eigenlijk haar algemeen directeur was. Hij had namens het bedrijf van Memola, voorheen het bedrijf van Bram, met de bank overleg gehad. De bank was bereid de schulden via een eenmalige betaling van drie ton af te rekenen. Hij wilde haar akkoord op het afronden van die deal. Memola gaf haar akkoord. Hij had de vergoeding aan Bram op diens rekening gestort.

Hij deelde verder mee dat dit bedrijf ook weer eigendom was van het investeringsbedrijf dat deed in aandelen en onroerend goed. Ditzelfde gold voor het woonhuis dat inmiddels bij de notaris gereed lag voor afwikkeling. Het benodigde bedrag was gestort bij de notaris en woensdag zou dit worden geëffectueerd.

De bank was opgericht en hij had zowaar binnen hele korte tijd de theoretische toezegging gekregen dat hij een bank kon oprichten en had alle coderingssystemen die bij zo'n vergunning horen gekregen.

Ze waren wel van mening dat hij pas geld van de staat kon lenen, als bank, als de vergunning door de Wereldbank verleend was. Dit traject werd automatisch gestart op grond van het verzoek. De activiteiten konden al wel worden opgestart maar, zoals aangegeven het beschikbaar krijgen van gelden van de staat kon pas na akkoord van de Wereldbank. Die duurde soms zes weken maar meestal wel een maand of drie, soms zelfs nog langer. Veel nieuwe banken konden feitelijk pas iets beginnen na dat akkoord omdat ze gelden van de staat nodig hadden bij gebrek aan eigen middelen.

De fiscalist had de ruimte naast zijn eigen kantoor gehuurd om zijn nieuwe bedrijf te starten. Binnen zijn eigen bedrijf was hij doende om alle activiteiten af te splitsen en daarna zijn eigen oude bedrijf te gaan verkopen. Hij was zo vrij geweest zijn vrouw te vragen de inrichting van het nieuwe bedrijf te verzorgen. Ze was binnenhuisarchitecte en daarmee in zijn ogen heel geschikt om zich hiermee bezig te houden. Hij veronderstelde dat Memola hier mee akkoord was. Memola berichtte hem, zeer benieuwd te zijn naar het nieuwe kantoor en vooral ook de nieuwe inrichting. Zij vroeg hoeveel medewerkers die dacht nodig te hebben. Er zouden nog heel erg veel financiële transacties langs komen als de bedrijven actief zouden gaan worden.

Memola wilde ook weten of hij de bank ook voor particuliere spaarders en geldleners wilde openstellen. Zijzelf was hier geen voorstander van. In ieder geval voorlopig nog niet, hoewel het hebben van particuliere spaarders wel erg positief kon werken. Ze had hier niet zo'n heldere kijk op en wilde zijn visie weten.

De fiscalist meldde nog dat de nieuwe bank inmiddels de beschikking had over de geleende bedragen van de twee particulieren die Memola had geregeld. Dit waren fantastische deals.

Hij gaf ook aan dat hij in het nieuws op de televisie had gezien dat de eerste nieuwe auto was afgeleverd. Hij had niet begrepen, dat dit al een auto vanuit de productie van Memola was. Daar was toch zeker nog geen kijk op. Hij was zeer verbaasd maar uit een interview met de nieuwe auto-eigenaar was gebleken dat er een helemaal nieuw concept op de markt zou komen dat volledig afweek van het nieuwste model van de bestaande autofabrikanten. Gezien de betaling van een ton had hij toch het idee dat dit de eerste auto van Memola moest zijn. Hij was zeer verrast en zeer geïnteresseerd in een exemplaar voor eigen gebruik.

Memola moest glimlachen. De gratis reclame deed zijn werk. Angelica zal wel een beetje boos zijn over deze actie. Het kon haar plan wel een beetje aantasten maar het was wel een goede aanloop tot bekendheid.

Memola was moe en ging naar bed.

# Hoofdstuk 21

Memola stond bijtijds op. Ze ontbeet snel en deed oefeningen met de moeder van Johan. Ze moest er deze week steeds meer tijd aan besteden. Ze wilde haar zondag weer met de familie verenigen. Ze moest dus snel weer op de been zijn. Memola probeerde al wat met haar te praten maar dat ging nog niet echt.

Ze bekeek nog even wat gegevens over de piraat. De eigenaar van het grote huis waar de moeder van Johan was geweest, bleek een bedrijf. Ze onderzocht de bedrijfsgegevens maar ook hier was weer een bedrijf de eigenaar. Het was duidelijk. De directeur van het verzorgingstehuis was zeker niet de echte baas. Die bleef uit het zicht. Wat was de connectie tussen Cor, zijn vrouw en de piraat. Zou er in het verleden iets gespeeld kunnen hebben. Een oude liefde van Cor, of van zijn vrouw. Dat was misschien een optie. Ze gaf de computer opdracht gegevens uit de jeugd van de vrouw van Cor op te diepen.

Memola vertrok naar de loods. Ze was wat later dan gebruikelijk. Dirk was er al en had haar berichten van gister al gelezen. Ze overlegden met Bob en besloten met zijn drieën naar het bedrijf van Bram te gaan en de situatie ter plaatse te bekijken.

Bram was er al en was blij haar weer te zien. Hij had al naar gelang Memola langer weg was steeds meer getwijfeld of hij het wel allemaal goed had begrepen. Ook Margarita bleek nu goed op de hoogte en stond stralend te kijken en alsmaar te vragen of ze nog iets kon doen.

Ze liepen samen met Bram het bedrijf door, bekeken de beschikbare bankwerkmachines, de lasboxen en de verfafdeling. Bram vertelde wat ze met de apparatuur konden doen en Dirk en Bob noteerden de opties.

Bob bekeek het computersysteem en was het meteen met Memola eens. Ze zouden twee nieuwe computers halen en die meteen aansluiten. Verder zouden ze hun eigen software en systeem-gegevens implementeren zodat de gegevens meteen konden worden doorgezonden. Ze dronken koffie en bespraken de opties. Veel werk was al uitbesteed bij derden maar kon natuurlijk in de toekomst hier worden uitgevoerd. Dirk en Bob zouden gaan bekijken welke werkzaamheden hier konden worden opgestart.

Ze namen afscheid en Memola bracht de mannen terug naar de loods. Ze gingen gelijk aan de slag.

Memola overwoog wat ze zou doen. Ergens liet de problematiek rondom de piraat haar niet los. Ze had het gevoel dat ze een link miste, iets over het hoofd zag. Haar geheugen, hoe was het met haar geheugen. De werking van de stof in haar lichaam moest nu toch wel uitgewerkt zijn. Ze probeerde haar ouders voor de geest te halen. Ze kreeg geen beeld door. Ze had er geen idee van hoe haar ouders er uit zagen. Ze probeerde te achterhalen hoe ver haar geheugen dan wel terug ging. Ze kon zich nog steeds niets herinneren dat voor het moment lag waarop ze op de markt in Centrum wandelde en de man met de energie-boxen zag.

Ze kon zich niets herinneren van een eerder contact met Roos of meer gegevens over de deal met de motoren. Ze had ook geen beeld bij de onderhandelingen over die verkoop. Hoe was ze ooit aan haar ruimteschip gekomen. Waar kwam die vandaan. Waar was ze geboren?

Ze kon er niets van maken. Ze voelde zich wel heel miserabel. Ze was alles kwijt. Haar hele leven tot een paar weken geleden, weg, helemaal verdwenen. Hoe moest ze hiermee om gaan.

Ze besloot voorlopig eerst maar eens uit te zoeken, wie de piraat was en hoe ze die kon achterhalen.

Dirk haalde haar uit haar overpeinzingen. Hij wilde dat ze nog meer van die kleine bedrijfjes zou opzoeken. Hoe meer kleine bedrijfjes er beschikbaar zouden zijn, hoe flexibeler ze konden inspelen op nieuwe ontwikkelingen en nieuwe producten.

Memola knikte en ging op pad. Ze besloot echter terug te keren naar Centra en te bekijken of er dingen waren die haar bekend voor kwamen in de omgeving van de markt. De route naar de fiscalist vanaf de parkeergarage gaf haar een vertrouwd gevoel maar echt herkennen, nee, dat niet. Toch had ze de route geweten. Een eerste teken dat de belemmering misschien minder werd of gewoon minder scherp was. Ze wist niet wat ze er mee aan moest. Ze keerde uiteindelijk terug naar het restaurant op de markt waar ze al eens eerder had gezeten. Ze besefte dat het al laat was. De markt was opgeruimd en het begon al te schemeren. Ze besloot een hapje te eten, buiten op het terras.

Ze nam rustig de tijd. Ze voelde zich helemaal niet rustig. Ze voelde zich rot. Ze at alleen een voorgerecht en had geen trek.

Ze rekende af en ging terug naar haar ruimteschip.

Ze haalde de moeder van Johan uit haar stasis en wandelde rustig met haar rond. Ze eindigde deze keer in de woonkamer en liet haar in de hoge fauteuil plaats nemen. Ze kon zich prima zittend overeind houden. Memola probeerde een gesprekje met haar te voeren. Ze voelde dat de moeder van Johan al best aardig bij de tijd begon te komen. Ze moest eigenlijk ook weer gewoon voedsel leren eten. Memola vertelde haar way ze van plan was en verdween even in de keuken. Ze kwam met thee terug en schonk de thee voor haar in. Ze nam zelf ook een glas en dronk voorzichtig. Het water was behoorlijk warm.

De moeder van Johan zat best wel stevig in de stoel. Ze blies ook over het hete glas thee dat ze redelijk stevig vast hield. Ze keek over haar glas heen naar Memola en observeerde Memola en de omgeving waar ze zat.

"Hoe heet je?" vroeg ze opeens met een redelijk heldere stem.

Memola schrok er van. Ze was helemaal niet voorbereid op een tweezijdig gesprek. Ze was in haar gedachten nog niet verder dan misschien een eenvoudige informatie over haar voornaam, niet over die van haarzelf. Ze had haar naam al een paar keer eerder genoemd maar pas nu drong haar omgeving tot haar door.

"Mijn naam is Memola," antwoordde Memola met een glimlach in haar stem. Ze vond de klank van de stem van de moeder van Johan heel plezierig. Gewoon een aangename, prettig klinkende, positieve stem.

De moeder van Johan knikte. "Aangenaam kennis te maken," ging ze rustig door", mijn naam is Cecilia."

"Hallo Cecilia, welkom aan boord op mijn ruimteschip, " verwelkomde Memola haar met een breed gebaar zwaaiend om haar heen. "Dit is mijn woonkamer."

Cecilia knikte en maakte een afwerend gebaar. Ze had kennelijk tijdens het lopen al aardig in de gaten gehad wat er om haar heen gebeurde maar kon het nog niet plaatsen. Nu ze wist dat het een ruimteschip was viel de verkregen informatie netjes op zijn plaats. Memola zag het aan haar reactie.

Ze namen allebei een slokje van hun thee en Memola lette goed op de reactie van Cecilia. Kon ze de hete thee verdragen. Was haar maag al weer voldoende hersteld dank zij de medic. Het leek aardig goed te gaan.

Memola vertelde wat over het schip en de medic, zodat Cecilia begreep wat er aan de hand was. Ze ging niet erg diep in de reden van haar lichamelijke zwakte maar vertelde haar dat ze hier was om aan te sterken. Ze had een hele periode in coma doorgebracht maar was door Memola daar uit gehaald en was nu hier om te herstellen. Memola vroeg of ze zich nog alles kon herinneren uit het verleden en of ze daar iets over wilde vertellen.

Cecilia knikte. Ze vertelde dat ze getrouwd was met Cor, een zakenman die in de metaal en de auto-industrie zat. Ze hadden vier kinderen gekregen.

Memola keek verbaasd op, ze kende er maar drie.

Twee zonen en twee dochters, vertelde Cecilia verder. Een dochter was bij het bergbeklimmen verdwenen, een goed jaar geleden.

Memola realiseerde zich dat Cecilia niet wist hoe lang ze in coma was gehouden. Ze twijfelde even of ze dat nu al zou aangeven maar besloot het nog even te laten.

Cecilia vertelde wat over haar leven en de dagelijkse dingen. Ze dronk haar thee op en Memola vroeg of ze een kop bouillon zou lusten.

Ze aten nog een kop bouillon en daarna bracht Memola Cecilia weer naar haar stasisverblijf.

Zelf bekeek ze nog even wat de computer aan historische gegevens had kunnen achterhalen over Cor en Cecilia maar daar was geen enkele aanwijzing uit te distilleren over iemand met een rancune tegen Cor of Cecilia.

Toch had ze het gevoel dat ze ergens op het goede spoor zat. Hoe zat het met de verdwenen dochter. Ze haalde gegevens uit de computer omtrent haar verdwijning. Een groep ervaren bergbeklimmers waren in het hooggebergte een top gaan beklimmen en niet teruggekeerd. Zoektochten hadden niets opgeleverd. Een  jaar lang was er gezocht. Het gebied was weliswaar erg groot maar de route was redelijkerwijs bekend. Memola vond het op zijn minst merkwaardig.

Ze besefte dat ze zocht naar een link. Toch had ze het gevoel dat ze nog steeds iets over het hoofd zag. Ze moest alle bekende feiten eerst maar weer eens op een rij zetten.

Waar moest ze beginnen. Bij het begin natuurlijk. Ze moest om zichzelf lachen. Waar begon het begin. Oké, zei ze radicaal tegen zichzelf. Alles was begonnen met haar komst bij deze planeet. Dat was het begin. Ze wist niets van wat er voor die tijd was gebeurd. Opeens schoot haar te binnen dat de boordcomputer daar misschien wel gegevens over moest hebben. Een soort logboek, gegevens over vluchten die het ruimteschip had gemaakt, wanneer het hier was aangekomen enzovoorts. Ze vroeg de computer wanneer het schip op deze planeet was aangekomen. Direct kwam het antwoord.

Vier jaar geleden! Memola was helemaal verbaasd. Ze was hier toch nog geen jaar. Haar geheugen ging maar een maand terug. Wat was hier aan de hand. Wat was er gebeurd in die tussenliggende drie jaar.

Het duizelde haar. Wat klopte er nog meer niet aan haar gevoel voor het verleden. Was ze alleen gekomen. Ze vroeg het de computer.

De computer gaf aan dat het schip met een persoon was gearriveerd. Een man !!!!! Memola keek geschokt naar het beeldscherm. Ze zat als versteend. Ze zakte achterover in haar stoel. Ze bleef staren naar het beeldscherm. Een man. Zij niet. Iemand anders kwam hier aan met dit ruimteschip. Het was haar schip helemaal niet. Wie was die man. Ze kwam weer een beetje bij. Ze haalde een kop koffie en vroeg de computer meer gegevens over de man die met het schip hier vier jaar geleden was aangekomen.

Prompt kwam de computer met meer gegevens.

De ruimtevaarder heette Pam Ton en was geboren op de planeet Philius. Hij was hier met een speciale opdracht. Hij had daar drie jaar de tijd voor. Als hij niet op tijd geslaagd zou zijn zou hij langzaam ten onder gaan aan de samenstelling van de lucht op deze planeet. Binnen zes maanden zou hij komen te overleiden. De tekst eindigde met een foto en een video.

Ze keek verrast op. Een video. Ze startte de video.

Er kwam een bericht in beeld. Ze moest dichter bij de camera van het beeldscherm komen en haar irissen laten scannen. Memola keek verbaasd naar het scherm. Wat was dit nu weer, geheime, gecodeerde boodschappen of omgekeerd, een methode om haar geest te beïnvloeden. Ze schrok van haar gedachten. Ze twijfelde. Er was zoveel raars en ongewis aan dit alles. Wat kon ze verwachten, wat gebeurde hier allemaal.

Ze vermande zich. Ze moest even tot rust komen. Ze pakte haar koud geworden kop koffie en gooide de koffie weg in de keuken. Ze zuchtte eens diep en nam een verse kop koffie. Ze bleef staan in de keuken en dronk de koffie daar op. Haar gedachten maalden in razende vaart. Wie was ze, waarom was ze hier. Hoe was ze hier op het schip gekomen. Ze had geen antwoorden.

Ze zuchtte eens diep, zette haar lege koffiekop op het aanrecht en keerde terug naar de computerkamer.

Ze ging zitten en voelde de onrust groeien. Was het wel veilig om door te gaan. Ze besloot dat ze eigenlijk geen alternatief had. Nu ze dit boven tafel had gehaald en de video kennelijk voor haar bedoeld was, kon ze niet anders dan aan het verzoek voldoen. Ze boog voorover en hield eerst haar linker en daarna haar rechteroog voor de camera. Ze ging weer achteruit zitten en keek naar het beeldscherm.

Het scherm veranderde. Het beeld liet de computerkamer zien, waar ze nu zelf in zat. Het beeld draaide van de zijkant naar de stoel. Ze zag een shirt in close up. Het beeld schoof naar achteren waardoor een zittende figuur zichtbaar werd. Het leek haar een man die op de stoel zat waar ze zelf nu ook op zat. De man had een masker voor zijn gezicht.

"Hallo Menola, mijn naam is Pam Ton. Dit ruimteschip is van mij. Het staat volledig aan jou ter beschikking. Ik ben ruimtehandelaar. Ik ben geboren op een planeet hier ver vandaan. Doordat de luchtsamenstelling op die planeet anders is dan op deze planeet kan ik maar een beperkte tijd, ongeveer drie jaar, op deze planeet blijven met de luchtvoorziening die hier is. Ik ben nu al bijna drieënhalf jaar hier, ik moet vertrekken anders overleef ik het niet. Voor de reis die ik moet ondernemen heb ik een klein ruimteschip, bedoeld voor de verbinding met de planeet maar die zul je helaas moeten missen. Je kunt de kleine transporter gebruiken om naar de ree te gaan en vandaar via de gebruikelijke weg naar de planeet. Ik ben meer dan dertig jaar geleden al een keer op deze planeet geweest. In die tijd had ik een huisje op de planeet. Jij bent daar voor mijn deur te vondeling gelegd. Je was nog een baby. Ik heb je twee jaar lang verzorgd. Helaas moest ik vertrekken en heb je daarom ondergebracht bij een pleeggezin. Ik heb het pleeggezin genoeg financiële middelen gegeven om jou te kunnen opvoeden en te laten studeren. Ik ben teruggekomen van mijn rondreizen en heb motoren meegebracht. Ik heb jou gezocht en gevonden. Je woonde niet meer bij je pleegouders maar woonde zelfstandig. Je pleegouders hebben je fantastisch opgevangen en begeleid. Ze staan nog steeds voor je klaar. In een apart bericht aan het eind van dit filmpje staat hun naam en adres. In de afgelopen twee jaar hebben we samen gewerkt. We hebben de motoren die ik had meegenomen verkocht en ik heb je wegwijs gemaakt in de computer en in het ruimteschip. De luchtsamenstelling was al volledig gebaseerd op de lucht van de planeet, dat kan nu eenmaal niet anders. Om voor mij volkomen duistere redenen ben je plotseling ingestort. Gisteren heb je uitvoerig overleg gehad met onze fiscalist over de afwikkeling van de verkoop van de motoren. We hadden afgesproken op het terras bij de markt in Centra en daar ben je plotseling in elkaar gezakt. Ik heb je meegenomen naar het ruimteschip en de medic ingesteld om je te laten herstellen maar het ging niet echt helemaal goed. Ik moet nu echt gaan vertrekken anders gaat het ook met mij mis. Ik heb je vanmorgen teruggebracht naar de planeet en je op het terras achtergelaten. Ik hoop dat de medic je zover heeft laten herstellen dat je zelf weer terug kunt komen naar het schip. Als dat niet lukt dan zul je zeker op de planeet verzorgd worden. Hier is niemand die iets voor je kan doen. Fijn dat je weer hier bent. Succes, ik moet gaan."

De video stopte. Een document werd aangegeven en Memola klikte er op. Een bericht van meerdere pagina's werd zichtbaar. Ze printte het uit en ging even rustig achterover zitten.

Ze liet de informatie tot zich doordringen. Ze was te vondeling gelegd. Pam Ton was van een andere planeet. Waarom droeg hij een masker. Was het logisch dat de luchtsamenstelling op een andere planeet zodanig verschilde dat het lichaam daar anders op reageerde? Ze vond het alles bij elkaar wel raar. Haar pleegouders. Als die echt bestonden zou ze die kunnen opzoeken en met hen overleggen. Ze bekeek het uitgeprinte document maar zag zo gauw geen naam en adres. Ze las het hele document door en keek opnieuw naar het beeldscherm. Ja, daar stond nog iets apart vermeld. Ze zag een naam en een adres. Ze schreef ze op en vroeg de computer aan te geven waar dit was. Het was volgens de computer een stad halverwege de route naar de loods, in een buitenwijk. Ze wilde toch snel met haar pleegouders contact op nemen en besloot de volgende dag meteen op pad te gaan. Ze was moe. Ze ging naar bed, na het bericht nog twee keer nagelezen te hebben.

Ze sliep slecht. Ze was voortdurend bezig met de video en het bericht. Aan de ene kant was het heel goed mogelijk dat het verhaal klopte. Zo'n verhaal verzon je toch niet, aan de andere kant waren er heel wat onduidelijkheden. Ze moest contact opnemen met haar pleegouders, die konden haar vast verder helpen. Hoe zouden die er uit zien ? Zouden ze nog meer kinderen hebben, eigen kinderen of andere pleegkinderen? Ze was toch wel benieuwd.

Ze maakte Cecilia wakker en ze ontbeten samen. Cecilia met een kop thee en een paar crackers en Memola at hetzelfde. Ze had niet echt erg veel trek. Ze wandelden en deden enkele oefeningen. Memola besteedde er extra veel tijd aan. Cecilia moest tenslotte snel herstellen om op tijd klaar te zijn voor haar terugkeer naar Cor en Johan. Na een uur of twee bracht ze Cecilia weer naar haar slaapplek en viel ze weer moe in slaap.

Memola bekeek waar de woning van haar pleegouders was en kreeg de melding van de computer dat het gebergte waar de zus van Johan was verdwenen ook daar in de buurt was. Ze kon in ieder geval van bovenaf een en ander wel mee bekijken.

Ze vertrok en bekeek het gebergte van bovenaf. Ze zag niets bijzonders. Ze wist ook niet goed waar ze naar uit moest kijken. Een groep van zeven personen die waren verdwenen, inmiddels drie jaar geleden. Daar kon je ook niets meer van verwachten. Het was best wel een behoorlijk groot gebied met hoge bergen. Veel sneeuw en ijs op de hoge toppen. Ze zag niets bijzonders.

Ze daalde voorzichtig in het buitengebied van de stad waar haar pleegouders woonden en reed rustig over de weg naar de stad en door naar de buitenwijk aan de andere kant van de stad. Volgens haar navigator was ze vlak bij. Ze besloot in een zijstraat te parkeren en naar het woonhuis toe te wandelen. Ze parkeerde op een parkeerterrein langs de rand van een parkje en wandelde naar de straat toe waar haar pleegouders zouden wonen. Het was best een nette buurt met allemaal vrijstaande huizen, niet groot maar wel los van elkaar. Ook de tuintjes zagen er redelijk goed onderhouden uit. Ze zag het woonhuis waar ze moest wezen. Ook dit huis zag er netjes verzorgd uit. Ze liep het pad op naar de voordeur en belde aan. Ze was toch een beetje zenuwachtig. Ze zag geen naambordje op de deur. Er kwam geen reactie. Ze belde nog een keer maar ook nu gebeurde er niets. Niemand thuis? Wat moest ze doen. Zou ze om het huis heen lopen en kijken hoe het er achter uit zag? Eigenlijk wilde ze dat niet. Het was niet echt erg netjes om zomaar op iemands privéterrein rond te sluipen. Ze belde nog een keer maar er kwam geen reactie. Ze besloot een briefje door de deur te gooien en hen te vragen om contact met haar op te nemen. Ze vermelde haar telefoonnummer en haar e-mail adres. Ze deed het briefje in de brievenbus en wandelde terug. Ergens teleurgesteld en ergens onrustig over het gebrek aan informatie. Het adres bestond dus in ieder geval maar ze zou nog een keer terugkeren en het opnieuw proberen.

Ze reed de stad uit en steeg weer buiten de stad omhoog. Ze vloog over de bergen, zonder echt doel en werd een beetje verrast door een rookpluim, diep in het gebergte. Ze besloot de rookpluim nader te onderzoeken en vloog langzaam, laag over de grond maar nog wel boven de boomtoppen. Ze kwam aardig dichtbij de rookpluim maar kon er niet helemaal dichtbij komen. Ze probeerde er omheen te vliegen maar een enorme rotswand hield haar tegen. Ze vloog omhoog en zag dat de rook tussen de rotsen door kwam. Ze ging er vlakbij vliegen en begreep dat er in de rotsen een grot moest zijn waar de rook feitelijk vandaan kwam. Het kon natuurlijk ook gewoon vulkanisch gesteente zijn met warme luchtbronnen waar de rook vandaan kwam. Ze keerde terug naar de zijkant van de berg en bekeek of ze ergens dichterbij de rotsen kon komen of ergens een grot zag. Ze vloog langzaam langs de rotswand maar kon geen grot ontdekken. Ze vloog verder door maar de rotswand leek toch wel heel lang en hoog en behoorlijk stijl, zelfs iets achterover hangend. Ze steeg hogerop en moest ver omhoog om over de bergtop heen te komen om een blik te kunnen werpen op de andere kant van de bergrug. Ze volgde de berg in alle rust naar beneden om te zien of er ergens een grot te zien was maar ze zag niets. Ze daalde nog verder om laag en tot haar verrassing zag ze zowaar iemand die naar haar stond te zwaaien. Ze ging langzaam verder naar beneden en landde op een kleine open plek, vrijwel helemaal op de bodem van de vallei. Ze stapte uit en wachtte totdat de zwaaiende persoon zich bij haar zou melden. Ze hoorde veel gekraak en geknak van takken. De bebossing was kennelijk toch nog wel erg stevig. Memola zag beweging en een jonge vrouw van een jaar of vijfentwintig, gekleed in een behoorlijk aangetast vest met een gescheurde spijkerbroek.

"Jaaaa, gilde de vrouw. "Je bestaat echt, je bent onze redding." Prompt zakte ze in elkaar. Memola deed snel twee stappen naar voren om haar op te vangen maar was toch te laat. De vrouw kwam snel weer bij haar positieven. Ze pakte Memola bij haar arm en trok haar tegen zich aan.

"Je bent toch wel echt, he, "begon ze meteen.

Memola stelde haar gerust. Ze was echt en kwam hen redden. Ze hielp de vrouw overeind en samen liepen ze naar de plek waar de anderen waren. Zoals Memola verwachtte waren ze met zijn zevenen. Ze hadden de crash overleefd. Drie van hen waren nog steeds in de problemen doordat ze bij het bergbeklimmen waren gevallen en ze waren alle zeven naar beneden gestort. De een had de ander meegetrokken. Ze waren met touwen aan elkaar verbonden geweest en toen er plotseling een grote rots van boven naar beneden kwam en op het klimtouw was gevallen waren ze allemaal meegesleurd. De jonge vrouw stond trillend haar verhaal te vertellen. Ze hadden geleefd van vissen die in het meertje vlak naast hun slaapgrotje lag en waar het letterlijk wemelde van de vissen. Ze waren niet in staat geweest tegen de steile rotswand op te klimmen, ook niet de vier niet gewonden. Een jonge man nam het woord en verduidelijkte dat hij, net als twee anderen een gebroken been hadden opgelopen. Ze hadden het zo goed mogelijk hersteld maar het bleef een groot probleem. Ze konden eigenlijk niet goed lopen. Ze wilden gelijk allemaal vertrekken, als dat kon. Memola vertelde over de rookkolom die ze had gezien. De groep keek elkaar aan. De rookwolk hadden ze inderdaad zelf gemaakt in de hoop dat er ergens iemand die rookwolk zou kunnen zien. Ze wilden zo snel mogelijk naar huis. Memola zag dat er minstens twee van de mannen en een vrouw er heel erg slecht uitzagen, los van de gebroken benen. Ze hielp de groep om naar haar auto te lopen en de twee die er het slechtst aan toe waren werden gedragen. Ze wilden geen van allen wachten en dus werden ze alle zeven in de auto geladen. Ze zaten bij elkaar op schoot en de twee ernstig zieken lag bij hen op schoot. Twee zaten er uiteindelijk voorin naast Memola de een op de schoot bij de ander. De man voorin vertelde dat er helemaal aan de buitenkant van de stad die het dichtst bij lag een groot ziekenhuis was. Het zou geweldig zijn als zij hen daar heen wilde brengen. Memola besloot dit maar meteen te doen. Ze was wel verbaasd dat ze de groep zo snel en makkelijk had weten te vinden. Natuurlijk de rookwolk was wel een goede leed geweest. Ze steeg snel op en vloog meteen door naar het ziekenhuis. Ze reed meteen door naar de noodopvang en hielp de patiënten met uitstappen. Meteen kwam er hulp vanuit het ziekenhuis en binnen de kortste keren waren de zeven patiënten opgenomen in het ziekenhuis. Memola glimlachte en vertrok. Ze hoefde zich verder niet bekend te maken. Ze hoopte dat de dochter van Cecilia bij deze groep had gezeten.

Ze besloot nog even bij haar pleegouders langs te gaan om te zien of ze thuis waren maar er werd weer niet open gedaan. Ze keerde teleurgesteld terug naar het ruimteschip.

Het was het eind van de morgen. Ze had toch een slecht gevoel over de dag. Het was prachtig dat ze een aantal mensen had gered maar voor haar zelf had ze niets bereikt.

Ze bekeek de uitgeprinte tekst van Pam Ton nog eens. Ze bleef het gevoel houden dat het ergens wel klopte maar dat er toch iets mis was met het verhaal. Ze wist niet wat ze er mee moest doen. Ze bekeek de video nog eens. Ze kon het nog steeds niet goed plaatsen. Volgens het verhaal was ze in aanwezigheid van Pam Ton plotseling in elkaar gezakt. Hij had haar teruggebracht naar het ruimteschip. Ze was dus terug geweest. De computer en de medic moesten hier dus van weten. Ze zocht de gegevens op maar kon er niets over vinden. Ze wist niet precies hoe ver terug ze moest zoeken. Uiteindelijk ging ze een maand terug maar er waren geen gegevens. Ze ging een week terug. Ze wist zeker dat ze toen zelf hier allang woonde. Helaas geen gegevens. Ze

schrok. Al haar gegevens waren verdwenen.
Ze bekeek de gegevens over Cecilia. Helder
en duidelijk stond vermeld wanneer ze was
binnengekomen, hoe lang ze in stasis was
geweest, enz. enz. Een hele waslijst met
gegevens. Alles leek er te zijn.

Wat ging er mis. Wat was er mis. Ze snapte
er niets van. Ze besloot de computer te
vragen wie er op dit moment op het schip
waren. Ze kreeg keurig antwoord.

"Menola en Cecilia "stond er op het
beeldscherm. Ze was dus wel bekend,
concludeerde Memola.

Ze keek nog eens naar de namen en was
stomverbaasd dat haar naam met een "n"
was geschreven. Geen "Memola" maar
"Menola". Ze keek er nog eens goed naar.
Er stond echt "Menola". Ze toetste die naam
in en kreeg inderdaad een gigantische berg
informatie over zich heen gestort.

Ze stopte de enorme stroom aan informatie
en probeerde snel terug te keren naar het
begin. Ze had toch nog even nodig om terug
te keren bij het begin.

De eerste informatie was van drie jaar geleden. Ze begon te lezen. Het was meer een verslag over haar. Ze las het eerste stuk nog een keer. Ze was ziek geweest en de medic had haar verzorgd. Ze kon uit de tekst alleen maar opmaken dat er iets was geweest met haar longen maar daar bleef het bij. Het leken alleen maar medische gegevens. Ze besloot de naam eenvoudig aan te passen en maakte er "Memola" van. Ze controleerde of het werkte en dat deed het.

Ze bekeek ook de gegevens van Pam Ton. Het systeem gaf alleen maar aan dat zijn gegevens waren gewist, zonder datum of enige andere aanduiding. Dat vond ze wel raar.

Ze ging staan en liet alles nog eens tot haar doordringen. Ze besloot Cecilia wakker te maken en weer eens uitgebreid met haar te gaan wandelen. Eerst namen ze samen de lunch. Misschien wel een beetje aan de late kant maar ze moest toch eten. Ook voor Cecilia was het goed om haar ingewanden meer en meer te laten wennen aan een normale maaltijd. Het ging allemaal eigenlijk best wel goed met Cecilia.

Memola besloot Cecilia de hele middag wakker te houden. Ze zette de televisie aan en liet haar naar een showprogramma en daarna naar het nieuws kijken. Tot Memola's verrassing was er een uitgebreide reportage over de redding van een groep van zeven die zeker drie jaar geleden waren vermist. Tot ieders verrassing was degene die hen had gered met de noorderzon vertrokken. Zelfs haar naam wist men niet. Ze waren in een vliegende auto met zijn zevenen gevonden en naar het dichtstbijzijnde ziekenhuis gebracht. Alle zeven lagen ze nog in het ziekenhuis. Een drietal had een gebroken been gehad dat volkomen verkeerd aan elkaar was gegroeid. Ze waren vrijwel meteen geopereerd. De gebroken benen waren opnieuw gebroken en de breuken waren aangepast zodat ze alsnog weer op de juiste manier aan elkaar konden groeien. Twee waren er ziek door ondervoeding en shock. Twee waren er nog redelijk aan toe. Ze konden nog niet worden geïnterviewd. De doctoren waren niet bereid om hen nu al aan een dergelijke stres bloot te stellen. Ze moesten echt eerst verder herstellen.

Cecilia zat trillend te luisteren. De reporter noemde de namen van de zeven teruggekeerde bergbeklimmers. Cecilia barstte in huilen uit. Haar dochter Miranda was er weldegelijk bij. Memola liet haar rustig bijkomen. Ze was blij met de uitkomst. Cecilia wilde naar Miranda toe. Memola maakte haar duidelijk dat dat niet kon. Zij en Miranda moesten allebei eerst aansterken. Ze zou proberen om hen zondag allemaal bij elkaar te brengen. Cecilia keek haar door haar tranen heen aan. Ze schonk Cecilia nog een kop thee in en praatte geduldig met haar. Ze liet Cecilia zelf ook dingen vertellen over haar jeugd en haar gezin. Ze hield Cecilia nog behoorlijk lang wakker. Uiteindelijk bracht ze Cecilia weer in ruste in haar stasisbed en keerde terug naar haar woonkamer.

Plotseling schoot de piraat weer in haar gedachte. Ze zuchtte eens diep. De enige verbinding die ze had was met het grote huis voor het verzorgingshuis, waar ze Cecilia had weggehaald. Ze besloot eenvoudig opnieuw naar het tehuis te gaan en met de doctoren of de directeur van het grote huis te praten.

Ze stapte in haar vliegwagen en vloog snel naar het grote huis. Ze parkeerde weer in de struiken achter het huis en wandelde naar het grote vrijstaande huis. Het was droog en Memola wandelde rustig het terras op en ging de terrasdeur in. De deur was nog steeds open en Memola keek om zich heen. De patiënten sliepen in de kamers in de linker vleugel. De begeleiders zouden dan wel meer in de rechtervleugel verblijven. Ze liep de gang in en ging naar de rechtervleugel. Ze liep een grote hal binnen en liep door naar de rechtervleugel.

Ze hoorde iemand hard schreeuwen. De scherpe, een beetje een hoge stem ging enorm te keer. Ze hoorde geen tweede stem. Dat kon betekenen dat de ander zich niet verzette of dat die ander het met de schreeuwlelijk eens was. Memola keek om zich heen. Er was niemand in de buurt. Ze liep zachtjes naar de deur toe en wilde heel voorzichtig de deur open doen om naar binnen te kijken toen opeens het licht uit ging.

# Hoofdstuk 22

Memola had een knallende koppijn. Ze hield zich stil. Ze voelde dat ze zat vastgebonden in een stoel. Ze zuchtte eens diep. Eigenlijk ongewild maar het gebeurde toch.

"Ha, kom je eindelijk een beetje bij !" schetterde een schelle stem.

"Het wordt tijd. Ik kan niet de hele dag op je blijven wachten !" ging de stem in hetzelfde staccato verder.

Memola kreeg een duw tegen haar schouder.

"Nou, komt er nog wat van !! "klonk de stem weer. Memola begon langzaam haar ogen te openen. Ze sloeg ze meteen weer dicht. Een felle lamp stond recht op haar gezicht gericht. Voorzichtig probeerde ze eerst naar haar handen te kijken. Hoe was ze vastgebonden. Voorzichtig keek ze door een spleetje. Tape, er zat tape om haar armen. Voorzichtig bewoog ze haar voeten. Nee, die leken niet vast te zitten. Ze bewoog haar borst iets naar voren. Ja , daar was weerstand. Er zat dus ook tape om haar borst. Het leek haar allemaal wel heel erg primitief.

Een smal mager typetje kwam recht voor haar staan. De figuur stond midden voor de lamp en schermde die met het lichaam grotendeels af. Memola bekeek de figuur, voor zover het licht en haar ogen dat toelieten.

"Zo, dus jij vindt dat je gewoon door mijn tehuis mag rondsluipen zonder mijn toestemming!!" schreeuwde de figuur weer. Memola keek nog eens goed. Het leek haar een vrouw. Een mager, klein vrouwtje. Maar wel een met een scherpe, agressieve stem.

Het figuur van de vrouw leek best wel op die van de piraat. Ze had de piraat weliswaar altijd gezien als een man maar het kon best een vrouw zijn geweest. Hetzelfde smalle, magere lichaam.

"Wie bent u?" mompelde Memola, hard op, luid genoeg om gehoord te worden.

De vrouw keek haar verachtelijk aan. "Wie ben ik !, wie ben ik!!! , Wie ben jij !!! Jij sluipt hier rond in mijn tehuis en dan vraag je, wie ik ben!!! Wie ben jij, wat mot je hier. Wat kom je hier doen, inbreken, geld stelen, kostbaarheden!!! Allemaal zinloos. Dat heb ik hier niet. Dat hebben we geen van allen hier !!!. " Ze keek Memola kwaad aan.

Memola ging iets meer rechtop zitten. Ze voelde zich weer sterker worden. Ze overwoog om de banden gelijk maar van haar armen te rukken en gewoon op te staan. Dit tengere vrouwtje kon ze makkelijk de baas. Snel keek ze rond of er bijzondere hulpmiddelen in de buurt lagen maar ze zag niets. Geen messen of pistolen of iets in die richting.

Plotseling had de vrouw een fors mes in haar hand. Memola werd meteen wat rustiger en afwachtender. Ze zat niet te wachten op een messteek. Tot haar verrassing sneed de vrouw de banden om haar armen door en rukte met haar andere hand de band van haar borst.

"Opstaan en meekomen " commandeerde ze. "De grote baas wil je zien", verkondigde ze met een gniffelende stem.

Memola was net rustig bezig om op te staan maar vertraagde haar bewegingen.

"Wat zeg je", begon Memola, "de grote baas? Wie is de grote baas, hoe heet hij, wat doet hij, wat moet hij met mij?". Memola besefte dat de vragen zich in haar geest vormden en dat ze die ook meteen uitsprak. Ze wist ook dat ze geen antwoorden zou krijgen. De vrouw duwde haar terug in de stoel, zonder antwoord te geven.

"Oh, foutje, je moet eerst nog een blinddoek om," zei ze en bond Memola prompt een doek voor haar ogen.

De doek zat wel aardig goed voor haar ogen maar met losse handen kon ze die doek natuurlijk zo maar afrukken.

Ze liet de doek zitten en werd met een hand op haar schouder de kamer uit geleid. Ze gingen de trap op in de hal en boven gingen ze naar rechts, naar de leefvleugel. Ze liepen een behoorlijk stuk door de gang . Voor het gevoel van Memola waren ze zo ongeveer aan het eind van de gang toen haar begeleidster haar stil hield en op een deur klopte.

De deur werd opengedaan en Memola moest twee stappen achteruit doen en werd toen naar binnen geduwd. De deur werd meteen achter haar gesloten. Ze had het idee dat haar begeleidster niet mee naar binnen was gekomen. Ze deed meteen een stap achteruit en leunde achteruit tegen de deur aan. Meteen rukte ze de doek van haar gezicht af en gooide hem op de grond. Meteen hoorde ze de deur achter zich op slot gaan. Ze keek de kamer rond.

Het licht van buiten werd door dikke gordijnen afgeschermd. Een paar kleine lampjes aan de muur verlichtten de ruimte. Meer naar de zijkant stond een levensgroot bureau. Achter het bureau zat een vrouw. Netjes aangekleed maar ze had een pistool in haar hand. De loop was gericht op Memola en ze had het gevoel dat de dame in kwestie een nogal bizarre manier van werken had. Ze droeg een enorme hoepelrok maar was van zichzelf supersmal en heel mager. Tot verrassing van Memola droeg ze een groot masker. Het masker bedekte haar hele gezicht maar liet extra veel ruimte voor haar ogen.

Tot Memola's verbazing hief ze het pistool op en schoot. Memola schrok geweldig van de enorme knal en voelde de kogel vlak langs haar hoofd gaan. Ze keek de vrouw aan. Wilde ze haar vermoorden of alleen schrik aanjagen. Memola volgde de ogen van de vrouw. Ze genoot duidelijk van dit tafereel.

"Je weet nu dat het wapen geladen is en dat ik het zo nodig gebruik," begon de vrouw

met een scherpe stem. Memola knikte. Ze
was behoorlijk geschrokken. Dit was een
enorme waarschuwing. Ze moest uitermate
voorzichtig zijn met deze wildebras. Waarom
had ze meteen een associatie met Pam Ton.
Het masker, realiseerde ze zich. Wie zou er
nou met maskers werken. Zowel zij als Pam
Ton deden dat. Was er een link? Wat wilde
deze vrouw van haar. Ze was toch zeker
"gewoon "een inbreekster, verder niets?

De vrouw wees naar een stoel die tegenover
haar stond voor het bureau.

Memola begreep de hint en deed drie
stappen naar voren en ging zitten. Ze trok
de stoel nog wel iets opzij en naar achteren
zodat ze wat bewegingsruimte had voor het
geval dat nodig mocht zijn. Een tweede
schot kon ze maar beter niet zo geduldig
afwachten.

"Ik ben onder de indruk van je reactie,
"begon de vrouw. "De meesten storten
onmiddellijk op de grond en barsten in
janken uit. Jij niet. Jij stort jezelf niet alleen
niet op de grond, je blijft zelfs bijna rustig

staan. Bijna, want je ging drie centimeter opzij, waardoor ik je oorlel miste. Mijn complimenten. Een geweldige lichaamsbeheersing als reactie op een plotselinge volledig onverwachte gebeurtenis. Hoogst opmerkelijk. "

Ze knikte een beetje namijmerend en ging rechtop zitten. Ze was best behoorlijk lang. Ze sloeg de jurk die op haar schoot had gelegen van zich af en stond op, gekleed in een lange spijkerbroek. Ze leek Memola wel ruim eenmeternegentig lang. Wel superslank of eigenlijk hopeloos mager. Ze stopte het pistool in haar schouderholster die ze onder haar vestje droeg.  Ze begon door de kamer te lopen, duidelijk bezig haar gedachten te ordenen. Ze had het gevoel dat de vrouw zelf bezig was een verklaring op te dissen. Dat was op zijn minst bijzonder. Ze draaide haar stoel een beetje opzij om de vrouw beter te kunnen zien terwijl ze door de kamer liep. Het masker vond ze op zijn minst merkwaardig. Het leek niet op het masker van Pam Ton maar toch bleef het opmerkelijk. Niemand liep met een masker.

Zij wel en Pam Ton ook. Wilde ze niet herkend worden. Met haar beperkte geheugen zou ze zo wie zo niet veel mensen herkennen. Waar zou ze haar dan wel van hebben moeten kennen?

"Hoe noem je je tegenwoordig?' wilde de vrouw weten.

Memola keek de vrouw verbaasd aan. "Tegenwoordig ? " Zou ze vroeger dan een andere naam gehad hebben. Meteen schoot de "Menola", door haar hooft. De naam die Pam Ton haar kennelijk had gegeven. Zou de vrouw Menola van "vroeger" kennen ? Ze staarde de vrouw aan. Wat was dit voor vraag. Wist ze iets over haar geheugenverlies en vroeg ze het daarom? Wilde ze weten of Memola eerlijke antwoorden gaf. Ze had niet de neiging deze bijzondere magere lat op welke manier dan ook te helpen. Zij had kennelijk een probleem en waarom zou Memola helpen haar probleem op te lossen. Ze kende deze vreemde vrouw niet eens.

Memola wachtte rustig af.

De vrouw draaide zich naar Memola. "Je hebt aardig wat op je kerfstok. Je bent hier al eens eerder binnengedrongen, toen heb je zelfs iemand gekidnapt, ontvoerd uit haar verzorgde status. Hoe kun je zoiets doen. Nu kwam je zeker weer om iemand te ontvoeren, he? Wie zocht je deze keer. Of kwam je deze keer voor drugs. Dacht je dat we die in een bakje voor je hadden klaargezet. Welke soort had mevrouw deze keer gewenst. Hoe kun je zo stom zijn om twee keer dezelfde steen te gooien.

Er wordt toch logischerwijze na een eerste inbraak extra scherp op iedereen gelet. Snap je dat of ben ik weer veel te snel voor je. Net als vroeger." Ze slikte de laatste woorden bijna in. Maar Memola had ze duidelijk gehoord.

Plotseling klonk er een enorme sirene. Het grote alarm ging af.

Memola zag dat de vrouw plotseling snel reageerde. Ze sprong naar haar bureau, drukte op een knop. Ze hoorde de deur ontgrendelen. Binnen twee stappen was ze bij de deur. Ze deed de deur open en draaide zich naar Memola om. "We preken elkaar nog wel, maar dan op een tijdstip dat ik bepaal !" Ze knalde de deur achter zich dicht en spurtte weg. Memola hoorde haar rennen.

Voorzichtig deed ze de deur open. Dat ging, hij was tenslotte van het slot af. Ze hoorde de sirene luider loeien met de deur open. Snel rende ze de gang uit, de hal door en spurtte richting de terrasdeur. Snel sprong ze daar doorheen. Tot haar opluchting hoorde ze nu wel de politiesirenes die voor de poort stonden en naar binnen wilden. Snel liep ze de tuin in. Nog voor ze van het terras af was scheurde er een luxe personenauto over het grasveld naar de achterkant van het terrein toe. De gemaskerde dame, naar Memola veronderstelde, vond kennelijk dat ze niet via de voordeur weg kon maar een andere route moest nemen. Memola sprintte de auto achterna, niet met de bedoeling de auto te achterhalen maar om snel in haar eigen auto te kunnen zijn. Ze hoorde de sirenes dichterbij komen en stoppen aan de voorkant van het huis. Ze was inmiddels tussen de struiken en rende naar haar auto toe. Die stond redelijk verborgen tussen de bosjes. Ze stapte in en steeg meteen een meter of drie omhoog en zweefde weg over de bosjes maar nog een redelijk deel in de dekking van de bomen en de hoge struiken. Ze vloog naar de waterkant en stopte. Verrast keek ze voor zich over het water. De gemaskerde dame voer met haar auto over het water naar de overkant. Ja, dat was ook een oplossing. Memola besloot haar te volgen. Deze dame had iets met haar verleden. Ze moest hier meer van weten. Het begon al wel een beetje te schemeren maar ze had nog wel wat tijd. Ze wilde wel weer met Cecilia aan de gang maar dit ging nu even voor. Wie was dit. Wat wist ze van haar verleden. Ze ging lager vliegen en ging meer schuin bijna naast de auto vliegen. De auto kwam aan de overkant van het toch behoorlijk brede meer en schoof de kant op. De wielen kregen weer grip en de auto schoot de dijk op en de daarachterliggende weg. Ze veroorzaakte bijna een ongeluk doordat ze bijna een tegenligger raakte die niet verdacht was op verkeer uit het meer. Gelukkig ging alles goed en de luxe vaarauto croste de weg op. De bestuurder gaf flink gas maar Memola kon het makkelijk volgen. Ze bleef een beetje achter en vloog op de hoogte van de bladeren van de bomen. Op een moment leek ze de auto even kwijt te zijn maar ze ging even boven de boomtoppen uit en zag hem onmiddellijk weer. Ze controleerde of het echt wel dezelfde auto was maar ze meende de auto te herkennen. Ze projecteerde een close up op haar scherm en stelde vast dat dit dezelfde auto was die ze over het grasveld had zien scheuren. Ze maakte wat opnames om achteraf eventueel het kenteken te kunnen achterhalen. Ze bleef wat verder achter. Het werd langzaam maar zeker al aardig donker. De auto bleef doorrijden. Over de grote weg, zelfs tot vlakbij Centra. Daar reed de auto een parkeergarage in van een hoog flatgebouw. Hier hield haar spoor op. Ze schoot meteen ver omhoog en keerde terug naar haar ruimteschip.

Ze liet de medic haar tik op haar hoofd even controleren maar dat viel allemaal erg mee. Wel een buil maar die verstopte ze onder haar haren.

Ze kreeg een extra stimulator voor het snellere herstel en was er tevreden mee.

Ze wekte Cecilia en nam haar mee naar de computer kamer. Cecilia nam plaats aan de werktafel, waar een kleine computer stond. Ze wilde meteen meer weten over Miranda maar er waren geen nadere informaties bekend. Memola bracht haar een kop koffie. Ze dronk gretig. Ze vertelde dat ze eigenlijk een vreselijke koffieleut was en dat ze dat enorm had gemist.

Memola was blij met haar montere benadering. Ze vond Cecilia een alleraardigst mens. Vriendelijk, vrolijk en eigenlijk altijd positief. Gewoon een heerlijk mens. Ze vertelde Cecilia dat ze ongeveer drie jaar in verdoofde toestand was gehouden. Ze wilde weten wat ze daar nog van wist maar Cecilia zat haar alleen maar ongelovig aan te staren. Ze kon het niet geloven. Ze bekeek snel de nieuwsberichten. De datum was duidelijk. Ze kon er niet omheen. Het was wel een schok voor haar.

Memola vertelde haar ook dat ze op een ruimteschip zat en ook dat kon ze niet geloven. Memola nam haar mee op een kleine ruimtevlucht buiten het schip met haar vliegauto.

Cecilia was helemaal ondersteboven. Dit was haast niet te bevatten.

Ze aten samen en Memola beloofde dat ze de volgende dag op de planeet samen zouden gaan eten maar dat ze dan wel verder moest aansterken.

Cecilia glunderde. Ze wilde heel graag terug naar de planeet en zou er stevig haar best voor doen om goed aan te sterken.

Ze keken nog even naar het nieuws. Er was niets bijzonders behalve een inval in een of ander ziekenhuis of tehuis.

Cecilia was echt doodmoe en zeer opgewonden. Ze ging toch naar bed. De medic hield rekening met haar opgewonden staat en gaf haar een klein beetje meer slaapmiddel via haar neus.

Memola keerde terug naar de woonkamer en bekeek opnieuw de nieuwsbeelden over het ziekenhuis. Er waren meerdere patiënten aangetroffen die onder narcose werden gehouden. Onderzocht moest nog worden waarom en/ of waarvoor. Memola vroeg zich af waarom de vreemde dame weggevlucht was. Ze kon niet anders concluderen dan dat de dame kennelijk de grote baas van het tehuis was en dus de aangewezen schuldige voor de ontvoering en het onder narcose houden van Cecilia en de vijf of zes andere personen. Memola herinnerde zich de piraat die ze had gezien in de loods in de aparte stad waar Roland haar heen had geleid. Ze leek nu langer maar misschien had ze de bodyguards qua lengte gevoelsmatig onderschat. Ze besloot voorlopig de dame tot de piraat te bombarderen. Prompt schoot de volgende vraag door haar hoofd. Wat had de piraat met haar verleden te maken ? Wat was haar verleden?

Memola wandelde naar haar computer en ging er achter zitten. Min of meer automatisch bekeek ze haar mails.

Haar fiscalist, oh nee, haal algemeen directeur, informeerde haar dat het woonhuis was gepasseerd en dat ze nu eigenaresse was. Ze kon het betrekken. Ze besloot de volgende dag met Cecilia het huis te gaan bezichtigen en daarna op de markt in Centra te gaan eten. Ze moest ook nog bij de doctor en Roos langs. Misschien moest ze Roos ook nog wel mee nemen. Roos moest toch eigenlijk de gastvrouw worden in dit nieuwe huis. Ze vrolijkte hier een beetje van op. Cecilia had daar ook al aan bijgedragen, hoewel haar hoofd nog wel erg gevoelig was.

Ze nam de post verder door. Een aantal vragen van Dirk, die ze netjes beantwoordde, enkele panden die de algemeen directeur aangaf , nuttig om eens te bekijken. Er zaten nog kleine bedrijfjes in, allemaal op sterven na dood. Ze zou ze morgen moeten bezoeken of anders vrijdag.

Ze was moe, ze ging naar bed.

# Hoofdstuk 23

Memola werd wakker. Ze voelde zich wel goed uitgeslapen maar voelde meteen aan haar hoofd. Ze voelde de oude plek maar nog meer de nieuwe. Maar ze moest bekennen dat de gevoeligheid haar toch nog wel meeviel. Ze stond op, deed een hele reeks oefeningen. Ze voelde zich een beetje slap en dus moest er extra geoefend worden. Ze oefende extra fanatiek en dat deed haar goed. Ze had het even nodig om zich in de oefeningen af te reageren. Ze douchte en haalde Cecilia uit haar stasis. Ze maande Cecilia dat ze ook wat oefeningen moest doen en deed ze rustig voor. Ze leerde Cecilia meer en betere bewegingen te oefenen. Ze was dan weliswaar een slag ouder maar ook het oudere lichaam verbetert aanzienlijk door de juiste oefeningen.

Memola besteedde er extra veel tijd aan. Cecilia klaagde, ze vond het wel genoeg zo, maar ze moest van Memola nog even door.

Al snel daarna stopten ze en Memola vertelde dat ze even moest douchen want ze gingen ontbijten in Centra.

Cecilia glunderde. Dit was een traktatie. Dit was genieten. Ze douchte en deed lekkere makkelijke kleren aan. Memola had een beetje hetzelfde figuur en haar kleren pasten redelijk.

Al snel vertrokken ze naar Centra. Memola vertelde dat niemand op deze manier gewend was te reizen maar dat zij dat altijd deed. Ze vloog aan via de zee, landde op een weggetje tussen de heuvels en het strand en reed via het zanderige weggetje en de provinciale weg de stad binnen. Ze parkeerde in de parkeergarage en deed haar doek over haar vliegauto heen om geen onnodige aandacht te trekken. Cecilia begreep het. Ze was erg gespannen en blij, zeg maar uitgelaten. Ze wandelden rustig naar de markt en wandelden samen de markt over. Bij het restaurant aan de zijkant van de markt gingen ze zitten en namen een heerlijk ontbijt. Cecilia genoot. Memola keek naar de energieverkoper maar zag hem niet. Misschien was het nog te vroeg. Ze namen een uitgebreid ontbijt en Cecilia at er flink van. Na de lunch wandelden ze nog even door de stad en Memola liet Cecilia meerdere kleren passen en stimuleerde haar om die te kopen. Cecilia kocht wel enkele kledingstukken maar nam alleen die, die ze echt lekker vond zitten. Memola betaalde en Cecilia wilde dat ze de uitgaven zou noteren want die wilde ze absoluut terugbetalen. Ze wandelden nog even langs het kantoor van de algemeen directeur en Memola stelde hen aan elkaar voor. Ze bekeken de nieuwe, nog vrijwel lege ruimte van het kantoor en Memola kreeg de sleutels van haar nieuwe huis. Cecilia was heel nieuwsgierig maar Memola verraadde nog niets.

" Je zult het vanmiddag wel zien" beloofde
ze.

Ze wandelden weer terug naar de auto en
vertrokken weer terug naar het ruimteschip.
Cecilia was op. Ze ging meteen door naar
bed. Memola ontspande. Ze bekeek nog
even op welk adres de doctor ook weer zat
en keerde terug naar Centra. Ze parkeerde
weer op dezelfde plek als de vorige keer dat
ze de doctor en Roos had bezocht. Ze
wandelde rustig naar binnen en Roos
sprong gelijk op haar af en omhelsde haar.
Ze had haar gemist. Ze bracht meteen een
kop koffie voor haar. Ze vertelde dat de
doctor nog even bezig was maar zich vast
zo zou melden. Ze vertelde over haar
trouwplannen. Haar vriend was
overgeplaatst naar een nieuwe  werkplek,
wel wat ver weg. Memola vertelde dat ze
overwoog haar een nieuwe baan aan te
bieden. Ze vertelde in welke omgeving de
baan zou liggen en Roos was meteen
enthousiast. Dat was redelijk in de buurt van
de baan van haar vriend. Dat zou geweldig
zijn.

Al snel meldde de doctor zich en ze gingen zijn kantoor binnen. De doctor vertelde dat ze haar bloed hadden onderzocht en vergeleken met de eerdere metingen op een breder scala dan de vorige week. Er waren niet echt veel grote verschillen zichtbaar geworden. De historische gegevens waren bepalend geweest voor de problematiek met het geheugen. Dat leek redelijk definitief. Ze hadden destijds een scan gemaakt en daaruit zou je kunnen concluderen dat een deel van het geheugen is gedeactiveerd en daaruit moet je eigenlijk concluderen dat dat deel van het geheugen niet meer kan functioneren. De gevonden chemische middelen zijn dezelfde als die van vorige week. Er waren drie instituten die met dit soort chemicaliën experimenteerden. Hij gaf de instituten en de namen van de verantwoordelijke onderzoekers. Memola bedankte hem voor de genomen moeite en vertelde hem dat hij Roos een andere baan zou aanbieden. Ze wilde Roos daartoe vandaag meenemen. De doctor glimlachte tolerant en knikte Roos toe. Hij hoopte wel op een uitnodiging voor de bruiloft. Roos beloofde dat en ging enthousiast met Memola mee.

Memola wandelde eerst met Roos naar een eethuisje en samen namen ze een overheerlijke lunch. Memola vertelde Roos dat haar auto kon vliegen. Ze zouden straks met haar auto naar haar ruimteschip gaan, daar zouden ze nog iemand ophalen en die persoon meenemen naar haar nieuwe woonhuis. Ze wilde dat Roos daar voortaan de scepter zou zwaaien en het huis op orde en schoon zou laten houden. Ze kon beschikken over een assistente om het huis op orde te houden en een tuinman voor de tuin. Roos was heel benieuwd naar het huis. Memola glimlachte. Roos zou tevreden zijn.

Ze wandelden naar haar vliegauto en stapten in. Memola reed weer naar een afgelegen weggetje en vloog weer via de zee omhoog naar haar ruimteschip. Roos was wel een beetje onder de indruk bij het opstijgen van de vliegauto en vooral toen ze alsmaar hoger gingen. Toen Memola voor de grote luchtsluis aanlegde, haalde Roos opgelucht adem. Dit leek haar wel veilig. Ze gingen naar binnen. Roos was blij om gewoon uit te kunnen stappen, hoewel ze het idee dat ze los rond liep in de ruimte toch nog wel erg unheimisch vond. Ze wandelden de trap op en Memola leidde Roos naar haar woonkamer. Roos was onder de indruk. De ruimten waren vele malen groter dan ze ooit had gedacht. Memola schonk haar een kopje thee in en ging Cecilia wakker maken. Ze stelden de beide dames aan elkaar voor en deelde mee dat het de bedoeling was om hen allebei in haar nieuwe huis af te leveren. Ze zou zelf al snel daarna weer weg moeten, ze had nog een aantal afspraken waar ze naar toe moest. De dames konden kennis maken met de hulp en misschien de tuinman en het huis inspecteren. Ze zou zich weer bij het huis melden.

Ze vertrokken en Memola landde in de achtertuin. Ze wandelde met Cecilia en Roos, die zwaar onder de indruk was, naar het huis. Ze wandelden om het huis heen en liepen naar de voordeur. De voordeur zat op slot. Ze haalde de sleutel uit haar zak en deed de deur open.

Ze stapten naar binnen. De lichtschakelaar ging om bij hun binnen treden. Dat vond Memola wel handig. Ze stapten de grote hal binnen en Memola voelde zich meteen thuis. De sfeer, de uitstraling, helemaal naar haar zin. Ze wandelden naar de woonkamer en keken rustig rond. Memola liet hen de keuken en de slapkamers zien. Ze deed overal het licht aan. Tenslotte keerden ze terug naar de keuken.

Memola vertelde hen dat zij naar haar afspraak moest en hier weer zou terug komen om hen weer op te halen.

Roos en Cecilia vonden het prima. Ze konden het uitstekend met elkaar vinden en begonnen gelijk alle keukenkastjes te openen en hier en daar iets op de tafel te zetten wat ze bij de thee vast wel zouden kunnen proberen. De resultaten varieerden van koekjes, tot chocolaatjes en van schuimpjes tot noga. Memola glimlachte hen toe en vertrok via de terrasdeur die ze niet op slot deed achter zich. Dat kon niet van de buitenkant. Ze wandelde naar haar auto en vloog snel weg naar de loods. Ze had nog een afspraak met Angelica die ze niet wilde missen. Ze had wel weer wat tijd nodig voor de landing, daardoor was ze een klein beetje aan de late kant.

Ze parkeerde gelijk achter het winkelcentrum en rende bijna naar binnen. Angelica zat er nog. Memola verontschuldigde zich voor haar late komst. Ze had meer tijd nodig gehad dan ze had gedacht.

Ze namen samen een heleboel voorstellen en opties door. De eerste auto en de show rondom haar vader passeerde natuurlijk ook nog de revue. Angelica gaf meteen de voor en nadelen aan. Ze wilde er graag op voortborduren maar wel graag met een eerste echte auto, uitgevoerd zoals die in productie zou worden genomen. Memola begreep de insteek en zou het met Dirk opnemen. Ze bespraken de grote campagne met televisie-uitzendingen en filmopnamen daarvoor, reclamespots, radioreclame en het aantal auto's van welk type er het eerste jaar geproduceerd zouden worden. Memola wist niet overal antwoord op maar beloofde de antwoorden boven tafel te halen. Ze verwachte dit jaar ongeveer tweehonderd auto's te kunnen bouwen, in vier verschillende modellen. De praktijk zou moeten uitwijzen of dit zou gaan.

Angelica vertelde prompt dat de grote auto-groep van Cor er driehonderdduizend per jaar bouwde voor hun eigen merk en ongeveer zes keer zoveel voor geheel of gedeeltelijke varianten voor andere merken. Ook het hele nieuwe model waarvan er maar duizend gemaakt konden worden in verband met de beperkte voorraad motoren zouden dit jaar nog op de markt komen. Memola knikte tevreden. Ze had gehoopt dat ze de productiecapaciteit van Cor in het komend jaar langzaam maar zeker zou kunnen inzetten voor haar auto's. Ze had er het volste vertrouwen in. Deze maatschappij zou volledig veranderen. Alle natuurlijke brandstoffen zouden niet veel langer meer in gebruik kunnen blijven. Ze voorspelde een volledig einde binnen tien jaar. Welke planeet kon dat nou van zichzelf zeggen. Ze was trots op zichzelf. Het jaar duurde nog maar een maand of vier, dus ze moest echt op pad voor meer productielocaties om de productie van tweehonderd auto's voor dit jaar nog waar te kunnen maken. Ze nam afscheid van Angelica en beloofde haar te bellen voor de volgende afspraak.

Snel vertrok ze weer naar haar auto. Gelukkig was die kennelijk niet erg opgevallen want er stond niemand in de buurt te gapen naar de auto. Ze reed weg en liet haar navigator de route bepalen voor de vijf bedrijven die haar algemeen directeur haar had opgegeven.

Het eerste adres was redelijk dichtbij maar toch altijd nog wel een goed kwartier rijden in een vlakbij gelegen dorpje. Het pand zag er aardig uit maar de machines waren waardeloos. Ze kon het niet anders beschrijven. De directeur eigenaar was wel een aardige vent maar bepaald niet erg kundig. Gelukkig stelde hij zijn tweede man voor als zijn technicus en die wist tenminste waar ze het over had, toen ze de machines beoordeelden. Die tweede man verklaarde dat alle betere machines al waren verkocht omdat er geen financiële middelen waren om het bedrijf aan de gang te houden. Ze waren nog maar met zijn drieën maar over twee weken was al het werk op en voorbij. Ze kregen geen nieuwe opdrachten meer omdat de centrale fabriek was gesloten en ze nu alleen nog maar opdrachtjes kregen van kleine lokale machinefabriekjes. Memola vroeg naar de bankschuld en naar de waarde van het pand. Ook hier was het zo dat die twee elkaar eigenlijk net niet in evenwicht hielden en dat de bank blij zou zijn met een overname met afbetaling van de schuld. Memola vroeg aan de directeur of hij zelf wel door wilde gaan of dat hij wilde stoppen.

Plotseling begon de man een heel verhaal over het feit dat hij eigenlijk nooit echt gevoel had gehad bij dit bedrijf. Hij was eigenlijk veel meer een man voor massaproductie van klein huishoudelijk werk. Dat had hij jarenlang gedaan totdat zijn vader hem verplicht had, een jaar of vijftien geleden om de zaak over te nemen omdat hij niet meer kon. Zijn pa had hem jarenlang op de vingers gekeken en leefde nog, maar had het vreselijk moeilijk met het feit dat zijn zoon de zaak naar de bliksem hielp.

Memola maakte een deal met hem met als voorwaarde dat zijn tweede man deze zaak zou gaan runnen en dat hij ingezet kon worden in een productiebedrijf voor kleine huishoudelijke apparatuur. Vanuit dat oogpunt bekeken ze nog eens de machines maar die waren gewoon te oud en voorbij. Memola informeerde haar algemeen directeur over de afspraken en gaf ook bericht aan Dirk dat hij hier terecht kon voor meer productieactiviteiten. Ze gaf gelijk aan dat ze het computerbesturingssysteem echt moesten meebrengen. Er was helemaal niets behalve een tweetal medewerkers. Memola noteerde de gegevens van de drie man en vertrok.

Het tweede adres was helemaal niets, een afgebrande volkomen verlaten bouwval. Ze reed snel door. Weer een dorp verder reed ze een alleraardigst industrieterrein op. Het terrein bestond uit zeven verschillende gebouwen die allemaal rondom een leuk aangelegd middenplein leken te liggen. Het geheel had daardoor een beetje het beeld van een soort dorpskern. Memola stapte uit. Ze had haar auto midden op het plein geparkeerd. Ze werd meteen van meerdere kanten benaderd. Drie mannen en twee vrouwen begonnen meteen tegen haar te praten. Ze stak haar hand omhoog en liet ze stoppen.

"Ja," begon ze, nadrukkelijk aandacht vragend voor haar woorden. "Ja, ik ben geïnteresseerd in de overname van bedrijven, uitsluitend om er werk in te laten verrichten. Hier zijn zeven locaties, als ik het goed zie, ik wil dat elk van jullie die geïnteresseerd is in overname, de kwaliteiten van je bedrijf op papier zet, de machines die bij het bedrijf horen, de oppervlakte van de hal en de marktprijs van de hal. Daarnaast wil ik de schuld weten van je bedrijf. Morgen ochtend kom ik weer. Ik bepaal dan de volgorde van behandeling en jullie bepalen wie zich meldt met de gevraagde gegevens. "

Ze deed een stap achteruit, hief haar hand op en stapte weer in haar auto. Ze had morgen best wel wat te doen. Dit was een leuke locatie ze wilde ze eigenlijk alle zeven wel. Ze reed weg.

De volgende was een leeg staand pand. Ze liep er even om hen maar zag niemand. Ze deed een briefje in de bus in de hoop dat ze misschien contact met haar zouden opnemen, alleen via haar e-mailadres, anders niet.

Ze reed door naar het laatste adres voor vandaag. Deze keer was het een relatief klein bedrijfje. Ze meldde zich bij de receptie en vroeg naar de baas. De juffrouw glimlachte. Hun baas was een vrouw. Memola trok verrast haar wenkbrauwen op. De baas werd geroepen en nodigde Memola uit in haar kantoor. Memola had de indruk dat het bedrijf nog volop aan het werk was.

Memola suggereerde dat het bedrijf misschien te koop was en wat het bedrijf dan wel produceerde. De reactie was een korte glimlach. Het bedrijf was nog volop in productie maar er waren financiële problemen. De prijzen van de producten die ze maakte waren fors gekelderd doordat een paar concurrenten de markt hadden verziekt doordat er veel werk was weggevallen door het stoppen van de productie van de auto-industrie.

Memola begreep het probleem. Ze wilde toch eerst weten hoe groot de financiële problemen waren en wat ze produceerden. De vrouw tikte op het toetsenbord van haar computer en vertelde dat de bankschuld ongeveer drie ton was. Memola schatte de waarde van het pand iets lager maar mogelijk gaven de machines nog wat meer mogelijkheden.

Ze wandelden door het bedrijf en tot memola's verrassing was het een klein plastic fabriekje. Ze gebruikten mallen voor huishoudelijke apparaten. Die mallen waren vast eigendom van de opdrachtgever.

Memola vroeg er naar en haar vermoeden werd bevestigd. Een plannetje begon vorm te krijgen. Ze zou deze dame moeten benutten voor het maken en testen van mallen. In een ander bedrijf zouden die mallen worden benut voor echte massaproductie. Dit was daarvoor veel en veel te klein. Ze zag dit wel zitten. Het creëren van de mallen zou in overleg met de man van het eerste bedrijf moeten plaats vinden. Die moest tenslotte de grote productielijnen beheren.

Ze overwoog of ze de energie-units apart zou bouwen of ingebouwd in de apparaten. Inbouw had het grote voordeel van een ruilmarkt, waardoor je andere leveranciers al snel uitsloot. Het voordeel van losse energie-units was dat ze als vervangers voor alle batterijen konden dienen. Misschien moest ze wel allebei doen. Deze eenheid zou eventueel ook wel geschikt kunnen zijn als productie-eenheid voor de energie-units als vervangers voor de batterijen. Ze moest het allebei maar eens even overwegen.

Memola vroeg hoe het met haar huidige opdrachten bestand stond en wanneer ze uit de opdrachten zou lopen. De vrouw meende nog wel voor twee maanden opdrachten te hebben en streefde er naar weer nieuwe opdrachten binnen te halen. Memola begreep dat ze nog niet helemaal goed begreep dat elk product dat ze leverde haar schuld hoger maakte. Ze spraken af morgen nog eens samen te overleggen over de toekomst. Memola nam afscheid en vertrok.

Ze keerde terug naar haar huis en vond Roos en Cecilia daar nog uitgebreid in gesprek. Ze leken voorlopig ook nog niet uitgepraat.

Memola besloot het huis voorlopig maar weer even af te sluiten en mogelijk zondag met hen weer hierheen te komen.

Ze bracht Roos weer terug naar de kliniek en vertrok meteen met Cecilia naar het ruimteschip.

Cecilia had het geweldig naar haar zin gehad. Ze leefde steeds meer op. Memola vertelde haar dat er een dubbelganger van haar actief was geweest in de periode dat ze verdoofd was geweest. Cor en de kinderen hadden het idee dat zij doelbewust gescheiden was van Cor. Het hoe en waarom was duister.

Cecilia was zwaar geschokt. Memola had meteen een beetje spijt. Ze vond dat ze het verhaal wel heel bruusk en keihard had verkondigd maar het was wel waar. Cecilia moest de feitelijke situatie kennen om terug te kunnen keren in haar normale leven. Datzelfde gold voor Cor en de kinderen, inclusief Miranda die nog een extra bijzonderheid moest overwinnen.

Memola vertelde dat het nog verder ging. Zij had bezoek gehad van een namaak Cor. Dat had ze pas later ontdekt.

Ook voor haar was er een dubbelganger actief geweest. Memola vertelde van de overval. Johan dacht haar herkent te hebben. Wie was zo op Cor en Cecilia gebrand dat ze de familie dit allemaal aan deed. Memola legde de vraag bij Cecilia neer. Cecilia had geen idee. Het moest iets zijn geweest dat een jaar of drie vier geleden moest zijn begonnen en dat de afgelopen maand verder was geëscaleerd. Cecilia kon er geen verband mee leggen. Voor haar was het misschien een klein jaar geleden begonnen maar ze wist geen enkel punt aan te voeren.

Ze sloten het onderwerp af. Memola zocht bij de nieuwsberichten of er nog meer bekend was gemaakt over de teruggekeerde bergbeklimmers maar het nieuws was kennelijk al weer oud.

Ze zocht nog op internet maar er werd kennelijk weinig gebruik van gemaakt.

Cecilia was moe en Memola bracht haar naar bed. Ze had zich goed gehouden. Ze begon serieus te overwegen Cecilia zondag bij haar man achter te laten. Ze moest wel eerst onderhandelen.

Het was nog niet zo laat. Ze zocht de gegevens op van de vrouw die ze in het tehuis had ontmoet. Het flatgebouw waar ze de auto in de parkeergarage had gereden was een woontorenflat. Het gebouw bestond uit allemaal appartementen. Memola keek of er een appartement te koop was, alleen maar om de indeling te zien en enig gevoel te krijgen bij de leefomgeving van de piraat. Er was er inderdaad een te koop. Ze bekeek de foto's en vond het een prima luxe appartement. Behoorlijk groot. Ze bekeek of er meer informatie over de bewoners beschikbaar was maar ze kon er niets over vinden.

Ze zuchtte en keerde terug naar haar woonkamer. Ze zette het nieuws op en er kwam een discussieprogramma over punten in het nieuws. Ze zat eigenlijk meer na te denken over de piraat en de verbanden in de zaak toen het programma bleek te gaan over de inval in het tehuis waar ze zelf gisteren uit gevlucht was. Ze ving wat op maar kon het eerst nog niet goed volgen. Er werden beelden getoond van het grote vrijstaande huis waar Cecilia in had gelegen. De discussie ging over de controle op de directie van verzorgingstehuizen. Er was kennelijk een enorme rel ontstaan omdat er een aantal patiënten in het huis werden behandeld door hen constant in verdoofde toestand te houden. De identiteit van de vijf mensen die uit het tehuis waren gehaald was nog niet vastgesteld. Er werden suggesties gedaan over mistoestanden maar veel meer was er eigenlijk niet bekend. De politie had meegedeeld dat de directeur van het grote tehuis dat half rond het vrijstaande huis stond ernstige klachten had ingediend tegen de directie van het vrijstaande huis. Hij was nieuw en er bleken patiënten van hem uit zijn tehuis te zijn gehaald, of daar nooit echt afgeleverd, die in het grote woonhuis waren ondergebracht. Weliswaar met toestemming van de vorige directie maar hij wilde die patiënten onder zijn controle hebben. Ze waren zijn verantwoording. Hij had geprobeerd overleg te voeren met de directeur-eigenaar van het vrijstaande huis maar was uitgescholden en zeer onheus bejegend. Hij kon niet anders dan een nood-aanklacht indienen bij de politie die de zaak onmiddellijk had opgepakt. Ze waren direct naar de plaats van het probleem gegaan en hadden meteen het pand afgesloten. Meer wilde de politie niet meedelen. De commentatoren hadden de naam van de directeur van het tehuis achterhaald maar konden de directeur /eigenaar van het vrijstaande huis nog niet achterhalen. Ze verwachtten dat dat slechts een kwestie van tijd zou zijn. Veel van dit soort minder duidelijke organisaties werkten met vennootschappen die weer de directie voerden over andere vennootschappen.

Memola kon dat alleen maar bevestigen. Hoe zou ze hier iets aan kunnen doen. Heel waarschijnlijk zullen ze binnenkort Cecilia missen of de vervangster moest opduiken. Dat leek haar niet erg waarschijnlijk. Die vervangster verscheen alleen bij een zeer geplande actie.

Wat kon ze bij het flatgebouw doen. In de parkeergarage haar auto opzoeken en dan zien waar ze heen zou gaan. Of moest ze met haar vliegauto voor de ramen langs vliegen en naar binnen loeren om te zien of ze daar ergens woonde. Ze ging rechtop zitten. Was dat misschien toch juist een optie. Ze had het gekscherend gedacht maar ze wilde dit beeld toch verder uitwerken. De piraat was vast vreselijk rijk, dus de kans was reëel dat ze op de topetage van het flatgebouw zou wonen. Memola kreeg steeds meer zin om gewoon te gaan kijken. Misschien zou ze na al het nieuws wel uit het zicht verdwijnen en wie weet waar ze dan terecht zou komen. Ze besloot meteen te gaan. In een wip zat ze in haar vliegauto en vertrok. Het was al donker bij Centra. Dat vond ze prima. Nu kon ze makkelijk lager vliegen dan wanneer het licht zou zijn geweest. Snel daalde ze tot net boven de zee en flitste naar Centra. Vlak bij Centra steeg ze op en vloog op honderd meter hoogte langs de flatgebouwen. Overal brandde er licht. De navigator bracht haar bij het juiste flatgebouw. Ze cirkelde er in alle rust kalm om heen. Het was een behoorlijk groot flatgebouw met forse appartementen. Memola steeg omhoog en vloog langzaam rond het topappartement. Ze gniffelde tevreden. Ze zag de piraat in de grote slaapkamer. Ze was een koffer aan het pakken. Ze was nog net op tijd. Ze Landde op het grote terras en wandelde rustig door de openstaande deuren van het terras naar binnen.

Ze keek om zich heen. Dit was inderdaad een levensgroot appartement. Alleen voor de zeer rijken. Ze herinnerde zich de indeling en waar de slaapkamer was en liep er naar toe, via de grote entree. Net toen ze bij de slaapkamer aan kwam werd de slaapkamer deur open gegooid en de piraat kwam gehaast de slaapkamer uit met een stevige koffer in haar hand.

Ze versteende toen ze Memola zag. Het was een plaatje en Memola moest glimlachen. De piraat zette haar voet met een klap neer en liet haar koffer vallen. Ze zocht steun bij de steil van de deur en zoog haar adem naar binnen. Ze staarde Memola aan.

"Jij, hier!!" kreet ze.

Memola knikte.

"Ik moet weg, voor ze me hier vinden. Ik moet weg," ging de piraat hijgend verder. Ze veegde met haar handen voor zich, als het ware om Memola als hindernis aan de kant te vegen.

Memola bleef rustig staan.

"Je weet het niet, he, je weet het niet, alsjeblieft ga snel weg, voor hij ons vindt en dan ook nog samen, dat kan niet, dat mag niet." Ze barstte in snikken uit.

Memola keek haar verbaasd aan. Ze snapte het niet, ze wist het niet , wat dat dan ook was.

De piraat sprak in raadselen. Ze moest eerst maar eens vertellen wat ze niet wist maar wat de piraat zelf wel wist.

De piraat worstelde zich zo ongeveer overeind. "Kom, " maande ze.      " Kom eerst weg van hier, daarna kunnen, nee moeten we praten. We zitten er te diep in. Dit moet eindigen maar ik kan het niet tegen houden. Jij misschien wel." Ze sprak steeds sneller, paniekeriger, vond Memola. Ze had de gedaantewisseling tussen de gehaaste, zekere persoonlijkheid en de diep in paniek rakende zwakkeling voor haar ogen zien plaats vinden. Was het gespeeld of was het echt. Memola vond het wel allemaal erg merkwaardig. Was de vrouw toch niet de piraat of was ze zo goed dat ze dit kon spelen.

Een enorme knal op de voordeur achter Memola liet haar flink schrikken. Kennelijk wilde iemand serieus naar binnen zonder rekening te houden met de wensen van de bewoonster.

"Te laat ! " gierde de piraat. Ze staarde naar de deur en zakte door haar hoeven en eindigde languit op de grond.

Memola snapte er niets meer van. Kennelijk was ze toch niet de piraat. Zou de piraat voor de deur staan of had hij weer een maat gestuurd die in dienst was voor het zwaardere lichamelijke werk.

"Kom mee, "zei Memola. Ze pakte de koffer van de piraat, draaide zich om en wandelde de woonkamer in. Een volgende dreun op de voordeur kondigde met een heftig gekraak het begin van het einde van de voordeur aan. Memola liep door en hoorde de vrouw, ze noemde haar eigenlijk al niet meer de piraat in haar gedachten, hijgend en steunend achter haar aan strompelen. Ze liep de woonkamer door en deed haar vliegauto open. Ze opende de achterdeur en gooide de koffer op de achterbank. De vrouw was achter haar aangehobbeld en stond nu met open mond naar haar auto te kijken. Memola draaide zich om naar de vrouw. Ze hoorde de voordeur versplinteren, pakte de vrouw vast en trok haar achterin de auto. Ze stapte in en sloot de deuren. Ze startte de auto en steeg meteen drie meter omhoog. Ze zweefde langzaam achteruit. Ze wilde een opname hebben van de bruut die de voordeur in elkaar had gehakt. Al snel kwam er een grote stevige vent de kamer in. Tot Memola's verrassing werd hij gevolgd door nog twee man. Ze was inmiddels al wel op een meter of dertig afstand. Ze maakte haar opnames en vloog weg. Ze had de indruk dat de mannen vanaf het terras haar nog zagen wegvliegen maar of ze echt schoten achter zich hoorde kon ze niet helemaal bepalen.

Memola hoorde een geweldige, paniekerige gil van achteren uit haar auto komen. Een diepe zucht en een bonk maakten daar een einde aan.

Memola deed geen moeite om na te gaan wat er aan de hand was. Ze vloog snel naar een groot bos vlak bij, daalde daar en reed over de weg het bos uit. Vlak langs de weg was een groot wegrestaurant. Ze reed de parkeerplaats op maar parkeerde helemaal aan de boskant van de parkeerplaats. Ze stond echt in het donker.

Ze bleef in de auto en klom naar de achter zitplaatsen. De vrouw was tussen de banken ingerold. De koffer lag op de achterbank. Memola zette de koffer op de passagiersplek voor en trok de vrouw rechtop. Ze kwam langzaam bij. Memola wachtte geduldig alhoewel ze haar wel een beetje hielp door haar wat zachte tikjes in haar gezicht te geven.

Memola pakte wat water uit het deurkastje en gaf de vrouw wat te drinken. Prompt verslikte ze zich maar ze kwam wel snel bij haar positieven.

De vrouw zakte wat opzij tegen de rugleuning van de achterbank aan en knikte naar Memola.

"Dank je, het gaat wel weer. Wat gebeurde daar allemaal," begon ze en zette meteen grote verschrikte ogen op.

"Rustig maar," suste Memola. "Alles is veilig. We staan op een parkeerplaats. Ik wil je hele verhaal horen. Nu !!!" verkondigde ze bruusk.

# Hoofdstuk 24

Memola keek de vrouw aan.

"Waar zal ik beginnen", begon de vrouw.

"Memola, he, een mooie naam, "mijmerde ze.

"Je vader heeft je die naam gegeven. Memola. Hij zei dat het iets betekende in die zin van: een kort geheugen en een enorm combinatie vermogen. Dit is de naam die hij vier jaar geleden voor je heeft bedacht. De naam komt van zijn planeet. Hij heette Pam Ton en kwam van de planeet Filius. Hij heeft zijn ruimteschip aan jou gegeven. "

Ze viel even stil. Memola meende een snik te horen. Ze wachtte rustig even tot de vrouw verder zou gaan. Dit ging over haar, over haar ouders, in ieder geval over haar vader. Ze wilde meer weten. Ze wilde alles weten. Deze vrouw wist heel erg veel en zou dat allemaal vertellen. Ze gaf haar nog wat water. Ze dronk gretig. Ze had kennelijk een droge keel.

Memola keek naar de vrouw. Ze zat een beetje ineengedoken met haar schouder tegen de rugleuning van de bank. Ze had het water teruggegeven en wreef nu met haar handen tegen elkaar. Memola had de indruk dat ze probeerde om zichzelf op haar gemak te stellen maar dat lukte niet echt. De vrouw keek op en werd alsmaar nerveuzer. Het leek wel of ze steeds nerveuzer werd al naar gelang haar verhaal vorderde.

"Jouw eigenlijke naam is Kim. Zo ben je door je moeder genoemd bij je geboorte. Je moeder heeft je opgevoed. Je vader was terug naar zijn planeet. Hij wist niets van jouw geboorte. Vier jaar geleden kwam hij terug. Hij zocht je moeder op en kwam tot de schokkende ontdekking dat hij een kind had. Je moeder was al een aantal jaren een beetje ziekelijk. Je vader ontfermde zich over je moeder en over jou. Hij deed veel aan je opleiding die hij voor een deel zelf verzorgde. " Ze keek Memola aan en ging recht zitten. Ze haalde eens diep adem. Ze had het kennelijk steeds moeilijker om haar verhaal te vertellen.

"Hoe heet je zelf en hoe weet je dit allemaal", wilde Memola weten.

De vrouw knikte. "Mijn naam is Madeleine. Ik ben de zus van je moeder." Ze zuchtte eens diep. Zo dat was er uit.

Memola verstarde.

Zij !, de zus van haar moeder, haar tante? Maar hoe dan, waar was haar moeder en waar was haar vader, ze begreep er helemaal niets van. Hier klopte niets van. Deze vrouw, deze piraat, deze directeur van een verzorgingshuis die mensen in coma hield, dat mens kon toch geen familie van haar zijn!!! Dat kon eenvoudig niet. Onmogelijk !!!

Madeleine zag de geschokte uitdrukking op het gezicht van Memola, gevolgd door een intense blik vol walging. Madeleine barstte in tranen uit, hapte naar adem en ging onderuit. Ze zakte slap onderuit op de achterbank.

Memola keek vol walging naar de vrouw. Dit ontbrak er nog aan. Ze was flauw gevallen. Ze moest haar bijbrengen. Wat haar verhaal ook was, ze moest haar verhaal vertellen. Ze zou zelf daarna wel beoordelen wat er van waar was en wat niet. Een tante, natuurlijk verzonnen. Waarom zou een tante van haar zich verlagen tot kidnapping en het drogeren van patiënten. Ze pakte de waterfles en spetterde het water in het gezicht van Madeleine.

Madeleine kwam een beetje bij. Ze keek Memola schichtig aan. "Sorry, sorry, ik kon het niet helpen. Ik moest het doen, anders zou hij ze allemaal en mij er bij vermoorden, ik moest wel, sorry, sorry. " Ze hield haar armen voor haar gezicht en dook verder naar beneden. "Ik moest wel" herhaalde ze met een angstig stemmetje en zakte op de grond voor de achterbank.

Memola wist niet wat ze hiermee aan moest. Wat verkondigde ze nu weer. Ze moest wel anders werden zij en de anderen vermoord?

"Hoe bedoel je, je moest wel anders werden jij en de anderen vermoord?" gromde ze boos.

Madeleine vermande zich. Haalde eens diep adem en kwam omhoog en ging weer op de achterbank zitten. Ze haalde nog een keer diep adem en liet haar adem fluitend weglopen.

"Je vader en je moeder zijn ontvoerd door Brok. Brok is een zeer gewelddadige en zware crimineel die probeert zijn invloed fors te vergroten via afpersing, kidnapping, drugs en dat soort praktijken. Hij heeft een heel leger aan misdadigers die voor hem werken. Ze hebben meerdere plekken waar ze mensen in coma houden. Ik ben niet de directeur van het vrijstaande huis. Ik had opdracht van Brok, niet rechtstreeks maar via een van zijn vaste contactpersonen om te onderzoeken wie er was verdwenen uit het vrijstaande huis en hoe dat kon

gebeuren. Ik heb geen flauw idee. Ik ken je
uit het verleden en schrok me helemaal rot
toen de bewakers je binnen brachten. Ik wist
niet wat ik met je aan moest. Wat eerder had
ik ruzie gemaakt met de directrice van het
tehuis omdat ze ruzie had gemaakt met de
directeur van het naast gelegen
verzorgingstehuis. Superstom, zoals later
ook bleek. Die directeur van het
verzorgingstehuis had de politie er bij
gehaald. Je was er bij toen alle sirenes
afgingen. Ik was blij dat ik weg kon en jou
veilig kon achter laten. Ik moest weg." Ze
nam een slok water en zag dat Memola naar
haar verhaal luisterde. Ze vatte moed uit
haar houding en ging nog meer rechtop
zitten. Snel keek ze om zich heen en stelde
vast dat ze in een auto zaten in een donkere
uithoek van een grote parkeerplaats, dus
veilig. Ze haalde diep adem en zuchtte eens
flink.

"Flink, "ging ze verder , "was de man die
mijn deur verpulverde. Hij had al eerder
aangekondigd dat hij mij met genoegen
eens lekker in tweeën wilde breken. De baas

hoefde maar te knippen met zijn vingers en hij zou zichzelf dat lolletje gunnen. " Ze zweeg en keek naar Memola.

"Ken je ook de andere locaties waar mensen worden vastgehouden," wilde Memola weten.

"Ik ken er vier, maar er zijn er meer. Je ouders worden niet op een van die locaties vastgehouden. Er moeten er dus meer zijn, " meldde Madeleine.

Memola wist niet wat ze er van moest denken. Natuurlijk onder invloed van bedreigingen en afpersing was de mens in staat om vele gekke dingen te doen. Het was mogelijk. Ze vond het wel zwak van zichzelf maar ze moest wel eerlijk zijn. Het was mogelijk.

Memola besloot terug te keren naar haar ruimteschip en haar tante en Madeleine mee te nemen. Waar moest ze haar anders achterlaten.

Ze vertelde Madeleine dat ze weer verder gingen en vloog snel omhoog en terug naar haar ruimteschip.

Madeleine was muisstil. Ze bleef angstvallig achterin zitten en deed de veiligheidsriemen meteen om en keek angstig om zich heen. Ze keek helemaal verrast om zich heen toen ze de ree en het ruimteschip zag. Dit had ze nog nooit gezien.

Memola parkeerde haar vliegauto in het grote ruim. Ze wierp een snelle blik op de bomen en vond ze wel sfeervol in het ruim. De spotjes er boven, die voor het licht en donker in het ruim moesten zorgen waren nu even aan omdat zij waren binnen gekomen maar toen Memola met Madeleine de trap opliep gingen ze uit, samen met de normale verlichting van het ruim. Madeleine bleef onrustig om zich heen kijkend de trap op lopen. Ze moest nog wel heel erg wennen aan het idee dat ze zomaar los rondliepen in de ruimte.

Memola merkte het en probeerde haar op haar gemak te stellen. Ze liepen door naar

de woonkamer en Memola haalde twee
koppen koffie uit de keuken. Ze dronken
rustig koffie.

Memola vroeg Madeleine de adressen van
de drie andere locaties te noteren en om
meer gegevens over Brok. Ze gingen nog
even naar de computerkamer. Memola
maakte een mail aan de politie, via een
tussenstation, waardoor het een mail werd
zonder afleveradres. Ze gaf ook de drie
andere adressen en meldde er bij dat ook
die bewaakt werden en ernstige
mistoestanden herbergden.

Memola vertelde aan Madeleine dat zij
degene was geweest die die ene patiënt bij
het huis had weggehaald. Het betrof Cecilia.
Ze zou de volgende dag kennis met haar
maken in haar huidige conditie. Madeleine
was erg geschrokken van die mededeling.
Memola beloofde Cecilia niet te vertellen
welk verleden Madeleine had. Ze was haar
tante en had moeilijkheden met haar huis en
logeerde daarom even hier.

Madeleine zocht op internet foto's van Brok op en het adres waar hij zelf woonde. Ze sloeg de gegevens op en ze gingen naar bed. Ook Madeleine werd ondergebracht in een stasis-verblijf. Haar gezondheid moest gelijk maar eens even goed worden bekeken.

Memola was vroeg op. Ze had besloten Madeleine en Cecilia aan elkaar voor te stellen en ze daarna, samen met Roos naar haar nieuwe huis te brengen en ze daar achter te laten. Ze konden dan op elkaar en Roos op alle twee letten. Zelf moest ze nog bij een paar bedrijven langs.

Ze liet eerst Cecilia wekken. Ze deed wandeloefeningen met haar en vertelde haar dat ze zo samen zouden ontbijten met haar tante. Ze zette het ontbijt klaar en liet Madeleine wekken. Madeleine had veel tijd nodig in de badruimte maar meldde zich tenslotte voor het ontbijt.

Memola introduceerde Madeleine bij Cecilia en ze aten in alle rust.

Ze ruimden gezamenlijk de tafel af en vertrokken. Cecilia zat voorin en Madeleine achter Memola. Ze pikten Roos op en vlogen door naar haar nieuwe huis in de buurt van de loods. Memola landde weer in de achtertuin en ze wandelden naar het huis.

De huishoudster bleek al aanwezig te zijn en Memola stelde zichzelf en Cecilia en Madeleine voor. De huishoudster moest wel wennen aan de ongebruikelijke manier om het huis te betreden. Binnen komen via het terras was toch wel bijzonder, vooral als dat gebeurde zonder dat het toegangshek was beroerd.

Memola vertrok al snel. Ze had nog heel wat te doen.

Ze vertrok allereerst naar de locatie met de zeven bedrijfsunits rond, wat ze zelf, het dorpsplein noemde. Ze reed via de weg omdat het naar een stille plaats rijden om op te stijgen en daarna weer naar een stille plek om te landen geen voordeel bood. Ze was al redelijk in de buurt. Binnen een half uur reed ze het plein op. Ze parkeerde weer op dezelfde plek als gisteren en stapte uit. Vlak voor een van de gebouwen was een grote tafel neergezet. Een oudere man zat rechtop achter de tafel. Midden op de tafel stond een grote bel. De man keek zeer tevreden toen hij de bel gebruikte. Van allerlei kanten kwamen er mensen aangerend. Memola wandelde naar de tafel. De oudere man stond op en schudde haar de hand.

Hij noemde zijn naam en wees naar de bel. "Ik heb ze al gewaarschuwd. Ze brengen allemaal hun papieren mee."

" Robert," hij wees naar het gebouw links naast hem, "heeft nog twijfel, de rest wil graag verkopen met de toezegging dat er werk komt voor het bedrijf. "

Hij had zijn zegje gedaan. "Wie het eerst komt, het eerst maalt" , maakte hij nog duidelijk hoe de onderlinge afspraken lagen. Voor hem op tafel lagen zeven borden met elk een nummer. Hij pakte de borden op en ging voor de tafel staan. Hij legde meteen bord een apart.

"Voor mij ", verkondigde hij nog.

Meteen deelde hij nog vier borden uit, al snel volgden er nog twee. Het laatste bord bleef achter.

Memola vond dat ze het toch goed hadden georganiseerd.

De oudere man kwam naar haar toe en gaf aan dat het overleg wat hem betrof kon beginnen. De man lichte nog toe dat Robert degene was geweest die de suggestie had gedaan voor de opvangregeling en de borden. Roberts bedrijf was eigenlijk het enige bedrijf dat op dit moment nog steeds levensvatbaar was en zelfs nog zorgde voor wat werk voor zijn collega ondernemers. Hij was een goede vent. Ze moest hem niet beoordelen op zijn weerstand tegen een eventuele overname. Memola knikte alleen maar. Natuurlijk had ze goede medewerkers nodig om van alles en nog wat te runnen maar ze beoordeelde die graag zelf.

Memola wandelde door de panden heen en noteerde wat gegevens voor zichzelf. Elk van de ondernemers had zijn financiële gegevens meegenomen. Het was een heel aandoenlijk stel. Ook hier was het stoppen van de autofabriek de ramp van het jaar. Successievelijk kreeg ze van de andere ondernemers informatie over het bedrijf van Robert. Robert had het geluk gehad dat hij nog net voor het stoppen van de autofabriek een forse opdracht in de wacht had gesleept voor het nieuwe model. Ze waren allemaal jaloers op hem. Memola begreep dat ook voor Robert het einde van deze lopende opdracht ook het einde van zijn bedrijf zou zijn. Misschien zou dit nog wel een half jaar werk opleveren maar daarna was het ook voor hem het einde.

Memola kreeg een keurige lunch aangeboden waar ze met smaak van at. Tijdens de lunch lieten ze haar met rust. Alleen de oudere man die haar had onthaalt bleef bij haar en verzorgde haar. Ze bedankte hem daarvoor.

Na de lunch meldde Robert zich. Hij begon gelijk een verhaal dat hij eigenlijk niet zodanig in de problemen zat dat hij moest verkopen maar dat een aantrekkelijk aanbod altijd interessant was om te overwegen.

Memola liep met hem zijn bedrijf door. Ze zag dat hij dingen produceerde die veel beter in een ander bedrijfje gemaakt konden worden. Zijn productiemachines hadden een veel grotere capaciteit voor andere producten. Ze besprak zijn financiële bedrijfsgegevens en moest erkennen dat hij er het minst slecht voor stond. Nou stonden de anderen er wel erg beroerd voor.

Ze maakte een lijstje van de benodigde gelden en de dagwaarden van elk van de bedrijven. Vrijwel alle bedrijven hadden meer schulden dan de waarde van de panden, de machines en de voorraden samen. Twee bedrijven stonden vrijwel quitte en Roberts bedrijf had een overwaarde van twee ton met als aanvullende opmerking dat dat deels kwam door de nog lopende opdracht en de optie dat de machines een veel betere inzet en dus opbrengst zouden kunnen waarmaken.

Ze besefte dat het bedrag voor Roberts bedrijf ook inhield dat ze Robert mee kocht. Moest ze hem meteen in dienst nemen of moest ze het als voorwaarde in haar bod meenemen. Ze besloot het hele complex te kopen, inclusief Robert als algemeen directeur.

Ze vroeg Robert of ze even zijn computer mocht benutten voor het opstellen en uitprinten van haar voorstel.

Ze deed een totaal bod, bestaande uit vier maal tienduizend voor de verlieslijdende bedrijven, twee maal dertigduizend voor de twee quitte lopende bedrijven en twee ton voor Roberts bedrijf met de verplichting voor Robert om bij haar in dienst te treden als algemeen directeur voor de locatie. In totaal dus drie ton plus een directeur.

Memola gaf elk van de houders van de bordjes een exemplaar en vroeg Robert wat hij er van vond. Robert moest erkennen dat hij het een genereus aanbod vond maar graag wilde weten wat hij als directeur dan wel ging verdienen. Memola vroeg hem zijn wens op papier te zetten. Ze schreef zelf ook een bedrag achter op zijn vel met haar voorstel.

Iedereen was enthousiast over het voorstel maar begreep dat deze laatste hindernis wel essentieel was. Memola had duidelijk gemaakt dat het hele voorstel als een geheel moest worden beschouwd. Ze wilde alles of niets. Robert vond ze een aardige vent, eerlijk en recht door zee, dat lag haar wel.

Robert keek haar een beetje wild aan. Als hij gekocht moest worden voor deze deal dan zou hij duur zijn. Hij draaide zijn papier om en liet het bedrag zien dat hij wilde verdienen. Iedereen rondom de tafel schrok. Het was toch wel een erg fors bedrag.

Memola keek ook alsof ze geschokt was door het bedrag. Ze ging staan en iedereen hield de adem in. Robert werd er een beetje verlegen van. Hij leek zijn hand aardig overspeeld te hebben.

Memola boog voorover en stak haar hand uit. Akkoord riep ze hard. Een beetje verbouwereerd schudde Robert haar hand. Ze draaide haar papier om, haar bedrag lag een fractie hoger.

Ze glimlachte en iedereen haalde opgelucht adem.

"Vandaag is het feest," riep Memola "en Robert organiseert het."

"Denk er om maandag worden de papieren in orde gemaakt en worden alle bedrijven overgenomen. Verder komen er maandag tenminste twee mannen om jullie bedrijven te beschrijven en volledig aan te passen aan onze eisen. Robert, jij moet hen begeleiden. Het is wel de bedoeling dat jouw huidige contract met het externe bedrijf netjes wordt nagekomen maar de kans is groot dat we die op een andere locatie laten uitvoeren. Dit gebeurd allemaal in overleg met Dirk en Bob. Zij bekijken ook de computers en de systemen. De bedoeling is dat jullie allemaal binnen vier weken productie draaien. Jullie moeten daar allemaal actief aan meewerken. Dat verwacht ik niet alleen van jullie, dat eis ik ook. Nu veel plezier, geniet van het akkoord en bekijk de toekomst als rooskleurig." Memola ging nog even zitten en berichtte haar afspraken aan haar algemeen directeur, samen met alle bedrijfsgegevens en de banken die betrokken waren bij de verschillende bedrijven.

Memola nam afscheid en reed weg. Ze zocht een parkeerplaats op en informeerde Dirk en Bob over haar deal en verzocht hen om zich maandag bij Robert te melden.

Memola besloot eerst door te rijden naar het eerste bedrijfje dat ze gisteren had gekocht. De oude eigenaar, Wim, was er en zijn tweede man ook. Alle papieren waren de oude eigenaar al toegestuurd en hij had al zijn akkoord gegeven. Hij was blij dat hij van de ballast af was. Memola vroeg de man met haar mee te rijden om een ander bedrijfje te bekijken. Hij was meteen enthousiast, schudde zijn tweede man uitvoerig de hand en ging goed gemutst met Memola mee. Memola reed naar het plastic bedrijfje waar ze de dag er voor was geweest. De eigenaresse was aanwezig en ontving hen vol goede moed. Ze liepen het bedrijf door en Wim bekeek meteen veel details van de lopende productie. Hij stelde veel technisch vragen waarvan Memola de indruk kreeg dat hij behoorlijk goed ingevoerd was in de productie systematiek.

Na de rondtoer praatten ze nog even na over de lopende productie en de capaciteiten van het bedrijfje. De eigenaresse verontschuldigde zich maar ze had nog een afspraak met een potentiele klant en die wilde ze niet missen. Ze vertrok en Memola benutte de tijd om met Wim te overleggen over dit bedrijfje. Wim vond het een aardig bedrijfje maar meende dat het veel geschikter was voor het fabriceren van een enkel product in hele grote aantallen. Memola suggereerde dat dit bedrijfje misschien meer geschikt was voor het ontwikkelen van mallen voor die productielijnen. Wim vond dat ook en prima optie maar dan moesten er wel heel wat mallen ontwikkeld worden en dus heel veel producten te fabriceren zijn. Memola vertelde hem dat ze een energiedoos had ontwikkeld die geschikt was om alle batterijen te vervangen. De energie was zo compact dat de box de werking van batterijen kon vervangen voor een periode van tien jaar. Wim keek haar een beetje kritisch aan.

Memola vond dat goed. Dit soort producten ontwikkelde je niet zo maar even. Ze vond het goed dat hij dat niet zomaar aanvaardde. Ze beloofde hem dit te bewijzen. Voor nu moesten ze het maar even met de veronderstelling doen dat dit zo was. Ze gaf aan dat ze de nieuwe batterijen los wilde verkopen maar ook ingegoten in allerlei producten, zoals alle huishoudelijke artikelen maar ook allerlei speelgoed etc. etc. .

Wim vond het allemaal wel erg hectisch. Hij wilde graag de bewijzen zien.

De eigenaresse kwam terug, zwaar teleurgesteld. De prijzen die ze zou kunnen krijgen voor nieuw werk waren onder haar kostprijs. Dit kon niet.

Ze was blij met het redelijke aanbod van Memola en ze verkocht haar bedrijf. Memola informeerde haar algemeen directeur en nam afscheid van het bedrijfje.

Ze reed met Wim naar een afgelegen plek. Ze vertelde Wim dat haar auto ook was uitgerust met haar nieuwe energie box. Natuurlijk een grote maar met dezelfde energievoorziening. Dank zij die energiebron kon deze auto vliegen. Wim had al zijn twijfels gehad over die nieuwe batterijen maar wist het nu zeker. Deze vrouw had niet alles goed op een rijtje. Ergens had ze iets gemist. Deze auto kon natuurlijk niet vliegen. Geen bijzondere aandrijvingen, geen vleugels, niets. Helaas, het had aardig geleken maar hij had zich laten foppen. Blij gemaakt met een dode mus. Helaas.

Memola zag zijn reactie, zonder dat hij die uitsprak.

Ze keek even om zich heen en liet haar auto rustig recht omhoog opstijgen. Ze verhoogde de stijgingssnelheid en schoot uiteindelijk omhoog. Snel keek ze rond en schoot even opzij weg over een groot meer en weer terug. Ze landde snel weer en bleef opletten of ze niet al te veel was opgevallen.

Wim was volledig uit het veld geslagen. Hij stotterde er van. Hij wist niet wat hij hiervan moest denken maar het was wel fenomenaal. Hij had het echt zelf gezien. Deze auto vloog en nog hard ook. Hij moest zich geestelijk volkomen omturnen. Dit moesten fantastische nieuwe ontwikkelingen opleveren. Hij was nog wel onder de indruk maar twijfelde eigenlijk niet meer aan Memola's woorden. Hier moest een fenomenale energiebron aan ten grondslag liggen. Geweldig.

"Maar," begon hij gelijk nadat hij zich een beetje had hersteld, "waarom ontwikkel je geen autolijn en later een vliegautolijn ?" Hij keek haar vragend aan.

Memola was langzaam over de weg aan het terugrijden en bleef goed op de weg letten. Alles leek rustig te blijven.

"Die lijn loopt al", begon ze. Ze keek opzij en knikte. "heel goed Wim, je bent snel, prima. De auto lijn is al in gang gezet. Ik ben eigenlijk druk met het aankopen van productieruimten voor de autoproductie maar kijk gelijk naar productieruimten voor de kunststofproducten. Daar moet jij een rol in gaan spelen. Van belang daarbij is natuurlijk wel om de juiste productmallen te ontwikkelen en de juiste producten op de markt te brengen. Ik wil dat jij voor mij uitzoekt welk groot bedrijf actief is in kunststoffen en al een behoorlijk uitgebreide markt heeft van huishoudelijke producten. Zo'n bedrijf overnemen, of de aandelen op de beurs opkopen, kan een eenvoudige methode zijn om die markt te veroveren."

Wim knikte. Hij keek helemaal enthousiast naar Memola. Er kwam een geweldige grijns op zijn gezicht. "Ja, bedrijven opzoeken met deze achtergrond, productiehallen beoordelen, geweldig, dat ik deze kans nog eens krijg, machtig. "Hij was geweldig in zijn schik.

Memola reed hem terug naar zijn bedrijfje en vroeg hem hier niet al te uitvoerig over te praten. Het was nog niet bekend en dat wilde ze graag zo houden. Wim beloofde het en kreeg het e-mail adres van Memola om contact te kunnen houden en vooral om voorstellen te kunnen verwoorden.

Memola keerde terug naar haar huis en stelde vast dat de vier dames het prima met elkaar konden vinden. Memola vroeg Roos om permanent in dit huis te komen wonen, samen met haar vriend. Zij zelf zou zondag nog terug komen. Ze moest dan het nodige regelen met de familie van Cecilia en de hereniging van die familie.

Ze keerden terug naar het ruimteschip. Roos bleef achter. Ze informeerde de doctor over haar nieuwe baan en meldde het ook bij haar vriend die diezelfde avond al bij haar langs kwam. Hij verbleef doordeweeks in een pensionnetje bij zijn nieuwe baan. Dat was allemaal redelijk dichtbij.

Ze aten met zijn drieën in de woonkamer. Cecilia en Madeleine maakten samen een interessante maaltijd, vooral bestaande uit allerlei kleine liflafjes. Samen goochelden ze wel een stuk of tien verschillende kleine gerechtjes bij elkaar. Memola vond het heerlijk en vond dat ze samen voortaan maar moesten koken of samen een restaurantje moesten beginnen.

Memola stopte de twee dames in hun stasis-bed.

Zelf keek ze nog even naar de nieuwsbeelden, deed nog wat oefeningen en ging uiteindelijk ook naar bed.

# Hoofdstuk 25

Memola stond bijtijds op. Ze voelde zich al weer een heel stuk beter. Ze voelde aan haar hoofd en vond dat de twee builen al aardig waren weggetrokken. Helemaal weg waren ze nog niet maar het ging duidelijk de goede kant op. Ze ging de oefenruimte in en deed flink haar best. Haar trainingen waren meer en meer gericht op kracht, snelheid en uithoudingsvermogen. Voor haar gevoel had ze zich de laatste tijd nog niet zo goed gevoeld. Ze douchte en ging de twee dames wakker maken. Beide dames deden heel even iets aan ochtendgym, douchten en meldden zich voor het ontbijt.

Memola had bericht gekregen van haar algemeen directeur, hij wilde met haar overleggen, liefst vandaag of morgen. Ook Roland had zich gemeld, weliswaar wel met een beetje een boze ondertoon maar die leek meer op het gebrek aan communicatie dan aan iets anders te wijten.

Memola gaf aan dat ze vandaag naar Centra moest. Ze vroeg of de dames geïnteresseerd waren om de markt in Centra te bezoeken.

Cecilia was meteen voor. Madeleine schrok er van. Ze wilde zich helemaal niet ten toon stellen voor haar opdrachtgever Brok of diens vazallen die haar meteen zouden torpederen.

Memola keek eens naar Madeleine. Ze nam een foto van Madeleine en vroeg haar even stil te blijven zitten.

Madeleine keek een beetje angstig naar Memola. Cecilia keek geamuseerd toe. Ze had al enig idee van wat er zou gaan gebeuren. Madeleine had een forse piekerige haarbos op haar hoofd. Daar kon veel aan worden veranderd.

Prompt pakte Memola een grote schaar en begon fiks in de haardos van Madeleine te knippen. Madeleine verstijfde. Haar ogen werden groot en het angstzweet brak haar uit.

Cecilia ging staan en stak haar hand uit. "Laat mij maar, ik heb bij mijn dochters regelmatig de haren gedaan."

Memola liet het meteen aan Cecilia over. Zelf zocht ze een grote bril op en zette die bij Madeleine op haar neus.

Cecilia was nog niet tevreden. Ze pakte haar handtas en begon het gezicht van Madeleine onder handen te nemen. Ze sprak zelfs een beetje vermanend dat ze haar gezicht beter moest onderhouden. Het zag er niet uit.

Madeleine nam een beetje wraak door haar op haar eigen, wel heel erg bleek en onopgemaakte gezicht te wijzen.

In goed onderling overleg besloten ze zo uitgedost naar de markt te gaan en als eerste langs een kapsalon met manicure en pedicure te gaan en de schoonheidssalon vooral meteen te bezoeken.

Ook Madeleine moest van de dames mee voor een totaalbehandeling. Madeleine liet zich ompraten.

Al snel parkeerde Memola de vliegauto in de parkeergarage. Ze wandelden naar een schoonheidssalon en hadden geluk. Omdat ze zo vroeg waren konden ze alle drie meteen terecht. Ze gingen voor de hele behandeling. Ze waren meteen vier uur onder de pannen.

Toen ze eindelijk uit de schoonheidssalon kwamen zagen ze er wel alle drie een heel stuk aantrekkelijker uit. Zelfs de magere Madeleine zag er stralend uit. Meteen sleepte Memola de beide dames mee van de ene modezaak naar de andere. Er moesten nieuwe nette vlotte en moderne kleren worden gedragen. Ze hadden de grootste lol. Pas ruim anderhalf uur later streken ze neer op het terras van het restaurant bij de markt.

Memola verontschuldigde zich, at een snelle hap en vertrok voor haar afspraken. Ze beloofde de restauranthouder terug te komen om alles af te rekenen. Snel wandelde ze naar het kantoor van de algemeen directeur. Ze wandelde automatisch naar zijn oude kantoor maar dat bleek gesloten te zijn. Het schoot haar te binnen dat hij het kantoor er naast had gehuurd voor haar zaken en dat hij daar heen zou verhuizen. Hij was heel voortvarend aan de slag gegaan, zoals ze van hem gewend was. Ze wandelde de gang door naar de volgende kantooringang en zag tot haar verrassing dat het volgende kantoor de naam "Memola Inc." droeg, met de subaanduiding "onderdeel van "Memola Beheer".

Ze deed een paar passen achteruit en bekeek de aanduiding nog eens heel bewust. Het zag er super professioneel uit. Strakke stevige letters van Beheer  en de wat frivolere, speelsere letters van Inc. maakte het geheel wel prima. Ze wist niet meer of ze haar Algemeen Directeur...., Ze onderbrak haar eigen gedachtegang. Ze moest toch zijn naam maar eens leren onthouden. Eerst had ze altijd gedacht aan "de fiscalist" nooit aan een naam maar alleen aan de functie. Nu deed ze hetzelfde. Haar Algemeen Directeur. Ze liep de kantoorruimte in. Ze kwam een grote open ruimte in met een stuk naar achteren een receptie. De receptie was bezet door een leuke jonge meid. Ze was bezig haar nagels te bewerken. Memola liep langzaam naar haar toe. Ze had haar niet in de gaten. Er was geen belleltje, dat ze was binnen gekomen, geen signaal. Memola liep om de receptioniste heen en keek over haar schouder. Ze bleek niet bezig haar nagels te bewerken maar was een verhaaltje aan het lezen op haar tablet.

Memola legde een vinger op het tablet en het meisje schrok enorm.

"Oh, wat een blunder ! ", riep ze meteen.

Memola keek haar verbaasd aan.

Het meisje ging gelijk staan, maakte een buiging en verontschuldigde zich.

"Sorry, mevrouw, sorry, mijn naam is Linda, ik ben de dochter van Frans. Ik zou u ontvangen en u, Oh.... Yea....," verkondigde ze, zichzelf onderbrekend. Ze deed snel een stap opzij, pakte een bos bloemen die klaar lag en overhandigde haar die.

"Welkom in uw nieuwe hoofdkantoor. Welkom bij : "Memola incorporated" ."

Memola bedankte haar, de dochter van Frans. Ze worden al vroeg wijs, meende ze. Ze vond kleine Linda een alleraardigste meid, aardig bij de pinken en al behoorlijk vrouwelijk voor haar naar schatting 13, 14 jaar.

Linda opende de deur naar het kantoorgedeelte en ging haar voor. Ze sloot de deur achter zich en bewonderde de kantoortuin. Prima vormgegeven met links en rechts twee vrij grote clusters voor medewerkers en een pad midden door naar een kantoor. Achter de clusters waren spreekkamers voor aparte gesprekken.

Linda liep voor Memola uit naar de achterin gelegen deur. De deur naar de kamer van

Frans. Het was een grote brede dubbele schuifdeur. Linda opende een van de schuifdeuren en nodigde haar binnen. Memola liep naar binnen en bewonderde het kantoor van Frans. Ze vond het zeer verfijnd en heel netjes. Ook hier waren de planten rijkelijk aanwezig. Memola hield daar wel van. Je moest alleen een professionele organisatie hebben om al die planten op de juiste wijze in leven te kunnen houden.

Frans kwam meteen achter zijn bureau vandaan en omhelsde Memola.

Memola feliciteerde hem met het schitterende kantoor. De naam "Memola" waardig, vond ze.

Frans was blij met het compliment. Ze gingen bij het raam zitten waar een overleg hoekje was ingericht. Linda ging terug naar haar plekje.

Frans vertelde dat ze per se mee had gewild, enerzijds om papa's nieuwe kantoor te kunnen zien en om de nieuwe grote baas te ontmoeten.

Memola vond haar een schattig ding.

Frans wilde ook nog enkele zaken door nemen.

In de eerste plaats waren de twee grote geldschieters nogal in hun wiek geschoten geweest toen hij hun gelden had overgeboekt naar hun eigen bank. Ze hadden nadrukkelijk meer inzicht willen houden in de uitgeleende gelden. Inmiddels was er een die kennelijk al was gesust maar de ander was zo ongeveer dagelijks aan de lijn. Hij kon niets anders doen dan allerlei bedreigingen uiten. Frans verwees de dwaas altijd door naar Memola maar kennelijk was hij daar niet echt aan gewend. Hij wilde meteen gehoorzaamd worden.

Memola vertelde dat ze zo bij hem langs zou gaan.

Frans gaf haar nog een lijst met bedrijfspanden die ze zou kunnen bezoeken voor overname. Frans was het er mee eens dat het zoeken naar een grote producent van kunststof huishoudelijke apparaten gunstig was als die ook een eigen verkoopkanaal had. Hij zou hier ook naar uitkijken.

Memola vertelde dat ze wat de auto-industrie betrof op het punt stond een hele grote deal te maken met een bestaande autoproducent. Die had zowel productie capaciteit als een uitgebreid verkoop kanaal.

Frans was heel benieuwd. Het zag er naar uit dat ze met de beschikbare middelen wel een heel eind zouden komen maar toch rekening moesten houden met beperkte financiële middelen. De aankleding en het productie-gereedmaken van de productieruimten was een kostbaar gebeuren. Verder duurde het altijd even voor er geld terugvloeide uit de verkoop van de producten.

Memola wist er alles van. Ze namen al snel weer afscheid.

Ook Linda nam enthousiast afscheid en Memola keerde terug naar haar auto in de parkeergarage.

De eerste keer dat ze bij Roland op bezoek was geweest, was ze via de lift gebracht. Nu besloot ze vanaf het dak van het gebouw zijn kantoor te bezoeken. Ze vloog van hoog boven het gebouw in een strakke rechte lijn naar beneden, remde laat af maar landde zacht op het dak. Ze stapte uit en deed de doek over haar vliegauto.

Via de deur van de daktoegang ging ze naar binnen en wandelde de trap af naar de bovenste verdieping waar het kantoor met de woning daarachter van Roland was gelegen.

Ze belde netjes aan bij het kantoor maar er werd niet opengedaan. Ze belde nog eens maar geen enkele reactie. Ze mailde Roland via haar info-tablet en vertelde dat ze bij hem voor de deur stond. Als hij niet open deed dan zou ze weer weggaan.

Ze wachtte nog even en stond net op het punt om weer te vertrekken toen ze een bericht terug kreeg van Roland dat hij er aan kwam. Inderdaad hoorde ze even later voetstappen en werd er aan de deur gerommeld.

De deur werd met geweld opengerukt en Roland stond in de deuropening. Meteen stak hij van wal.

"Wat is dit voor een vertoning?! Het is zaterdag, dus dan is het kantoor gesloten. Wat moet jij nou hier ?"

Kennelijk herkende hij Memola nu pas en staakte hij zijn gebruikelijke tirade.

Memola keek hem verbaasd aan.

"Niet welkom ?" constateerde ze eenvoudig, draaide zich om en begon weg te lopen.

"Ho, stop ! Memola ?, ik moet met je praten, kom terug, kom hier!!!" Roland probeerde zijn gebruikelijke intimidatie methode, alleen bij Memola hielp dat niet. Sterker nog het werkte averechts.

Memola draaide zich met een glimlach om, zwaaide naar hem en liep de gang in. Ze vertraagde haar pas. Hij moest de gelegenheid hebben haar terug te halen. Hij

moest buigen. En ja hoor, Roland kwam
haar achterna.

"Alsjeblieft Memola, kom binnen, sorry ik
ben in een pestbui en jij bent de oorzaak,
daarom viel ik tegen je uit, sorry, sorry. Wil
je alsjeblieft binnen komen. Ik wil graag met
je praten. "

Memola draaide zich naar hem om. Hij was
een man van weinig woorden. Ze had hem
al behoorlijk getergd, ze wilde het niet verder
laten komen. Ze draaide zich naar hem toe
en Roland draaide zich meteen om en liet
haar voor gaan. Memola liep rustig door
naar Rolands kantoor en ging voor het raam
staan en keek naar  buiten. Het bleef een
geweldig uitzicht.

"Hierheen, alsjeblieft, "zei Roland en opende
de deur naar zijn privé-appartement.
Memola volgde gedwee. Het maakte haar
niet zo veel uit waar ze zouden overleggen.
Roland sloot de deur naar het kantoor maar
liet de sleutel duidelijk zichtbaar in het slot
zitten. Memola liep door de entree de
woonkamer in. Ook hier was er een enorm

groot raam met het schitterende uitzicht over een deel van de stad. Bij het raam stond een grote leunstoel. Roland zat hier kennelijk vaak in zijn eentje te genieten van het uitzicht.

"Heb je hier geen last van inkijk," wilde Memola weten, rondkijkend naar de vele andere hoge gebouwen in de omgeving.

"Helemaal niet. Hier is driedubbel glas gebruikt dat alle licht weerspiegelt maar waar je wel door naar buiten kunt kijken. " Zijn stem klonk een beetje ongeïnteresseerd. Zijn gedachten waren bij andere zaken.

"Vind je het vervelend dat ik je op zaterdag kom bezoeken?" , wilde Memola weten die probeerde om de strakke spanning die ze bij Roland voelde te verminderen.

"Nee, nee, dat is het niet, hoe eerder hoe beter. Er zijn financiële problemen. Er gebeuren rare dingen. Daardoor heb ik veel meer geld nodig voor lopende zaken. Jij hebt plotseling de hele lening getrokken en daar had ik niet op gerekend. Het geld zou geleidelijk beschikbaar komen. Nu kom ik geld te kort voor enkele speciale kostbare oplossingen." Roland trok een stoel bij zijn stoel en ging zelf in zijn eigen stoel zitten.

De onderhandelingen waren begonnen.

Memola begreep zijn probleem. "Hoe groot is je probleem en op welke wijze zou je het graag opgelost willen zien?" vroeg ze in alle rust. Ze ging achter hem staan en begon, een beetje tot haar eigen verrassing zijn nek te masseren. Hij had wel een geweldig stevige gespierde nek. Gezien zijn achtergrond zou hij wel helemaal behoorlijk gespierd zijn.

Roland verstarde. Hij was duidelijk niet gewend tijdens moeilijke onderhandelingen gemasseerd te worden. Hij keek half omhoog om naar Memola te kijken die hem lieflijk toe glimlachte.

Ze voelde hoe strak zijn spieren gespannen waren.

Roland begon een klein beetje te ontspannen.

"Je hebt al het geld toch nog niet uitgegeven? "wilde hij nieuwsgierig weten.

"Ja, dat wel, het is allemaal besteed maar sommige gelden kunnen misschien tijdelijk wat uitstel hebben. Wanneer heb je hoeveel nodig en voor hoe lang?" Haar vraag was simpel, gericht en duidelijk.

Hij moest zijn probleem expliciet omschrijven, dan kon zij beoordelen of ze aan zijn verzoek zou kunnen voldoen.

Roland ontspande een beetje meer. Ze wilde in ieder geval luisteren naar zijn probleem. Misschien zelfs wel overwegen om hem te helpen.

Memola ging door met het masseren van zijn nek en nam ook zijn schouders mee. Ze voelde dat hij het heerlijk vond en genoot van de aanraking en de fysieke aandacht.

"Oké, Memola. Ik heb binnen tien dagen honderd miljoen nodig. Ik betaal het over drie maanden aan je terug. Ik beloof het. "

Memola glimlachte, "Lieve schat, als ik zoveel geld over had dan ging ik ergens anders wonen. Weet je wel wat het mij zou kosten om zo immens veel geld op zo'n korte termijn vrij te maken? Het betekent dat ik een behoorlijk aantal al in gang gezette projecten moet stoppen. Het betekent dat die projecten meer gaan kosten, pas later rendement gaan opleveren en een verslechtert resultaat zullen opleveren doordat de concurrent meer tijd heeft een ander product in de markt te zetten. Resultaat. Nu honderd miljoen niet beschikbaar hebben betekent een verlies van meer dan 20 % aan het eind. Dat kan toch niet zomaar. " Memola zweeg. Ze ging verwoed door met het masseren van de schouders en de rug van Roland. Ze duwde hem iets meer naar voren op zijn stoel zodat ze er wat beter bij kon. Ze begon ook zijn hoofdhuid te masseren . Hij genoot er van. Hij was dit in ieder geval niet gewend.

"Oké, oké, maar dan heb ik iets meer tijd nodig. Maar, maar ik heb je het geld geleend en je betaald het eerste jaar helemaal geen rente, waarom zou ik wel rente betalen over mijn eigen geld en jij niet over mijn geld."

Hij klonk best wel opstandig.

"Nou, dan doen we het toch niet", verkondigde Memola die nu recht voor hem ging staan en zijn hoofd wat nadrukkelijker masseerde, zijn wangen, zijn neus en zijn mond. Ze keek er heel bewust bestuderend bij.

Roland wist niet hoe hij het had. Een gezichtsmassage tijdens de onderhandelingen door de andere onderhandelaar. Dit was gek. Hij wist wel dat hij klem zat maar hij had het geld echt nodig.

Roland zuchtte diep en ging achterover zitten. Hij trok de handen van Memola mee naar achteren en Memola moest een stap naar voren doen om niet te vallen. Ze stootte met haar been tegen zijn knie en viel een beetje voorover. Roland pakte haar bij haar middel om haar op te vangen. Memola glimlachte naar hem en ging op zijn knieën zitten.

Dit was wel een heerlijke sensuele man. Hij was dan misschien wel een echte crimineel maar ze voelde zich wel met zijn geest verbonden nu ze zo  zwaar misbruik maakte van zijn moeilijke financiële positie. Hij moest nu een woekerrente betalen over zijn eigen geld. Kun je het je crimineler voorstellen.

Ze zette haar handen tegen zijn borst en begon die te masseren.

"Oké, zei ze dit biedt ik je maar een keer aan. Over tien dagen komt er honderd miljoen voor je. Drie maanden daarna betaal je op de kop af honderdtienmiljoen. Elke dag te laat kost 1 vol procent van het te laat betaalde bedrag. Akkoord."

"Jezus wat ben jij streng, zeg. "

"En dat zeg jij, topcrimineel, drugs en seks en illegaal gokken??"

Roland zuchtte. "Oké, akkoord, wat ben jij keihard."

Memola glimlachte, ze vond deze topcrimineel bar interessant. Het aftroeven van een topcrimineel maakte haar helemaal high. Ze kuste hem direct op zijn mond.

Hij verstarde maar liet zich meteen leiden door haar actie en kuste haar terug.

Ze zat nog steeds op zijn knieën en hij hield haar nog steeds vast om haar middel. Hij trok haar dichter tegen zich aan. Memola zette haar handen zwaarder tegen zijn borst en wreef haar borsten tegen hem aan.

Ze genoten van elkaar. Roland was enorm opgelucht nu de deal rond was en hij vond haar een zeer aantrekkelijke vrouw die ook nog zakelijk hard was, niet keihard maar wel hard. Dat kende hij niet zo erg van vrouwen. Hij had altijd met anderen te doen die van hem afhankelijk waren. Het gaf hem een enorme lick nu in contact te zijn met een mooie aantrekkelijke sexy vrouw. Hij gaf zich intens.

Meer dan een uur later rolden ze van elkaar af, bevredigd en toch weer behoeftig. Ze douchten maar konden toch niet echt van elkaar afblijven. Weer een uur later namen ze toch eindelijk afscheid van elkaar.

Memola keerde terug naar het dak en vertrok gelijk naar Centra. Ze gokte dat niemand haar zou zien door strak gelijk naast de flat naar beneden te vliegen en meteen op het straatje achter de flat uit te komen en daarvandaan weer terug te rijden naar het Centrum van de stad. Ze parkeerde daar weer in de parkeergarage en wandelde snel terug naar de markt en het restaurant waar ze Cecilia en Madeleine had achter gelaten. De twee hadden de hele middag uitgebreid met elkaar gepraat en geroddeld. Cecilia was weer een stuk wijzer over allerlei nieuwigheidjes en de laatste mode en Madeleine was uitgebreid geïnformeerd over de activiteiten van de rijke families. Ze waren heel verrast dat de middag al voorbij was.

Memola rekende af en ze liepen samen nog even over de markt. Ze kochten nog een truitje en een vestje en keerden behoorlijk beladen met pakjes terug bij de vliegauto. Snel stapten ze in en Memola reed weg. Ze keerden snel terug naar het ruimteschip.

De dames waren doodmoe, vooral Cecilia. Ze was de hele dag al op en dat was toch wel erg lang voor haar.

Ze aten een snelle hap en Cecilia ging vroeg naar bed.

Ook Madeleine liet het al snel afweten. Ondanks het feit dat ze behoorlijk was veranderd door de schoonheidsbehandeling met alle ins en outs, was ze toch nog erg onrustig geweest en bang om ontdekt te worden. Daar was ze doodmoe van.

Memola informeerde Frans dat ze een bedrag van honderd miljoen van de lening van Roland op een aparte rekening gestort wilde hebben met aparte pasjes, wel allemaal op haar naam. Ze wilde weten wanneer ze de pasjes kon ophalen zodra die beschikbaar stonden. Ze complimenteerde hem met zijn geweldig leuke dochter. Een schat van een meid.

Ze bekeek nog de door Frans aangereikte bedrijfjes via het internet en gaf ze een volgorde van prioriteit . Ze bekeek ook zelf nog een aantal opties en voegde er een paar toe aan haar lijstje hoewel die iets verder weg waren gelegen maar wel meer gericht waren op het produceren van kunststofhuishoudelijke artikelen.

Ze doorzocht de bedrijfsgegevens van Cor en Johan en zijn broer. De metaalsector, waar Cor vooral samen met de broer van Johan actief was, had het toch wel een beetje moeilijker door de opkomst van de kunststof toepassingen. De auto-industrie verwachte een opleving met de reeks nieuwe auto's met de nieuwe motoren maar de auto's van Cor en Johan bleven qua ontwerp en vernieuwing achter bij de concurrentie. Ze waren ernstig aan vernieuwing toe. Memola bekeek de verkoopcijfers en printte die uit. Ze verzamelde de bedrijfsresultaten van de laatste jaren en van het lopende jaar. Memola begreep waarom het grote bedrijf in de stad van de loods al was opgeofferd. Ook die gegevens printte ze uit en stopte alles in een map.

Memola bekeek nog even het nieuws en begreep dat er nog een aantal vrijstaande huizen waren onderzocht door de inspectie voor de volksgezondheid samen met de politie op grond van een anonieme tip. In alle drie de panden waren soortgelijke omstandigheden aangetroffen als in het eerdere pand. Verder was er bekend geworden dat er mensen ontbraken uit sommige tehuizen. Die patiënten waren niet langer aanwezig in die tehuizen. Een van die mensen was de vrouw van Cor, de bekende eigenaar van een deel van de auto-industrie en de metaalsector. Er werden foto's getoond van zowel Cor als Cecilia.

Memola had een bijzondere dag gehad. Ze dacht terug aan Roland en het lichamelijk genoegen dat hij haar had geboden en tegelijk het zakelijk gewin. Dubbele score, dat gebeurde haar niet vaak.

Ze ging naar bed. Morgen was de dag van de waarheid voor Cor en Johan. Voor hen en Cecilia.

# Hoofdstuk 26

Memola was vroeg op. Ze deed snel wat oefeningen en maakte de beide dames wakker. Cecilia en Madeleine moesten allebei oefeningen doen van Memola. Ze vermoeide ze niet al te veel want het zou een emotionele dag worden voor beiden. Cecilia zou haar gezin terug zien en Madeleine zou worden achtergelaten bij Roos in het huis. Ze wilde het rijk in haar ruimteschip weer voor zichzelf alleen hebben.

Ze vertrokken al vroeg. Memola vloog ze meteen naar haar eigen huis op de planeet. Het was zondagmorgen het was rustig op straat. Memola landde meteen rechtstreeks in de achtertuin.

Ze wandelde rustig met de dames naar het landhuis en gingen via de terrasdeur naar binnen.

Roos was pas net op en schrok een beetje van het onverwacht vroege gezelschap. Haar vriend meldde zich even later ook. Memola moest er om lachen toen Roos zich verontschuldigde om haar vriend te hebben uitgenodigd zonder toestemming. Memola maakte duidelijk dat het juist de bedoeling was dat ze hier hun eigen home zouden inrichten. Memola vertelde dat ze in de middag met bezoekers zou langskomen en dat ze moesten zorgen voor een feestelijk onthaal.

Roos beloofde nog wat inkopen te zullen doen en keek gelijk naar haar vriend. Memola dronk een kop koffie met de groep mee en vertrok.

Ze volgde haar lijstje met bedrijven Ze waren natuurlijk allemaal dicht, op zondag was het overal rustig behalve in continubedrijven. Deze bedrijven waren allemaal te klein voor continudiensten. Hun opdrachtportefeuille en het soort producten leenden zich er niet echt erg goed voor.

Ze bezocht er acht. Twee waren de moeite waard om nog eens te bezoeken, drie lagen naast elkaar op een industrieterrein en waren om die reden interessant. Je kon heel goedkoop extra productieruimte creëren door de tussen stukken te overkappen. De overige waren niet echt interessant. Ze zocht in een dorpje een koffieshopje op en at daar een klein broodje.

Ze vertrok begin van de middag naar het huis van Cor. Ze landde weer achter in de tuin en nam haar papieren en haar info-tablet mee.

Ze wandelde weer via het terras en stapte via de terrasdeur naar binnen.

Heel de familie zat om de tafel, Cor, Johan en de broer van Johan. Het viel Memola op dat er een extra stoel om de tafel stond. Een jonge vrouw kwam de kamer binnen met een blad met kopjes en een koffiekan.

Memola herkende Miranda. De verloren dochter die ze had teruggehaald. Blind geluk en de rook van een vuurtje.

Miranda had eerst niets in de gaten. Ze zette de koffie op tafel en keek naar haar vader, broers en haar zus die naar Memola staarden. Ze draaide zich om en schrok.

"Jij, "riep ze meteen. Gelijk strekte ze haar armen uit en deed twee, drie stappen naar Memola toe en omarmde haar hartstochtelijk.

"Welkom, maar hoe.., wat.. "stotterde ze. Ze wees naar de tafel.

" We verwachten.. "begon ze "Jij ? " Het zal toch niet. "Mijn redder is ook de gesprekspartner van de familie? " Ze moest hartelijk lachen.

Cor keek zijn dochter verbaasd aan.

"Was zij…? " stotterde hij.

Miranda knikte. "Ja, ik zal haar eeuwig dankbaar zijn. Na drie jaar eindelijk gered. We hadden in een doodlopende grot, waar wel lucht doorheen kwam een rokerig vuurtje gemaakt in de hoop dat iemand de rook zou zien. Al na de derde dag kwam deze vrouw opdagen. Ongelooflijk. Hoe heet je, hoe kan ik je bereiken, We willen je speciaal bedanken. " Ze omhelsde Memola opnieuw en haar tranen vloeiden rijkelijk.

"Oh, wat ben ik blij om je alsnog te ontmoeten. We waren je helemaal kwijt. We waren zo bezig met ons zelf dat we je helemaal waren vergeten. De politie stelde ons vragen over de reddingsactie en we konden eigenlijk alleen maar een raar verhaal vertellen over een vliegend voorwerp waarin we "eventjes" over de hoge bergen werden getild door een volkomen onbekende vrouw. Opnieuw omhelsde ze Memola.

Memola liet haar gewoon even begaan. Ze begreep haar enorme diepe emoties maar al te goed. Ze voelde zichzelf nog steeds verloren met haar gemis aan levensgegevens ouder dan een dikke maand.

Johan stond op en bedankte haar door haar hand te schudden. Ook Cor, zijn broer en zijn andere zus bedankten haar.

Memola nam de bedankjes rustig in ontvangst en ging aan tafel zitten, feitelijk op de stoel van de vrouw van Cor, de moeder van het gezin.

Dat deel zou later komen. Nu moest er eerst overlegd worden over haar voorstel.

Iedereen zat weer aan tafel, inclusief Miranda en iedereen zat een beetje onwezenlijk te kijken.

Memola ging staan en begon voor iedereen koffie in te schenken.

"Hebben jullie nagedacht over mijn voorstellen. Willen jullie meeliften of deelnemen of alleen werken in opdracht? " Memola ging weer zitten en keek de kring rond. Ze eindigde expres bij Cor. Het was uiteindelijk zijn bedrijf.

Cor ging rechtop zitten. "We hebben uitvoerig overleg gevoerd over je voorstel. Je voorstel was uiteindelijk alleen maar om werk bij ons uit te besteden. Dat is, denken we, geen echte oplossing. Je eerdere voorstel om deel te nemen in onze onderneming vinden we ook een probleem. We zouden feitelijk alle zeggenschap over ons bedrijf verliezen. We zijn bereid om te overwegen om tegen de inbreng van al jouw kennis en kunde en een bedrag ineens om 20 % van onze aandelen aan je te verkopen. We denken dat we je daarmee een heel genereus aanbod doen. We beseffen heel goed dat we een stuk vernieuwing nodig hebben in onze onderneming en dat jij voor de korte termijn die vernieuwing kunt brengen. We zullen in goed overleg met elkaar moeten bezien hoe we de lange termijn moeten aanpakken maar dat is dan nu nog even uit te stellen, tot bijvoorbeeld volgend jaar."

Memola knikte. Ze keek naar de andere zoon van Cor, die de indruk wekte dat zijn vader verder was gegaan dan ze kennelijk hadden besproken. Ook de zus van Johan en Johan zelf keken een beetje verbaasd.

Memola glimlachte." Mijn voorstellen zijn hierbij allemaal ingetrokken. Ze opende de map die ze op tafel had gelegd met bedrijfsgegevens over het bedrijf van Cor. Ze wees op de cijfers, op de mening van externe economische analisten en op de toekomstvisie die volledig ontbrak. Memola keek de kring rond.

"De enige reden die ik zag om met jullie in zee te gaan was dat ik de indruk had dat Johan heel geschikt was als productie en salesmanager van de auto-industrie zou kunnen optreden. Nu dat helaas niet het geval zal zijn, zal ik jullie uitnodigen voor een kleine bijeenkomst elders, in mijn nieuwe huis.

De hele groep zat haar verstomd aan te kijken. De onderhandelingen waren al gestopt voor ze begonnen waren.

Cor sputterde, "Ja maar je kunt de onderhandelingen niet zomaar overboord gooien. We zijn nog niet eens begonnen."

Cor keek Memola verbaasd aan.

"Ja, Cor, ik merk dat vaker. Velen denken dat onderhandelen een heel lang traject is. Zoals je je zult herinneren hebben we de vorige keer eigenlijk alleen maar van mijn kant het voorstel horen verwoorden waarbij ik jullie in de gelegenheid stelde de volledige productie van mijn auto's te laten uitvoeren, voor zover jullie dat kunnen uiteraard. Het eerste wat je hebt gezegd was, dat dat niet bespreekbaar was. Daarmee is mijn uiteindelijke voorstel verworpen, zonder enige optie. Zijn jullie überhaupt bereid delen van mijn auto's te produceren of helemaal niets."

Memola keek Cor resoluut aan en begon de bedrijfspapieren weer in haar map te doen. Ze vond het jammer dat er maar zo weinig leek uit te komen. Het familiebedrijf zou volledig ten onder gaan in het komende geweld. Ze nam rustig een slok van haar koffie. De broer van Johan nam het woord.

"Hoe is de feitelijke situatie van het hele familiebedrijf, pa. Ik weet dat de metaalbewerkingspoot het steeds moeilijker krijgt door de enorme opkomst van kunststoffen. Hoe is de positie van de auto-poot?"

Cor keek zijn zoon een beetje onrustig aan. Hij was nooit echt op die manier benadert. Ze hadden altijd over opties en toekomstige ontwikkelingen gesproken maar eigenlijk nooit echt inhoudelijk over de financiële gang van zaken.

"Ik geef toe. Ook de auto-poot heeft het moeilijk. Dank zij de nieuwe motoren hebben we even lucht en worden er het komende jaar weer heel wat auto's gebouwd en verkocht maar onze ontwerpen blijven een beetje achter. Nieuwe modellen moeten steeds sneller kunnen worden geproduceerd en we vernieuwen onze productieprocessen niet zo snel als onze concurrenten. Ook de nieuwe auto van Memola die onwaarschijnlijk hard kan en van een fantastisch uiterlijk is voorzien, streeft onze modellen ver voorbij. We zullen snel moeten vernieuwen om bij te blijven. Dat vraagt wel heel erg veel geld. Dat geld is er niet."

Cor keek zijn kinderen aan.

Memola stond op. "Volgens mij hebben jullie helemaal geen overleg gehad. Jullie hebben misschien wel over mijn voorstel gesproken maar alleen maar zonder ook maar enige achtergrond informatie te delen. Overweeg eerst maar eens wat de dagwaarde van jullie hele onderneming eigenlijk is. Wat is de waarde van het onroerend goed en wat is de waarde van alle productiemachines en de voorraden. Helaas zie ik de toekomstwaarde als zeer beperkt. Ik schenk even een kop koffie in en ga even buiten zitten. Jullie kunnen dan in alle rust met elkaar overleggen, eventueel bellen jullie met jullie directeur financiën om een beter beeld te krijgen. Ik wacht buiten".

Memola stond op, schonk zich een kop koffie in en wandelde naar buiten. Ze ging rustig op het terras zitten en bekeek de tuin. Ze moest wel even glimlachen. De familie overlegde wel maar pa deed gewoon wat hij wilde. De kinderen hadden misschien wel het idee dat er familieoverleg werd gepleegd maar pa vond het gewoon prettig om zijn kinderen om zich heen te hebben. Hier

kwamen ze vast niet uit. Ze hadden geen
idee wat de waarde van de hele
onderneming was. Ze hadden er gewoon
nooit bij stilgestaan dat hun bedrijf onder de
tram zou komen. Dat kon eenvoudig niet.
Memola bekeek de op de beurs genoteerde
grote auto-industrieën op haar info-tablet.
De grootste concurrent die algemeen werd
aangeduid als de meest moderne had een
dreun gekregen van de auto van Cor met de
nieuwe motor. De hele markt hield de adem
in over die hele nieuwe onbekende auto,
waarmee Mark zich in de pers had
gepresenteerd. De aandelen van de
bekende autofabrikanten waren behoorlijk
gedaald. De waarde van de grootste
concurrent, gezien de behoorlijke
bankschuld, werd gewaardeerd op nog geen
honderd miljoen. Dat viel Memola behoorlijk
mee. Dat zou een eenvoudige overname
kunnen worden via de beurs. Niet echt heel
veel eenvoudiger dan een
aandelenoverdracht van Cor van zijn
Holding.

Miranda kwam naar buiten. Ze bracht de koffiekan mee en vroeg Memola of ze bij haar mocht komen zitten. De andere familieleden waren in een heftige discussie verwikkeld. Ze hadden hun hoofdaccountant al gebeld en allerlei vragen bij hem neergelegd. Hij zou er met een uur op terug komen. Hij had al wel wat schattingen en verwachtingspatronen neergelegd maar Miranda kende al die termen en de bedrijven nauwelijks, dus bemoeide ze zich er maar niet mee.

Memola wilde weten hoe ze haar terugkomst in de familie had ervaren.

Miranda keek een beetje bedrukt. Ze wilde er eigenlijk niet over praten. Ze wilde haar familie niet afvallen.

Memola suggereerde dat het wegvallen van hun moeder wel heel erg veel had veranderd. Ze beaamde dat onmiddellijk. Iedereen leek veranderd.

"Ma was altijd de gezelligheid zelf, ze was altijd opgewekt en vrolijk. Zij was de sfeerschepster van de familie. Zij herstelde altijd het evenwicht als er onenigheid was. Zij praatte met iedereen. Miranda zelf had de verandering niet meegemaakt. Ze wist dus ook niet wat er in die tussentijd was gebeurd. Ze wilde haar vader niets verwijten maar iedereen was wel behoorlijk verzuurd. Alleen Johan bleef nog een beetje positief maar de anderen hadden het allemaal erg moeilijk met de situatie. Natuurlijk ze waren allemaal vreselijk blij met haar terugkomst. Ze misten hun moeder en Cor zijn vrouw echter nog nadrukkelijker.

Memola begreep de problematiek. Zij was de enige die wist hoe de vork in de steel stak. Ze besloot het bedrijfsgebeuren verder af te kappen. Hier kwamen ze vast niet uit. Ze zou gewoon werkzaamheden laten uitbesteden en dan zouden ze wel zien wie de opdrachten kregen, voor zover ze de onderdelen niet zelf zouden maken.

Memola stond op. Knikte naar Miranda en zei dat ze mee naar binnen moest komen.

Memola keek haar verrast aan. Ze zat rustig op de tuinstoel en was helemaal niet bezig met teruggaan naar de zuurpruimengroep.

Memola liep naar de terrasdeur en Miranda volgde haar, wel een beetje onwillig. Het was wel een beetje fris buiten maar binnen ging het er vast heet aan toe.

Memola kwam de kamer binnen, liet Miranda binnen en ging op zitten.

Er viel een stilte.

"Cor," begon ze "ik heb besloten de deal uit te stellen. Alles komt te vervallen. Jullie moeten eerst uitgebreid met elkaar en met jezelf overleggen wat je wilt. Op dit moment is er iets anders dat om jullie aandacht vraagt. " Ze keek rustig de verbaasd reagerende groep rond.

"Zoals jullie weten is Miranda ruim drie jaar geleden verdwenen bij een bergbeklimmingstocht. Volgens mijn bevindingen, maar die moeten nog bevestigd worden is dat niet toevallig gebeurd. Er is kwaad opzet in het spel. De groep is moedwillig in een verkeerd gebied gedropt. De tocht kon nooit goed aflopen. Er was geen uitweg. Nogmaals, dit moet nog bevestigd worden. Daarna is er een probleem ontstaan met jouw vrouw Cor. Jouw vrouw veranderde. Hebben jullie niets bijzonders aan haar gemerkt. Was ze veel minder thuis, was ze veel minder oplettend, was ze veel dingen kwijt, die ze niet meer wist? "

Memola keek de groep rond, allemaal knikten ze bevestigend bij elk van haar suggesties.

"Vonden jullie dat ze ook qua uiterlijk langzaam maar zeker een beetje veranderde, werd ze magerder, werd ze bleker, zag ze er minder florissant uit? "

Opnieuw de bevestigende knikkende bewegingen.

Miranda keek met verbazing naar het gedwee gedrag van de hele groep. Ook de vader en broers en de zus zaten elkaar verbaasd aan te kijken. Waar wilde Memola heen. Wat was ze aan het vertellen.

Natuurlijk ze misten haar vreselijk maar goed, Cor en zij waren gescheiden. Ze was er niet meer voor hen. Ze was opgenomen in een tehuis waar ze haar helemaal niet mochten bezoeken.

Memola had de indruk dat het verdwijnen van hun moeder uit het tehuis helemaal niet bij hen bekend was. Ze had verwacht dat de politie of anders het tehuis, hen wel zou hebben geïnformeerd.

Memola ging verder. "Jullie moeder, jouw vrouw Cor is gekidnapt en onder narcose gebracht en drie jaar lang onder narcose gehouden. De vrouw die haar rol hier heeft waargenomen was een dubbelgangster! "

Geschokt keken ze allemaal , inclusief Miranda, naar Memola. Wat was dit nou weer?

Memola keek even rond en ging verder: "Het was allemaal een vooropgezet plan. De echte reden is mij nog niet duidelijk maar die zal ik proberen te achterhalen. Inmiddels ben ik bezig de crimineel die hierachter zit langzaam maar zeker te achtervolgen en zijn criminele activiteiten bloot te leggen. Inmiddels heb ik vier locaties gevonden waar mensen door die organisatie worden vastgehouden. Deze vier locaties zijn inmiddels door de politie ontruimd. Op een van die locaties was er echter een vrouw voortijdig weggehaald. Cecilia!!!"

Memola keek even naar het schokeffect. Ze waren allemaal los van de werkelijkheid en staarden Memola met open mond aan. Ze hingen allemaal aan haar lippen. Zelfs Miranda keek geconcentreerd naar Memola.

"Johan reageerde. "Op televisie..." hij stopte en wees naar het beeldscherm.

Memola knikte. "Ja , er is melding van gemaakt in het nieuws".

"Ik heb Cecilia," ging Memola door, " een week geleden uit haar lijden verlost door haar te laten ontsnappen uit de kliniek, waar ze werd vastgehouden. Het was wel zo dat ze elke dag een kwartiertje met haar wandelden om haar spieren nog een beetje functioneel te houden maar of dat altijd wel consequent is gebeurd, dat weet ik niet. Ik heb dus Cecilia een week geleden meegenomen en haar bij mij laten opknappen. Ze is natuurlijk nog uitermate zwak maar ze kan al weer aardig overweg."

Memola ging achterover zitten. "Cor," begon Memola, zich expliciet tot Cor richtend.

"Nu je weet dat je scheiding niet door Cecilia is gewild en de scheidingspapieren niet door Cecilia zijn getekend , ben je dus nog steeds met Cecilia getrouwd." Ze keek hem rustig aan.

Cor fronste zijn wenkbrauwen. Hij moest dit allemaal wel even verwerken. Cecilia was niet de vrouw die hem had geschrobbeerd, die de overvallen had gepleegd, die zijn zoon had ontvoerd. Allemaal een grote leugen. Het was wel moeilijk te bevatten. Hij had er al aardig mee leren leven. Nu was het allemaal niet zo. Cecilia was vervangen. Een ander had zich als Cecilia voorgedaan.

Langzaam klaarde zijn gezicht op. Zijn Cecilia bestond nog, hij was zelfs nog steeds met haar getrouwd.

Zijn nuchtere geest nam echter weer de overhand en Memola zag het gebeuren.

"Bewijs !! " riep Memola. Ze keken haar nu allemaal heel verwachtingsvol aan.

"Komt er aan", vervolgde Memola.

"Eerst nog even dit. Nu onze zakelijke deal niet doorgaat zijn jullie vast geïnteresseerd in de auto van de toekomst. Ik zal hem jullie laten zien. Kom maar mee."

Memola pakte haar mapje met bedrijfsgegevens en haar info-tablet op en stond op.

Ze glimlachte naar de groep en draaide zich om en liep rustig naar buiten. Ze wandelde de tuin in en stopte bij haar auto.

Johan keek duidelijk teleurgesteld. "Maar dit is je gewone auto. Hij kan inderdaad heel hard en heeft een geweldige vormgeving maar van de auto van de toekomst verwacht je toch meer. Dit is de superauto van nu!"

Ook Cor keek Memola teleurgesteld aan.

Memola deed de deuren open en vroeg hen allemaal in te stappen. Achterin de auto werd de kofferruimte opgeklapt en er werden twee zitplaatsen zichtbaar. Het was nu een auto met zeven zitplaatsen. Cor stond er verbaasd naar te kijken. Met een druk op de knop aangepast. Geweldig. Hij was er enthousiast over.

Memola vroeg hen allemaal in te stappen en ging zelf achter het stuur zitten.

"Allemaal opletten en niet schrikken. Miranda heeft dit al eens meegemaakt maar jullie nog niet. "Memola keek even om naar iedereen, controleerde op het dashboard of iedereen netjes zijn riemen om had en steeg langzaam op."

Iedereen reageerde verrast. Cor greep zich meteen vast aan het dashboard en ook achterin werd een enkele gil gehoord. Memola steeg verder op en verhoogde de snelheid, daarna ging ze snel omhoog en racete naar haar nieuwe huis. Snel daalde ze in de achtertuin. Ze landde zachtjes. Vervolgens  draaide ze haar stoel, samen met die van Cor, een halve slag waardoor ze allemaal naar elkaar toegekeerd zaten.

Johan en Miranda zaten achter hun broer en zus.

"Jullie hebben nu de auto van de toekomst gezien. Ik denk dat jullie je kans hebben gehad en dat die nu voorbij is. Ik acht me vrij, elke zakelijke deal met iedereen af te sluiten. Jullie zijn uiteraard ook allemaal vrij om te doen en te laten wat jullie willen. Ik hoor het wel als jullie toch nog iets met mij zouden willen ondernemen."

Memola keek de groep rond die nog erg onder de indruk was van haar vliegvoorstelling.

"Nu graag rust en vrede. Cecilia weet nog niet dat jullie hier zijn, dus geef me even de tijd om haar te informeren. Komen jullie over een kwartiertje naar het huis. Memola wees over het grasveld naar het huis. Ze vond het zelf nog steeds een perfecte aankoop. Ze had er nu al heel erg veel plezier van.

Iedereen knikte en Johan keek even op zijn horloge om enig gevoel bij de tijd te krijgen. Memola sloot het contact af en stelde de sluiting van de deuren op een kwartier. Dat vertelde ze hen ook.

Memola stapte uit en hoorde Johan al de aandacht van zijn vader vragen voor de geweldige toekomstmogelijkheden van deze auto.

Memola wandelde tevreden naar het huis. Ze wandelde het terras op en Cecilia stond al voor de tuindeur en opende die voor Memola. Ze keek langs Memola om te zien of ze alleen was maar ze zag niemand.

Memola stapte naar binnen en vroeg Cecilia om even te gaan zitten. Ze vertelde dat ze haar man, Cor en haar vier kinderen had meegenomen. Ze stond meteen op, ze wilde naar ze toe.

Memola glimlachte en stond op en liep naar het terras. Cecilia stond meteen achter haar. Ze wandelden de tuin in en Cecilia liep meteen vooruit. Al snel was ze bij de nog wel wat naar achteren geparkeerde auto en omhelsde haar Cor. Ook de kinderen kregen een geweldige omhelzing en ze kuste ze allemaal steeds opnieuw. Ze stonden er allemaal helemaal ontdaan bij.

Roos was meegelopen en vroeg hen allemaal mee naar binnen te komen. Cecilia nam de arm van Cor en sleepte hem ongeveer mee. Ze herhaalde maar dat ze ze allemaal vreselijk had gemist, de hele week. Johan verkondigde dat zij haar wel drie jaar lang hadden gemist en daar danig kapot van waren geweest. Nu waren ze de koning te rijk, dat ze er weer was. De sfeer was geweldig.

Binnen stond een uitgebreid buffet klaar met allerlei snacks en hapjes en ook vele soorten drankjes. De vriend van Roos fungeerde als helper bij het opscheppen en het samenstellen van drankjes. Kortom alles was prima voor elkaar.

Ze praatten rustig met elkaar. Miranda sprak veel met Roos en Madeleine praatte met Johan. Cecilia trok Cor dicht tegen zich aan. Ze wilde alles weten over de vrouw die haar

rol had overgenomen en die uiteindelijk uit
het zicht was verdwenen. Memola praatte
met de broer van Johan en zijn zus. De
broer van Johan vertelde over de
moeilijkheden in de metaalsector en de zus
van Johan over haar gezin, haar man en
haar twee kleine kinderen.

Tegen het eind van de middag begon
Memola iedereen op te roepen dat ze weer
gingen vertrekken. Ze gaf aan dat het de
bedoeling was dat Cecilia weer met haar
gezin verenigd werd en dat Memola ze
gezamenlijk weer naar huis zou brengen. Ze
namen allemaal afscheid van Roos en
Madeleine. Roos en Madeleine vroegen
Memola of ze op de terug weg nog even
langs wilde komen. Ze wilden allebei, los
van elkaar, nog wel met haar overleggen.
Memola beloofde dat.

Cor en Cecilia zaten samen met Miranda
achter Memola. Johan was lekker voorin
gekropen en de andere broer en zus zaten
achterin. Memola vloog snel, zonder veel
omhaal rechtstreeks naar het huis van Cor.
Ze landde nu op het grasveld vlak achter het

huis en vlak naast het terras. Ze stapten uit.
Memola zei ze allemaal gedag en wilde
weer in stappen. Johan hield haar tegen. Hij
vertelde Memola dat hij vreselijk graag met
haar wilde samenwerken op zakelijk terrein.
Hij vroeg haar hem wat tijd te geven om met
zijn vader en zijn broer te overleggen. Hij
had de indruk dat het bedrijf van zijn vader
aanzienlijk minder onaantastbaar was dan
hij altijd had gedacht. Haar auto was
subliem. Ze mochten de kans op
samenwerking niet laten lopen.

Memola zuchtte eens. Ze had ze tenslotte al
alle kansen geboden die er waren. Ze
vertelde Johan dat ze de business niet kon
stil leggen. Alles moest doorgaan. Tijd kost
geld. Ze wilde het omdraaien. Zodra zij
concrete beelden hadden moesten ze haar
maar benaderen. Ze kon dan zien wat ze
voor elkaar konden betekenen. Meer kon ze
Johan niet toezeggen.

Nu zuchtte Johan eens. Hij begreep het wel.
Van uitstel komt afstel. Dat was dodelijk voor
de business. Hij knikte. Bedankte haar voor
haar positieve benadering en al het

geweldige goede dat ze voor zijn familie en voor hem had gedaan en nam afscheid.

Memola stapte in en vertrok. Ze zwaaiden haar allemaal na.

Het gaf Memola toch een warm gevoel. Dit was best wel een leuke gezellige familie.

Ze vloog terug naar Roos en Madeleine en landde ook hier , zoals eigenlijk steeds op het grasveld gelijk naast het terras aan de achterkant.

Roos stond haar al op te wachten. Ze gingen zitten en Roos vroeg of het nu echt de bedoeling was dat ze dit huis zou bewonen, samen met haar vriend en dat ze daarvoor nog betaald zou worden ook. Madeleine vertelde haar haar taken. Daaronder was ook het spelen van gastvrouw voor zakelijke bijeenkomsten. Gastvrouw voor bezoekers die tijdelijk in het huis verbleven, zoals de bedoeling was met Madeleine. In de ene periode was er dan dus heel weinig te doen, in de andere periode zou ze het behoorlijk druk hebben.

Roos had met haar vriend overlegd. Ze wilden graag vanuit dit huis trouwen als Madeleine dat goed vond. Ze wilden ook graag dat Memola getuige zou zijn bij hun bruiloft. Memola sputterde een beetje, dit zou zeker moeilijkheden geven met haar naam en haar herkomst. Misschien dat Madeleine dat voor haar kon invullen. Ze zei nog niets toe maar wilde geen familieleden achterstellen of ruzie veroorzaken in de familie. Roos beweerde dat daar geen sprake van zou zijn. Haar familie was maar heel klein en van de familie van haar vriend waren standaard de vader en de oudste broer of zus de aangewezen getuigen.

Roos beloofde Memola tijdig te berichten wanneer de bruiloft zou zijn.

Madeleine nam de plaats in van Roos. Memola vroeg haar meteen naar haar geboortedatum en plaats. Madeleine gaf die maar stuntelde daar wel een beetje bij. Madeleine bedankte Memola voor haar bevrijding. Ze wilde Memola er nog wel op wijzen dat ze de haar bekende gegevens over Brok in haar computersysteem had opgeslagen. Ze meende zelfs een foto van hem te hebben gevonden en had die er bij gedaan. Ze wilde graag dat Brok gestraft zou worden zodat hij haar niet meer zou achtervolgen. Ze had niet kunnen achterhalen waar hij woonde. Hij was en bleef levensgevaarlijk. Ze hoopte dat hij of een van zijn handlangers haar nooit zouden vinden. Ze huiverde.

Memola bedankte haar voor de informatie. Ze drukte Madeleine en Roos nog wel op het hart dat als ze kleren kochten dat ze die moesten declareren want ze moesten er wel altijd netjes bij lopen.

Ze lachten om de hint en Memola vertrok.

Ze vond het ook wel weer mooi geweest. Snel vloog ze terug naar haar ruimteschip. Ze was toe aan een poosje rust.

Ze nam de tijd om rustig naar haar boompjes in het ruim te kijken en ze wat extra water te geven. De watervoorraden waren bijgevuld maar moesten toch wel weer worden aangevuld, net als de keuken

en de medic. Ze bestelde alle benodigde
zaken.

Ze besloot toch nog de nodige oefeningen te
doen om haar geest ook weer even tot rust
te brengen. Douchte, nam nog een paar
lekkere snacks en ging naar bed. Het was
morgen weer vroeg dag.

# Hoofdstuk 27

Ze was vroeg op. Deed haar oefeningen, douchte en nam een simpel ontbijtje. Ze zette het nieuws op maar er was eigenlijk niets anders dan de gebruikelijke politieke gebabbel. Wel was er op een nieuwskanaal in de stad van de loods een relletje over een politicus die wat had verkondigd over het voornemen om meer ruimte te geven aan de kansspelen in de stad.

Memola kwam op het idee om een verzoek in te dienen om een casino te mogen bouwen en te exploiteren in de stad. Ze voegde meteen de daad bij het woord en vroeg gelijk maar exclusiviteit aan. Ze besloot het verzoek ook bij het gemeente bestuur van Centra neer te leggen. Ze wilde die politieke discussie wel aanzwengelen.

Opeens schoot haar het verhaal van Madeleine te binnen. Madeleine zou een foto van Brok hebben gevonden. Memola bekeek de onlangs opgeslagen documenten en vond het document dat niet van haar was en dus van Madeleine moest zijn. Ze haalde de gegevens op uit het geheugen van de computer en bekeek de foto.

Ze schrok geweldig. De foto was de foto van Roland. Roland was de schurk achter alle kidnappings en onder narcose stellingen.

Waarvoor ? Wat had hij daar nou aan. Vanuit crimineel oogpunt was het toch alleen maar een kostenpost. Waar zat hem nou de winst in. Afpersing, losgeld, ze kon er zich allemaal iets bij voorstellen maar alleen maar oppakken en onder narcose bewaren. Daar zat geen financieel voordeel in. Oké, het kon een geestelijke bevrediging opleveren maar dan moest je er op de een of andere manier een persoonlijke rancune of zo iets aan ten grondslag liggen. Wat zou

Roland tegen al die mensen hebben die hij in coma had gehouden. Wat zou hij tegen Cor hebben gehad. Memola begreep er helemaal niets van. Waarom zou je de moeite nemen om iemand onder narcose te houden en hem niet eenvoudig liquideren. Dat was toch de gebruikelijke gang binnen de criminaliteit. Er zat iets vreemds aan het verhaal. Waarom waren er stand ins gebruikt om Cor en Cecilia te vervangen. Dat was ook weer een soort kostbare, crimineel niet verantwoorde oplossing. Oplossingen? Waren het oplossingen voor problemen? Welke problemen waren er dan. Memola kon er nog steeds geen touw aan vast knopen. Ze begreep niet wat Roland hier allemaal mee voor had. Wat kon het doel zijn van deze plaatsvervanging en in coma houden. Wat was het resultaat geweest. Voor zover Memola kon nagaan was het resultaat geweest dat het gezin van Cor danig ontwricht was geraakt en dat de business van Cor er weldegelijk onder had geleden. De vernieuwingsdrang was weggevallen. De ontwikkelingen waren stil komen te liggen. Een ramp voor elk bedrijf.

Als dat het doel was geweest dan was daar wel iets bereikt. Zowel persoonlijk als zakelijk was er dus een resultaat meetbaar. Waarom waren juist zij uitgekozen voor deze rol. Er waren natuurlijk nog meer mensen in coma gebracht en gehouden. Als ze Madeleine moest geloven waren er nog wel meerdere gevallen. Ze moest proberen na te gaan of Roland hier een lijst van bijhield.

Ze was wel een beetje verrast over haar eigen reactie. Ze had er kennelijk altijd rekening mee gehouden dat Roland, de crimineel , haar pad een keer op de verkeerde manier zou kruisen. Het verbaasde haar niet dat dat nu al het geval was.

Meer verbaasd was ze er eigenlijk over dat haar emoties zo gecontroleerd bleven ondanks dat Roland hoogst waarschijnlijk ook haar ouders had ondergebracht onder de "slaappatiënten" zoals ze die liever noemde.

Ze kon nog geen verband leggen tussen de criminele achtergrond van Roland en de mentale kwelling die ten grondslag leek te liggen ten aanzien van de slaappatiënten. Ook het verband met haar ouders was onwerkelijk.

Memola ging naar bed.

Ze sliep onrustig. De rol van Roland spookte door haar hoofd. Ze kon zich Roland helemaal niet voorstellen als een erg rancuneus mens. Dat paste niet bij de crimineel die ze had leren kennen.

Ze stond heel vroeg op. Ze sloofde zich vreselijk uit in de oefenruimte en douchte uitgebreid.

Ze nam haar ontbijt mee naar de computerkamer en bekeek haar post. Juist op dat moment kwam er een bericht binnen van Frans. Hij had haar verzoek inzake de honderd miljoen gelijk ingewilligd en vanaf morgen rond een uur of tien zouden de pasjes klaar liggen op zijn kantoor.

Memola maakte nog even een kort, zakelijk verslag van het overleg met Cor. Ze beloofde morgenmiddag even langs te wippen. Ze wilde vandaag nog een aantal bedrijven bezoeken.

Tot haar verrassing kreeg ze ook een bericht van Roland. Hij smeekte haar bijna om veel sneller bij hem langs te komen dan over tien dagen. Er waren nieuwe serieuze ontwikkelingen en hij wilde haar graag heel snel weer zien.

Memola had er geen goed gevoel bij. Hij was prima op seksueel terrein maar was toch een uiterst onbetrouwbare crimineel gebleken. Het zou haar niets verbazen als zijn business onder druk was komen te staan door de slaappatiënten. Misschien moest ze toch morgenmiddag nadat ze de pasjes bij Frans had opgehaald maar bij hem langs gaan.

Ze vond het wel heerlijk om weer op haar zelf te zijn. Geen verplichtingen met anderen aan boord. Ze ontspande.

Ze vloog snel naar de loods. Dirk was er ook bijtijds. Hij vroeg of hij de vrije hand kreeg bij de inzet van al die bedrijfjes.

Memola maakte hem duidelijk dat alle productie-eenheden op dezelfde wijze moesten worden ingericht als de werkplek in de loods. Ze wilde graag wekelijks opgave hoeveel auto's er werden geproduceerd van welk type en bij welke productie-eenheid.

Ze wilde altijd meebeslissen over de manager van een productie eenheid. Overal moesten dezelfde werksystemen worden benut zodat alle informatie overal op dezelfde manier zou worden verwerkt. Bob was daar al mee bezig. Hij had de productie voor drie types nu gereed en die konden worden vermenigvuldigd, alleen de vierde moest nu nog. Verder was er toch echt extra hulp nodig voor de inkoop van al die materialen. Ze kregen de onderdelen nog maar sporadisch binnen. Dat ging nog wel goed maar iemand moest controleren of overal voldoende onderdelen op voorraad waren zodat de productie niet zou stagneren. Ze hadden nu drie auto's gereed.

De auto van Memola en die van Mark meegerekend. Angelica wilde auto's beschikbaar hebben voor reclamedoeleinden. Memola vond dat Angelica gelijk had en gaf Dirk toestemming de gereedstaande auto en de eerstvolgende eerst voor reclamedoeleinden te benutten en daarna alsnog aan Mark te leveren. Een grote reclamecampagne moest binnenkort van start gaan. Dirk begreep het en zou Angelica informeren.

Memola dacht er over na of er niet binnenkort een showroom geopend zou moeten worden. De verkoop op zich zou ook via internet kunnen worden gedaan. Misschien zelfs wel alleen maar via internet. Het vertrouwen van de klant moest wel geweldig groot zijn om een auto via internet te kopen. Angelica had wel een geweldige taak. Ze maakte een speciaal bericht voor Angelica waarin ze de verkoopmethode via internet propageerde.

Ze ging weer op pad en bezocht vier bedrijfsunits. Ze maakte er een verslagje van maar kwam nergens tot een regeling. Ze was niet erg tevreden over het gebodene en over de voorwaarden van de eigenaren. In een geval wilde de eigenaar alleen informatie verstrekken als ze van tevoren een garantie afgaf op een bepaald minimum bedrag. Onaanvaardbaar natuurlijk.

Ze had er een beetje de pest in. Ze was inmiddels aan de andere kant van de stad waar de loods was, aangekomen en zocht daar een winkelcentrum op om een snelle lunch te halen. Ze wandelde door de grote hal. Langs de kant waren een groot aantal minirestaurantjes waar je je eten kon halen en in het midden kon je dan je eten opeten. Daar waren een hele reeks tafeltjes met stoelen. Memola zocht een uitgebreid warm broodje uit en ging zitten eten. Langs de muren boven de restaurantjes en tegen de grote brede zuilen waren televisieschermen opgehangen. Memola was halverwege haar broodje toen er een reclamespot langs kwam. Ze verstarde. Een alleraardigste juffrouw verkondigde dat ze binnenkort haar superdroom ging beleven. Ze zou haar droomauto mogen gaan bestellen. Super, eindelijk.

Memola staarde verbaasd naar de spot. Ze keek rond en merkte dat er nieuwsgierig werd gereageerd. Het was een snelle korte spot. Andere reclames volgden. Ze begon weer van haar broodje te eten en wilde net weer naar buiten lopen toen het spotje werd herhaald. Ze keek weer rond en opnieuw kreeg het spotje aandacht.

Ze liep naar buiten en stapte in haar auto. Ze moest het Angelica nageven. Als dit van haar hand was, dan pakte ze het prima aan.

Ze ontving een berichtje op haar info-tablet. Het was van een medewerker van de gemeente van de loods waar ze een verzoek had ingediend om een vergunning te krijgen om een casino te mogen bouwen. Ze hadden het verzoek met interesse gelezen en wilden graag overleg in voorbereiding op een advies aan de burgemeester en wethouders inzake de aanvrage. Memola's humeur verbeterde aanzienlijk. Eindelijk een nieuwe zakenoptie die mogelijkheden bood. Ze besloot snel te reageren en opperde dat ze die middag wel mogelijkheden zag voor overleg.

Prompt werd ze uitgenodigd die middag om drie uur op het gemeentehuis te komen voor overleg. Ze moest zich bij de receptie melden en vragen naar de gemeentesecretaris. Memola bevestigde de afspraak en begon gelijk maar naar het centrum te rijden. Ze had geen zin om nog meer bedrijfjes te bezoeken. Ze parkeerde een stukje bij het gemeentehuis vandaan en deed de doek weer over de auto. Ze wandelde naar het gemeentehuis en bekeek de kaart van de stad die op een groot plakkaat was vastgemaakt. Boven de kaart stond de kreet "Investeerders gevraagd".

Memola begreep de wens. Ze wandelde even over de markt voor het gemeentehuis. Het was maar een kleine markt. Aan de zijkant lag een redelijk groot terrein waar kennelijk brand was geweest. De restanten van een groot oud gebouw waren zichtbaar.

Memola meldde zich netjes bij de receptie en werd meteen in een aparte ruimte gelaten waar ze even later werd opgehaald door een lieftallige jonge dame. Memola werd bij een jongeman gebracht. Hij stelde zich voor als de gemeentesecretaris. Ze hadden haar verzoek om een casino te mogen exploiteren gelezen maar wilden graag meer achtergrond informatie.

Memola vertelde dat er een grote locatie nodig zou zijn, dat er een bestaand gebouw gezocht zou worden of eventueel nieuw gebouwd zou moeten worden. De locatie zou werk bieden aan ongeveer vierhonderd werknemers en veel extra mensen naar de stad trekken. De gemeente moest natuurlijk wel de vergunning afgeven voor onbepaalde tijd omdat de totaalinvestering ongeveer honderd miljoen zou bedragen. Als de gemeente de locatie ter beschikking zou stellen kon de huur van de ondergrond gekoppeld worden aan de vergunning. Een geïndexeerde huur en een winstdeling van 5 % op het economische bedrijfsresultaat, kon de belangstelling van de zijde van de gemeente misschien vergroten. Als het casino tegelijk een hotelaccommodatie kon herbergen had de gemeente aan gemeentelijke heffingen voor toeristen ook nog extra inkomsten. De overheid, in zijn algemeenheid had via de belastingen ook nog extra inkomsten uit de winstbelasting op ondernemingen.

Memola merkte dat het de gemeentesecretaris allemaal zeer aantrekkelijk in de oren klonk. Ook het te investeren bedrag was in zijn ogen enorm. Zijn gezicht glom, zijn ogen staarden in de verte.

Memola drong er op aan dat ze op heel korte termijn een definitieve reactie wilde omdat investeringen van deze omvang beperkt mogelijk waren en om snelle beslissingen vroegen, omdat de gelden al snel niet meer beschikbaar waren.

De gemeentesecretaris verzekerde haar dat het verzoek deze week nog zou worden besproken in het gemeentebestuur.

Memola nam afscheid en was heel tevreden over het gesprek. Ze had de burgemeester en een aantal wethouders al eens gesproken over dit onderwerp. Ze had er alle vertrouwen in dat dit rond zou komen. Nu moest ze zelf nagaan hoe ze de investering zou ophoesten. De bestaande bronnen waren in principe al voorbestemd voor de auto industrie en de energiepoot met huishoudelijke apparatuur. Hier honderd miljoen voor een casino en ook nog een in Centra, ze moest dit nog eens nader onderzoeken, zeker nu ze ook nog honderd miljoen voor Roland moest reserveren ook al was dat maar voor een korte termijn. Ze zou er met Frans over praten. Misschien dat de bank meer mogelijkheden kon bieden met overheidsleningen. Ze had toch al een afspraak met Frans staan voor morgenmiddag.

Ze keerde terug naar haar vliegauto en besloot de stad eens bewust van grote hoogte te bekijken. Stel dat de locatie naast de markt niet beschikbaar was, wat was dan een redelijke plek. Hoe groot zou de locatie moeten zijn, hoe groot moest het alles bij elkaar worden? Ze moest zich er echt nog heel wat meer in verdiepen.

Ze maakte meerdere zeer gedetailleerde opnamen van de stad. Ze vond de plek naast de markt bij uitstek geschikt. Overigens was het complex van de gesloten autofabriek ook zeer imposant. Ze deed hetzelfde bij Centra, hoewel ze zich daar iets voorzichtiger opstelde gezien de nabijheid van de ruimtehaven en dus de aanzienlijk intensievere controle van het luchtruim.

Ze besloot gelijk terug te gaan naar haar ruimteschip. Gewoon weer lekker even op zichzelf.

Ze vond weer een tweetal containers met spullen in het ruim. Volgens de computer waren het de aanvullingen voor de behoorlijk aangetaste voorraden. Zowel de medic als de voedselvoorraad werd hiermee aangevuld. Ze haalde de containers leeg en stuurde ze terug.

Ze besloot voor zichzelf een ontwerp te maken voor een casino met hotelaccommodatie en een paar winkeltjes. Ze zocht op het internet naar voorbeelden van speelhallen en hotelaccommodaties. Ze vond wat politiebeelden van verboden gokpaleizen maar vond die niet erg representatief. Ze kreeg wat verwijzingen naar films waarin casino's voorkwamen. Ze vond, zowaar, een gebeid waar al toestemming was gegeven voor de bouw van een casino. Het casino werd alleen door de overheid geëxploiteerd. Ze las een hele reeks commentaren op de indeling en aankleding van de casino's. Ze bekeek de reclamefilmpjes en vond de aankleding bepaald niet aantrekkelijk. Ze besloot Angelica een voorstel te laten doen. Het moest vrolijk, gezellig, sfeervol en modern zijn. Ze formuleerde een voorstelopdracht naar Angelica en verzond het bericht.

Memola kreeg een beetje trek en besloot wat uit de keuken te halen. Ze nam een drietal snacks en vond dat genoeg. Het smaakte haar eigenlijk best wel goed en ze nam er nog twee.

Ze liep naar haar woonkamer en zette de televisie aan. Ze wilde snel even het nieuws zien. Er bleek eigenlijk geen bijzonder nieuws te zijn, ook niet in de omgeving van de loods.

Ze ging terug naar de keuken en nam een kop koffie mee naar de computerkamer. Er lagen wat verslagen van Dirk over de voortgang en de behoefte aan meer medewerkers om het allemaal te coördineren. Memola gaf hem de ruimte die hij vroeg. Ze moest wel een veel zwaardere figuur hebben om het hele auto-traject te beheren. Misschien had Frans daar voorstellen voor.

Al overwegend vond ze dat eigenlijk ook voor het traject inzake de vervanger voor de batterijen een aparte manager moest komen. De energieboxen met alles erop en eraan maakten dat project uniek. Misschien moest ze ook wel iemand hebben die de casino's zou bouwen en runnen. Ergens had ze het gevoel dat ze iets anders moest doen. Ze vond het een raar gevoel. Wat gebeurde er met haar. Was ze opeens alle interesse in haar eigen projecten kwijt. Dat was toch eigenlijk wel heel gek. Ze was juist uiterst enthousiast over de projecten, de kansen , de mogelijkheden en de gegarandeerd gouden toekomst. De wereld zou worden veranderd. Zij zou daar een essentiële rol in spelen. Ze was er van overtuigd. Waarom dan opeens de desinteresse inzake de voortzetting van de projecten. En waarom juist nu. Haar geheugen ging maar een maand terug. Meer wist ze niet meer over haar eigen verleden. Madeleine had er iets over losgelaten. Wat had ze ook al weer beweerd. Ze werd gechanteerd omdat haar zus en haar man ergens werden vastgehouden. Ook in coma ? Had ze dat nou echt gezegd. Waarom was ze nu dan opeens niet bang meer voor problemen met haar zus.

Memola corrigeerde zichzelf. Dit was niet helemaal eerlijk. Madeleine was zelf rechtstreeks met de dood bedreigd. Ho, wacht even. Dat zou dus gewoon kunnen betekenen dat haar eigen ouders, de zus van Madeleine en haar man, nu werden geslachtofferd omdat Madeleine was verdwenen. Hoe zat het eigenlijk. Hadden ze haar ouders gegijzeld om Madeleine in hun macht te krijgen of hadden ze Madeleine alleen maar toevallig gebruikt voor bepaalde doeleinden en hadden ze haar ouders om andere redenen gegijzeld.

Memola wist het niet. Hoe zat dit allemaal in elkaar. Had Madeleine gezegd dat haar ouders ook in coma werden gehouden of niet. Memola meende van wel. Roland had te maken met de comapatiënten waar Cecilia bij hoorde. Waarom was Cecilia eigenlijk gegijzeld. Kennelijk was er iemand uit geweest op de vernietiging van het gezinsgeluk. Ze kon niets anders bedenken. Wat was de rol van Roland in dit verhaal.

Ze besloot het rapport van de doctor nog eens te lezen. Misschien was er ergens een pad te vinden waarin haar geheugenverlies een link kon bieden met de comapatiënten. Ze dacht dat het toch wel bijzonder moest zijn om patiënten zo langdurig in slaap te houden met zo nu en dan een wandelingetje waarbij de lichaamsfuncties toch zodanig goed bleven functioneren dat een persoon als Cecilia, die drie jaar lang in slaap was gehouden, binnen een week weer helemaal, nou ja, redelijk volledig kan functioneren. Chemische experimenten konden wel eens de grondslag vormen voor dit soort medicamenten. De doctor had hier het een en ander over op papier gezet. Er waren een beperkt aantal medici van wie bekend was dat die experimenteerden met de stoffen die in haar lichaam waren teruggevonden.

Memola haalde het rapport van de doctor voor de dag. Inderdaad suggereerde hij enkele namen van biochemici die erg berucht waren vanwege verboden experimenten.

Ze bekeek de namen en de plaatsen waar die mensen woonden. Er was zelfs een vrouw bij, ene "Patricia Ton". Ergens intrigeerde die naam haar. Alle genoemde mannen woonden aan de zuidzijde van de planeet. De ene vrouw zat daar een heel eind vandaan. Ze woonde helemaal aan de noordoost kant.

Memola zocht informatie over de vrouw via het internet. Ze was kennelijk best wel gewaardeerd voor haar onderzoeken. Ze was als jonge vrouw al zeer bekend door enkele ontdekkingen. Ze had kort een verhouding gehad met een vreemde snuiter maar was verder altijd als eenling door het leven gegaan. Ze was nog steeds verbonden aan een medisch onderzoekscentrum dat regelmatig met schitterende resultaten kwam. Wel was er nogal eens kritiek op de onorthodoxe methoden die regelmatig werden benut bij haar onderzoeken. Al haar baanbrekende ontdekkingen en nieuwe medische middelen waren via die afwijkende methoden ontdekt, daardoor was ze nooit echt op het matje geroepen.

Memola besloot toch nog wat uit te zoeken over de andere biochemici. Geen van hen was zo bijzonder als de vrouw.

Ze besloot te gaan slapen en morgen ochtend vroeg de vrouw op haar eigen locatie op te zoeken.

# Hoofdstuk 28

Memola was bijtijds op. Ze deed snel haar oefeningen, nam een snelle hap. Ze wilde vroeg op pad. Ze controleerde de energiebox in haar vliegauto, verving hem en ging op pad. Het adres van Patricia Ton, stond nergens vermeld, maar wel het adres van haar onderzoekscentrum. Ze had veel geld verdiend met haar ontdekkingen en het onderzoekscentrum zag er dan ook zeer geavanceerd uit. Het lag weliswaar een stuk buiten de stad maar was zeer goed onderhouden en uitstekend bereikbaar. Het maakte het voor Memola eenvoudiger om de locatie te bereiken. Ze kwam pas laat op de weg neer. Ze hoefde hier minder op te letten. Het was weliswaar al licht maar het was een sombere, donkere dag. Er bleek een grote parkeerplaats langs de grote weg te zijn. Het was er volkomen stil. Memola landde daar en reed meteen door, de grote weg op. Ze had er nog niet over nagedacht wat ze er wilde doen. Ze zou naar Patricia Ton vragen en zien of ze haar te spreken kon krijgen. Ze reed het terrein op. Ze was onder de indruk van de omvang en de schitterende ligging van het futuristische gebouw.

Ze parkeerde de auto en stapte uit. De entree was vloeiend aangelegd. De trappen leken meer een glooiende beweging dan strakke treden. Ze liep de trappen op en stopte boven en draaide zich om. Zonder zich er bewust van te zijn had ze de trap niet recht door genomen maar had een behoorlijke zijwaartse bocht gelopen. Ze bekeek de trap en begreep dat je zonder het goed te beseffen een draaiing in de treden volgde, waardoor je stilletjes in een bocht werd geleid. Ze vond het geweldig. Ze moest de architect spreken die dit had ontworpen. Dit was het ultimum voor haar casino's. Ze voelde zich geweldig op haar gemak. Iemand die zijn onderzoekscentrum op deze manier vorm liet geven moest wel een geweldig mens zijn. Ze betrapte zichzelf er op dat ze eigenlijk zei dat iemand die dingen deed die haar bevielen wel goed moest zijn. Pure irrationele redenering natuurlijk. "Goed" en "mooi" waren niet op die manier gerelateerd.

Ze wandelde het gebouw binnen en was ook hier onder de indruk van de gewelfde vormen en kleurstellingen. De kleuren waren in de hoeken het felst en vervlakten naar het midden. Vloer, muren en plafond verliepen in dezelfde kleurschakeringen. Een ovale, eivormige tafel met een platte bovenkant vormde het centrum van de hal, of leek dit te vormen. Als je goed keek was de kleurstelling wat verhoogd, waardoor de lengtes voor en achter de tafel even lang leken maar het stuk achter de tafel was voor een groot deel muur en een stukje plafond. Memola draaide nog eens rond in de hal. Ze vond het geweldig.

Heel langzaam kwam er achter de eivormige tafel een juffrouw omhoog. Ze glimlachte vriendelijk. Ze kwam veel verder omhoog dan Memola had verwacht en zag daardoor nu pas dat de eivormige tafel achterover kantelde en dat niet de juffrouw omhoog kwam. De tafel kantelde helemaal weg en de juffrouw leek nu in het centrum van de hal te staan.

Memola deed een paar stappen naar haar toe en glimlachte bewonderend.

De juffrouw was er kennelijk aan gewend om vast te stellen wanneer nieuwkomers voor het eerst binnenkwamen. Die stonden altijd eerst even bewonderend rond te kijken. Ze gaf Memola rustig de tijd om weer tot zichzelf te komen.

Memola stapte naar haar toe en stelde zichzelf voor.

"Goede morgen, mijn naam is Memola, ik zou graag mevrouw Patricia Ton willen spreken. Ik heb helaas geen afspraak maar ik ben vanuit Centra hierheen gekomen om haar te spreken. Is ze aanwezig, kan ik haar spreken? " Memola keek de juffrouw hoopvol aan.

"Ik zal het voor u nagaan, wilt u mij intussen
even volgen, dan kunt u even wachten in de
wachtruimte." De juffrouw draaide zich om
een liep naar de rode hoek. De rode hoek
week voor haar uiteen en ze draaide zich
naar Memola en strekte haar hand
uitnodigend voor Memola uit, als een wenk
om de er achterliggende ruimte binnen te
gaan.

Memola wandelde rustig die ruimte binnen
en nam plaats in een van de luxe fauteuils.
Er werd een reclamefilmpje gedraaid om de
tijd te doden. Memola keek er verrast naar.
Er werden beelden getoond van de
uitvindingen en wat er met die medicijnen
was bereikt.

Memola wachtte rustig. Ze keek het hele
filmpje af. En nog voor een tweede keer.

Plotseling kwam er een onbekende nieuwe
jongedame binnen.

Ze excuseerde zich voor het lange wachten
maar mevrouw Ton had het erg druk.
Mevrouw Ton kon haar nu even ontvangen

maar moest helaas al wel snel weer naar de volgende afspraak.

Memola stond snel op. De vrouw draaide zich om en begon snel weg te lopen. Ze keek even om of Memola volgde. Tevreden versnelde ze haar pas, liep een grote gang in en een snelle bocht om en stond vervolgens stil bij een grote volledig bewerkte, glazen deur.

Memola had nauwelijks tijd om de deur te bewonderen. Ze vond hem schitterend. Het glas was in vele verschillende lagen aangebracht en afgewerkt op allerlei verschillende manieren. Schitterend. Er was duidelijk kosten noch moeite gespaard om dit gebouw tot een topper te maken. Ze liep de deuropening door en bleek in een spreekkamertje te zijn gelaten. De jongedame verzocht haar plaats te nemen en even te wachten. Mevrouw zou komen zodra ze beschikbaar was. Dat zou hoogstens vijf minuutjes duren.

Memola keek de kamer rond. Het plafond had een golvend profiel en was gedeeltelijk doorzichtig. Je keek door het plafond tegen een , wat leek op een glazen trap waar weer licht doorheen viel van een hoger niveau. Ze vond het heel speels en knap gevonden.

De deur waar ze doorheen gekomen was werd opengetrokken en een oudere dame kwam binnen, onderwijl nog dingen vertellend aan de jonge vrouw die Memola eerder de kamer in had gelaten. Ze wenkte de vrouw weg en sloot de deur.

Ze begon zich om te draaien naar Memola, zich excuserend voor de manier waarop ze was binnengekomen, met de rug naar haar gast toe.

Juist op dat moment versteende de vrouw. Memola was opgestaan en wilde haar de hand schudden. Ze stak haar hand uit maar bleef halverwege steken, starend naar de versteende vrouw.

"Kim !!!!, Kim !!!"kreet de vrouw. Ze vermande zich. "Wat is dit, wat is dit voor onzin. Eerst me verafgoden, vervolgens mij diep de grond in borend, dan verdwijnen, plotseling weer opduikend en dan weer verdwijnen en nu weer uit de lucht komen vallen."

Memola was verbaasd , dat ze dit allemaal in een adem kon zeggen of eigenlijk meer schreeuwen.

"Waarom wat is dit , wat doe je, Waarom, WAAROM !!!??? ".

Ze hapte naar adem en ging snel zitten. Ze greep meteen naar het glas water dat daar stond en dronk er van. Ze verslikte zich en hoestte en proestte het uit.

Memola wist niet hoe ze het had. Wat was dit. Ze had haar "Kim" genoemd, was dat niet de naam die ook Madeleine had genoemd.

Haar "echte" naam?

Ze ging ook zitten en fronste haar wenkbrauwen.

"Kent u mij? " begon ze voorzichtig. De vrouw kuchte en rochelde nog wat en keek haar aan. Ze knikte en verslikte zich weer. Ze kwam langzaam weer op adem, nam nog een slok water, zuchtte eens flink en keek Memola strak aan.

"Of ik je ken !!!," schreeuwde ze prompt. "Natuurlijk ken ik mijn eigen dochter. Wat is dat voor een stomme vraag. Oké, je bekkie is wat voller en je haren zijn helemaal ingekort maar je bent en blijft mijn dochter, die herken ik uit duizenden. "

"Sorry, " begon Memola schuchter," ik ben een maand geleden mijn geheugen kwijt geraakt en weet niets van mijn leven van voor die tijd.  In mijn bloed zijn bijzondere stoffen aangetroffen, die volgens door mij ingewonnen informatie door een beperkt aantal deskundigen zou kunnen zijn gebruikt in experimenten. U bent een van die deskundigen, dat is de reden, dat ik u ben komen opzoeken. Misschien dat u mij verder kon helpen in mijn zoektocht naar mijn verleden. "

De vrouw staarde haar aan. "Je weet niets meer over je eigen verleden? Je weet niet hoe je heet, hoe je je hebt misdragen? Wat je me hebt aangedaan door je gedrag? Wat je je vader hebt aangedaan! "

Ze keek Memola weer aan.

Ze ging staan en liep om de tafel heen naar Memola toe. Memola ging staan. De vrouw omarmde haar. Memola liet haar begaan. Ze leek haar een aardige vrouw.

Plotseling werd er op de glazen deur geklopt en werd de deur opengetrokken. De jonge vrouw stond in de deuropening en wenkte haar bazin. Ze moest weer door naar de volgende bijeenkomst.

"Heb je vanavond tijd voor ons. Ik moet weer door. Ik heb het druk. Ik wil graag met je van gedachten wisselen. Ik wil je vertellen over ons verleden en over jou en ons. Ik wil je graag terug. Alsjeblieft, kan dat vanavond? "

De jonge dame begon een beetje onrustig te kuchen. Ze moest door.

"Hoe laat," vroeg Memola.

"Half acht hier? "

Memola knikte.

De vrouw raakte haar nog even aan, slikte en draaide zich naar de jonge dame en wuifde haar de deur uit.

Patricia draaide zich nog even om, mompelde "tot zo" en verdween.

Memola zakte verstomd terug in haar stoel. Wat was dit nou weer. Het volgen van zo'n onduidelijk spoor dat rechtstreeks leidt naar je moeder, is toch wel heel erg merkwaardig. Ze wist niet wat ze er van moest denken. Ze ging weer staan en wandelde de kamer uit, de gang terug en werd automatisch weer naar de hal geleid. Ze wandelde naar buiten, nog steeds een beetje ontdaan.

Ze kon het nog steeds niet bevatten. Ze wist niet wat ze er van moest denken. Het was allemaal wel erg ongelooflijk.

Ze stapte in haar vliegauto en reed weg via de toegangsweg naar de grote weg. Ze zocht weer een parkeerstrook uit en ging daarvandaan snel de lucht in.

Ze vloog terug naar Centra. Ze was inmiddels al wel de hele ochtend kwijt door dit verre bezoek. Ze was alleen niets te weten gekomen over de chemische stoffen in haar bloed. Ze zou het haar moeder vanavond vragen. Die werd geacht hier verstand van te hebben.

Ze zuchtte eens diep. Ze vloog terug naar Centra en landde weer voorzichtig met de nodige voorzorgen en reed de stad in. Ze parkeerde weer in de parkeergarage en wandelde snel even naar de markt. Ze at daar een snelle hap en wandelde terug naar het nieuwe kantoor van Frans, haar algemeen directeur.

Ze meldde zich netjes bij de juffrouw van de receptie, die haar meteen zeer voorkomend behandelde. Ze was de grote baas, dus super belangrijk.

Frans verwelkomde haar en liet meteen koffie brengen.

Frans overhandigde haar meteen de speciale pas voor het aparte banksaldo van honderd miljoen. Hij vertelde er meteen bij dat de financiën die nodig waren om de volledige business voor de auto fabricage zelf helemaal te financieren, haar budget met meer dan 60 % zou overschrijden.

"Het overnemen van bedrijven om alle producten te fabriceren in eigen beheer is onbetaalbaar. Het is verstandig en nuttig om of een groot bedrijf over te nemen en nog beter om een groot bestaand bedrijf veel te laten produceren. Dan betaal je nu wel meer per product maar je hoeft niet meteen alle bedrijfshallen, machines, materialen en hulpmiddelen voor te financieren. Voor de investeringsbalans is die oplossing aan te bevelen." Frans was redelijk helder.

Memola's suggestie dat het grootste auto concern op dat moment een dagwaarde op de beurs zou hebben van honderd miljoen bestreed hij onmiddellijk. Memola noemde de naam van het concern en Frans toonde aan dat het alleen maar om de verkooppoot van het concern ging. Het waren de salesgebouwen en voorraden die de waarde weergaven. Er zat geen enkel stuk productie of montage bij, geen deeltje van alle rechten op de ontwerpen, de uitvindingen, de mallen etc.

Memola was blij dat ze dit met Frans besprak. Ze had een beter beeld van de waarde van haar ideeën en rechten ten opzichte van de enorme waarde van de productie.

Ze vroeg Frans wat hij een redelijke verhouding zou vinden als ze een deal met Cor zou willen maken. Frans vond dat heel erg moeilijk. Voor de veiligheid zou de beste deal eenvoudig het geven van opdracht om te produceren en te verkopen zijn.

Memola begreep zijn benadering. Ze voelde er ook het meeste voor. Zo kon ze de vliegontwikkeling nog een poos voor zich uit schuiven.

Ze besprak ook het feit dat ze personen nodig had, die de bedrijven zouden managen. Elk van de poten had een eigen manager nodig.

Frans pakte een map en deed die open. Hij gaf haar de map. Memola bekeek de map. Voorin was een lijst met bedrijfsnamen van haar bedrijven. Op elk van de volgende pagina's stond per bedrijf een aantal zaken gespecificeerd. Het geïnvesteerd vermogen tot nu toe. Het nog beschikbare budget, het nog benodigde budget en het verwachte rendement, met daarbij een inschatting van de tijd benodigd om boven het nulpunt uit te komen.

Op de voorlaatste pagina stond de naam voor de twee casino's, zonder enige nadere specificatie. De laatste pagina gaf het nog beschikbare budget weer op dit moment en op het moment dat alle gewenste budgetten waren benut, zonder dat er geld was besteed aan de casino's.

Er bleef maar weinig over voor de casino's.

Memola vond het wel heel nuttige en zeer gerichte informatie.

Frans gaf haar een tweede map. In die map had hij weergegeven hoe de bedrijfsorganisaties van elk van de bedrijven er uit zou moeten zien, behalve de casino's. Daar had hij geen verstand van en durfde zich niet te wagen aan voorspellingen.

Frans gaf haar nog een map. In die map stond een indicatie omschrijving van de vereisten voor de top vijf mensen in elk bedrijf. Inclusief een salarisindicatie. Het waren forse bedragen. Het waren ook grote ondernemingen. Memola wilde ook dat Frans zichzelf in het totaalbestand zichtbaar zou maken, inclusief zijn kosten in het bankwezen en het moederbedrijf Memola Beheer.

Frans gaf haar nog een mapje met Memola Beheer er op.

Memola keek er snel doorheen. Ze was stik tevreden over de manier waarop hij de zaken oppakte en gaf hem toestemming alle mensen die nodig waren aan te nemen en aan het werk te zetten. Altijd binnen het budget. Steeds als er afwijkingen zouden zijn dan moest hij dat met haar doornemen. Frans vond dat uitstekend. Ze dronken de koffie op en Memola vertrok.

Frans deed het geweldig. Ze was blij met hem. Ze vertrok weer met haar auto en vloog uiteindelijk hoog vanuit de lucht naar het dak van het appartementengebouw van Roland.

Ze ging weer omlaag met de trap naar zijn verdieping. Nu zat er een juffrouw bij de receptie. Ze vertelde wie ze was en dat ze een afspraak had met Roland. De receptioniste leek een beetje nerveus. Memola keek haar verrast na toen ze even moest wachten omdat de juffrouw zelf eerst alleen naar binnen ging.

Al snel kwam Roland, elegant gekleed, zoals altijd haar ophalen. Hij kuste haar en ze liepen samen naar binnen. De receptioniste leek ineens veel rustiger. Kennelijk was ze geplaatst in de groep ongevaarlijke liefjes van Roland.

Roland wandelde met haar naar het raamzitje in zijn kantoor. Hij wees haar een fauteuil aan en ging zelf in zijn eigen fauteuil zitten. Op het tafeltje in het midden stond al een koffiekan gereed.

Memola ging echter achter zijn stoel staan en begon gelijk zijn nek te masseren. Het zien van deze mooie man maakte op de een of andere manier meteen een sensueel gevoel bij haar boven. Hem aanraken gaf haar een intense tinteling. Ze genoot alleen al van de aanraking.

Roland genoot ook van haar aanraking. Hij mompelde zelfs hoe heerlijk hij het vond.

Memola vroeg hem naar de reden voor de vervroegde wens tot extra geld. Meteen voelde ze de stres bij hem omhoog schieten. De spieren in zijn nek werden meteen dikke keiharde kabels. Hij sprong op en begon heen en weer te lopen.

Memola keek hem verrast na.

Roland stapte driftig heen en weer.

"Memola," begon hij, gelijk heftig zuchtend, "ik snap niet hoe je het voor elkaar hebt gekregen om zomaar, een gigantisch bedrag van mij te kunnen lenen. Dat is volledig in strijd met alle redelijke beslissingen die ik ooit heb genomen. "

Hij draaide zich naar Memola toe die nog steeds achter zijn stoel stond.

"Door die gekke actie heb ik veel geld onttrokken aan mijn organisatie. Mijn organisatie heeft die klap helemaal niet kunnen opvangen. Voorspelbaar !!!, volkomen volgens elke redelijke verwachting. "

Opnieuw keek hij , nu zelfs een beetje wild, naar Memola.

"Door die hopeloze aderlating heb ik mijn organisatie vreselijk onder druk gezet. Er moest snel veel geld worden verdiend om een groter deel van het enorme gat te dichten. " Hij zuchtte.

"Mijn organisatie heeft dat verkeerd uitgewerkt. Er is een bendeoorlog uitgebroken. !!!!" Hij draaide zich weer met een enorme slag van zijn grote lichaam naar Memola die veilig achter de stoel bleef staan. Ze kon zijn redenering best wel volgen. Maar hij was er toch al die tijd zelf bij geweest. Nog sterker hij leek toch een beetje de aanbieder te zijn geweest van zijn geldlening.

"Ik heb er op geen enkele manier rekening mee gehouden dat je het geld onmiddellijk volledig zou wegtrekken uit het beheer van de bank. Mijn bank, wel te verstaan. De bank is daardoor in de problemen gekomen en dus mijn hele financiering van alle lopende projecten. !!!!"

Roland ging steeds harder schreeuwen, wat zijn boosheid alleen maar leek aan te wakkeren.

"Hoe heb je mij zover gekregen om zonder enige zekerheid zomaar dit gigantische bedrag te lenen?" Hij was nu echt kwaad.

Memola had geen antwoord. Hij had het gewoon zomaar goed gevonden.

"Roland, hoeveel geld heb je voor welk project op korte termijn nodig. Betreft je bendeoorlog een bepaald segment van je werkgebied, een bepaald soort criminaliteit". Ze keek hem rustig aan. Ze probeerde hem te richten op een oplossing en niet op het ontstaan van het probleem.

Hij werd iets rustiger en liet haar woorden tot zich doordringen. Hij knikte.

"Ja, het gaat om mijn drugsgebied. De harde drugs en de pillen, voor alle duidelijkheid. Seks, prostitutie, speelhallen en dergelijke zijn meer gebonden aan locaties, aan ruimtes die worden geëxploiteerd. De grote omloopsnelheid zit in de pillen en de harddrugs. "

Roland haalde eens diep adem en blies zijn adem hard uit. Hij werd wat rustiger.

"Kom weer even zitten", stelde Memola voor en wuifde met haar hand naar de stoel voor haar.

Roland ging zowaar zitten. "Zeventien van mijn mannen zijn vermoord. Tien mannen van de andere bendes zijn dood. Ik wil dit niet meer. Moord en doodslag is niet mijn business. Geld verdienen, daar gaat het om." Het werd even stil. Memola was weer begonnen zijn nek te masseren en dat versterkte zijn rust. Ze voelde dat hij zich meer ontspande.

"Hoe groot is die drugspoot van je organisatie?" wilde Memola weten.

"Die genereerd 60 % van mijn omzet en 80 % van mijn winst. "Roland klonk gelaten.

"Wat was het doel van de honderd miljoen, drugs inkopen en moordenaars inhuren?"

Memola voelde dat Roland verstarde bij haar vraag. Ze vond toch dat de vraag terecht was opgeworpen. Als hij drugs wilde inkopen dan wilde zij daar eigenlijk niet aan meewerken. Als hij moordenaars wilde inkopen, dan wilde ze daar ook niet aan meewerken.

Als hij het geld wilde gebruiken om panden te kopen voor zijn business, dan kon ze daar wel iets mee. Het idee kwam bij haar op om het geld te besteden om haar casino's te financieren en Roland daar als manager te stationeren. Hoe kon ze dit zo aanpakken dat hij zijn oude business los zou laten en voor haar zou komen werken. Hij was gewend om casino's te runnen, weliswaar vanuit de "big boss strategie" en niet als business manager maar dat was de volgende stap.

Roland zweeg. Hij wilde geen antwoord geven.

Memola pakte hem bij de kin en draaide zijn hoofd omhoog waardoor zijn gezicht naar boven keek en kuste hem vlak op de mond.

Ze voelde hem ontspannen.

Ze liet zijn kin weer los en zijn gezicht draaide weer naar voren.

"Stel dat je je drugsbelangen verkoopt. Kan dat, bestaat zoiets. Hoe groot is de rest van je organisatie?"

Memola wilde dat hij over deze mogelijkheden nadacht, hij moest dit, als het zover zou komen, toch echt zelf uitvoeren. Hij wist alleen wat hij te verkopen had. Ze had geen idee hoe die business werkte of hoe de organisatie in elkaar stak.

Roland bleef zwijgen.

Memola besloot haar beeld aan hem door te geven.

"Roland, jammer voor de ontstane situatie maar overweeg het volgende. Als je het geld wilt gebruiken om huurmoordenaars in te huren, krijg je het geld niet. Ik doe daar niet aan mee. Als je het geld wilt gebruiken om drugs te kopen dan krijg je het geld niet. Daar doe ik ook niet aan mee.

Als ik geen bevredigend antwoord van je krijg is het jammer maar dan gaat de deal niet door!!"

Memola zweeg. Ze voelde aan zijn nekspieren dat zijn spanningen weer sterk toenamen. Dat begreep ze maar al te goed. Iemand anders was nu bezig hem te vertellen dat hij zijn business moest opgeven, of in ieder geval een deel daarvan. Dat was hij zeker niet gewend. Hij was de baas, hij bepaalde alles.

Hij kwam weer overeind. "Het is drugsgeld" zei hij alleen maar. Hij draaide zich naar haar om. Hij balde zijn vuisten en strekte zijn armen strak langs zijn lichaam in ingehouden woede. "En jij gaat mij niet vertellen wat ik wel en wat ik niet moet doen.

Dat bepaal ik echt helemaal zelf. Vooruit geef me mijn eigen geld terg. Ik haal de hele lening terug. Gewoon zo maar even ."

Hij draaide door. Hij werd rood en toen weer wit. Normaal gesproken had hij erop geslagen maar kennelijk hield hij zich in of probeerde hij zich weer onder controle te krijgen.

Memola keek hem verrast aan. Ze meende de situatie onder controle te hebben maar dit bleef wel een gevaarlijke crimineel en hij had juist zeventien van zijn mannen verloren. Dat moest wel frustrerend zijn. Nu snapte ze waarom de juffrouw aan de receptie zo onrustig keek.

Roland barste zo ongeveer. Hij stapte opzij en stortte prompt over het tafeltje waar de koffie op stond. Hij sloeg door de val met zijn hoofd tegen de hoek van de wand, op de rand waar het grote glazen pui begon.

Memola schrok zich rot. Roland was een grote stevige vent. Als zo'n kolos plotseling opzij valt breek je meestal de nodige zaken.

Het neerkomen van de kolos gaf een enorme dreun en een fikse klap tegen zijn hoofd. Een klein bloedstraaltje liep langs zijn slaap naar de grond.

Memola gilde en sloeg haar hand tegen haar mond.

De receptioniste kwam binnen, overzag de situatie en greep naar haar mobieltje. Ze liep ondertussen naar Roland toe en voelde zijn pols. Ze kreeg verbinding en liet met spoed een ziekenwagen komen.

Memola stond al die tijd als versteend achter de stoel.

"Uitgegleden" vroeg ze in alle rust aan Memola?

"Over het tafeltje gevallen," reageerde Memola, wijzend naar de brokstukken onder Roland.

Ze knikte. "Dan geen politie", was haar rustige reactie.

"Mevrouw, ik heb begrepen dat u een belangrijke zakenpartner bent van meneer, over een goed half uur is er hier overleg met verschillende mensen. Zou u die gesprekken willen waarnemen? Ik kan ze niet zomaar wegsturen. Ik heb begrepen dat dat gevaarlijk zou kunnen zijn? "

Memola keek de vrouw aan.

"Ik ben redelijk op de hoogte van zijn business," vertelde de receptioniste, ik help hem bij zijn activiteiten.

Er werd aangebeld, de ziekenwagen was er al. Dat was wel heel erg snel, vond Memola en ze keek meteen op haar horloge.

"Het ziekenhuis zit hier gelijk achter, dus ze kunnen hier heel snel zijn," vertelde de receptioniste met een glimlach.

Twee ziekenbroeders kwamen binnen met een brancard. Ze keken naar Roland, die nog steeds buiten westen was, voelden zijn hartslag en tilden hem meteen op de brancard.

"Een zeer zware hersenschudding, misschien wel ernstiger, we nemen hem meteen mee!" verkondigde een van de mannen bezorgd.

"We kunnen nu helaas niet meteen mee. We hebben nog enige gesprekken te voeren om zijn afwezigheid te verklaren. We komen later naar het ziekenhuis," meldde de receptioniste

Ze gaf hen haar kaartje met het verzoek haar te bellen over zijn situatie en te vertellen wanneer het zinvol was om hem te bezoeken.

De ziekenbroeders vertrokken met Roland.

# Hoofdstuk 29

De receptioniste stelde zich voor als Marjolijn. Ze deed de financiën voor Roland en speelde receptioniste en telefoniste als het zo uitkwam. Door de grote financiële problemen was ze vandaag opgeroepen om aanwezig te zijn bij een aantal gesprekken. Eerst een met Rolands tweede man en daarna met drie van zijn grote concurrenten in het drugskartel. De bendeoorlog moest worden gestopt.

Memola zuchtte eens diep. Dit was ze allemaal niet gewend.

Marjolijn ruimde de restanten van de tafel en de koffie-set op. Gelukkig was de koffiekan niet kapot gevallen, waardoor er geen vlekken op het zeer dure kleed waren ontstaan.

Marjolijn kwam terug met een verse pot koffie en samen dronken ze koffie aan de grote tafel.

Marjolijn vertelde dat het eerste gesprek zou worden gevoerd met Pit. Pit was nu de tweede man van Roland, doordat zijn oude tweede, derde en vierde man waren omgekomen in de drugsoorlog.

Pit was eigenlijk de man van de seks en de casino's. Eigenlijk waren het zes speelhallen en disco's waar dames en heren zich voor sex aanboden en waar pillen werden verkocht. De harddrugsbusiness was meer op straat en betrof een andere poot. Ze stelde voor dat Pit gewoon zijn oude werk zou blijven doen. Memola zou het gesprek rustig afwachten.

"Het tweede gesprek zou een hopeloos overleg worden. De drie andere drugsbaronnen hadden dit belegd om de drugsoorlog een halt toe te roepen. Gisternacht, dus voor dit gesprek was gepland, hebben ze voor zover we kunnen nagaan in onderlinge samenwerking zeventien basismannen van Roland vermoord. Volgens hun zeggen hebben zij tien man verloren. Als je begrijpt dat er dus zes hinderlagen gelegd moesten zijn om ze allemaal te pakken te krijgen, dan begrijp je hoe invloedrijk Roland was. De rest van de organisatie van Roland viel onder die zeventien man, althans voor zover het de drugswereld betreft hier in groot Centra."

Marjolijn wees naar een kaart aan de achtermuur van het kantoor. Er waren lijnen op getekend. Het grootste gebied was het hele centrum. Kennelijk het gebied van Roland.

Memola dronk haar koffie op. Marjolijn vertelde het een en ander over de verschillende locaties en de activiteiten in elk van de gelegenheden.

Ze werden gestoord doordat Pit zich aankondigde via de intercom. Marjolijn liet hem het kantoor binnen en begeleidde hem van de receptie naar de spreektafel van Roland. Daar had ze Memola aan het hoofd van de tafel gestationeerd, zodat duidelijk was dat zij de honneurs waarnam.

Pit was volledig verrast. Memola knikte naar hem toen hij binnenkwam, stond even op om hem de hand te drukken en vroeg meteen naar de voortgang van de business. Pit verkondigde dat het allemaal prima liep maar dat hij onrustig was over de veiligheid nu de beveiliging ontbrak.

Memola begreep de problematiek en zou zien wat ze op de korte termijn kon doen. Ze vroeg Marjolijn naar de financiële gang van zaken en Marjolijn vertelde dat die er redelijk voor stond, hoewel niet echt overdadig. De locaties hadden eigenlijk een forse vernieuwing nodig. De ruimtes waren inmiddels al twintig jaar hetzelfde en dat was te lang. Memola keek de man aan. Ze begreep ook dit punt. Ze vroeg Pit of hij ideeën had voor zo'n vernieuwing en Pit kwam met wat algemeenheden zoals een thema waar de panden op moesten worden aangepast, sprookjes, de zee, hoge bergen maar iets dat aansprak. Datzelfde gold voor de spelletjes die werden gespeeld.

Vernieuwing moest het publiek trekken. Memola vroeg hoe het zat met de vergunning.

Pit grinnikte. Het was allemaal illegaal. Geen vergunning, alleen een inschrijving bij de kamer van Koophandel als speelhal, een hal waar je tegen vergoeding een spelletje kon spelen. Niet vergunningplichtig. Het mochten officieel geen kansspelen zijn maar het werd oogluikend toegestaan.

Memola bedankte hem en Pit vertrok.

Marjolijn was onder de indruk. Memola had toch in heel korte tijd de problematiek van de business op tafel gekregen. Nu was de vraag gerechtvaardigd hoe dit moest worden opgepakt.

Memola wilde dit voorlopig eerst aan Roland over laten.

Al snel kondigden de drie andere bezoekers zich aan.

Memola had nu een andere positie ingenomen. Ze was in het midden van de ovale tafel gaan zitten met haar rug naar het grote raam. Haar drie bezoekers zouden als vanzelf recht tegenover haar gaan zitten.

Marjolijn had een nieuwe set koffie midden op tafel gezet en ging de drie bezoekers ophalen. Memola bleef rustig zitten toen de mannen binnenkwamen. Ze keek een beetje verstoord op toen de mannen vlak voor hun stoelen stonden bij de tafel, recht tegenover haar.

Memola begroette de mannen en vroeg hen te gaan zitten. Marjolijn schonk koffie in en stelde de drie mannen voor. Ze liet na om Memola te introduceren, zoals Memola haar had gevraagd.

"Heren, "begon Memola, terwijl ze nadrukkelijk overeind ging zitten. "U speelt een moordspel." Ze stopte en keek de drie aan, die stoïcijns naar haar keken.

"U mist hier Roland omdat wij hem te zachtaardig vonden. "Wij" zijn de financiële achterban van Roland, waar u, als het goed is nog nooit van hebt gehoord".

Ze keek de mannen strak aan.

"U hebt gisternacht oorlog gevoerd. Moord en doodslag. Onacceptabel!!!

Ik geef toe dat Roland een oorlogsbudget had toegezegd gekregen van honderd miljoen maar hij leek er te soft mee om te willen gaan."

Opnieuw liet ze een stilte vallen. De mannen tegenover haar schrokken geweldig van het bedrag. Voor zo'n bedrag kon je een heel leger activeren. Ze konden eenvoudig worden weggevaagd.

"Wij zijn echter zakenmensen. Natuurlijk zal het bedrag zichzelf uiteindelijk weer dik terugbetalen. Jullie gebieden zullen eenvoudig aan het bestand worden toegevoegd, goedschiks of kwaadschiks. "

Ze keek de heren tegenover zich aan. Marjolijn zat helemaal perplex naast haar. Dit was een compleet ander gesprek dan ze had verwacht. Van die financiële toezeggingen wist ze niets. Ze zat met grote ogen te kijken.

"Oké, heren, we zijn hier bij elkaar om oorlog te voorkomen. Laat ik duidelijk zijn. Is er geen oplossing over een kwartier, dan kunt u gaan en dan is er echt oorlog. Jammer voor u maar u hebt ons de oorlog verklaart ik zal persoonlijk toezien dat de oorlog binnen een week is afgerond. U kent inmiddels het budget. Uw business zal noodzakelijkerwijs volledig worden overgenomen om het geïnvesteerde vermogen snel te kunnen terugverdienen. Mijn zakenpartners zijn hier eenvoudig, duidelijk en helder in. Zaken zijn zaken !!"

Memola bekeek de drie mannen. Ze leken wel op elkaar. Mogelijk toch familie. Geen wonder dat ze samenwerkten.

De middelste leek haar de lastigste tegenstander.

"Ik luister" zei Memola eenvoudig en ging achterover zitten.

De middelste nam het woord. "Het lijkt mij correct om eerst even wat recht te zetten. Roland is begonnen. Hij wilde allerlei zaken in onze gebieden beginnen om zijn gebied uit te breiden. Hij had extra inkomsten nodig beweerde hij. Hij bedreigde onze business. Hij bedreigde ons ".

De man begon steeds fanatieker te praten.

De man haalde adem en Memola onderbrak zijn relaas. "En daarom vermoord u zijn medewerkers. Goed, als dat uw visie op dit overleg is, dan zijn we uitgepraat. U heeft een vrijgeleide tot honderd meter buiten dit gebouw, tot uiterlijk...," Memola keek op haar horloge en stond op.

De middelste man keek geschrokken op. Zo'n kort aangebonden lontje had hij niet verwacht.

"Oké, "gromde Memola," geen vrijgeleide, die hebben jullie ook niet toegestaan aan de medewerkers van Roland. Terecht, geen vrijgeleide voor jullie. " Memola draaide weg van de tafel maar de drie mannen bleven zitten.

"Dit is geen fatsoenlijk overleg", begon de middelste. Waar is Roland. Met hem is normaal te praten. Met U is geen fatsoenlijk woord te wisselen"

Memola stopte midden in haar wegdraaiende beweging. Ze draaide terug.

"Wat zegt u, "zei ze heel zachtjes, "U durft het woord fatsoen in uw mond te nemen. U bent niets anders dan een stelletje achterbakse vuile drugsdealers die uitgemoord moeten worden. " Memola ging weer zitten.

"Ja, zo is het." Ze keek woest naar de drie mannen en wees met haar wijsvinger naar hen, ze een voor een aanwijzend.

" U heb de dood van zeventien mensen op uw geweten. Wat zeg ik , gezien alle drugsdoden leeft u van de dood van anderen. "

Ze knikte als het ware naar zichzelf, ja dat was de hopeloze waarheid, deze mensen leefden van de dood van anderen. Natuurlijk de verslaving was deels ook ontstaan door de zwakte van de mensen zelf maar deze

jongens vermoordden niet verslaafden ook
nog.

 Ze keek de drie mannen aan. " Zoals ik al
aangaf was ik het niet met Roland eens over
de oplossing van deze problematiek. Oké,
oké, ik zal eerlijk zijn. Roland ligt op dit
moment op de intensive care met een
ernstige hersenschudding, mogelijk
ernstiger." Ze keek de drie mannen aan. "Ik
neem zijn taken slechts tijdelijk waar,
vergeet mijn gezicht, ik besta niet voor u.
Tenzij u nu alsnog met een voorstel komt,
zullen we dit gesprek beëindigen. Ik wil zo
even naar het ziekenhuis om na te gaan hoe
het met Roland is en daarna heb ik de
volgende afspraak met heel wat belangrijker
mensen, dan jullie zijn.

Memola keek naar de middelste van de drie.

De man keek schichtig naar zijn buren.

"Jullie hebben geen voorstel, begrijp ik."

"Sorry, we hadden niet gerekend op een
dergelijk gesprek. Roland was volledig op de
knieën gedrongen en moest zich volledig

aan ons overgeven. Hij zou zich terugtrekken uit de drugshoek en wij zouden zijn speelholen met rust laten. " Het was de linkse man die het woord voerde.

Memola knikte. Dat had ze al gedacht. Ze waren alleen maar uit op zijn drugspraktijk en hadden daarvoor de moorden gepleegd.

"Wij zijn uitsluitend uit op zakelijke deals," maakte Memola het standpunt van haar kant duidelijk. " Als jullie de drugsbusiness willen overnemen dan doe je daar een bod op. Is het bod onvoldoende dan gaan we op de oude voet door. Jullie weten wat de gebruikelijke winstmarge is in jullie business. "

De linkse man, knikte.

"We willen graag de business, de drugspoot, in het hele centrum overnemen. We willen dat Roland stopt met pillen en drugs. We vragen 24 uur bedenktijd om hier terug te keren voor een eenmalig overleg. Ik realiseer me heel erg goed dat oorlog heel erg slecht is voor de business, " sprak de

linkse man, eerlijk voor zijn mening
uitkomend.

"Helaas heren, over 24 uur heb ik helaas
geen tijd,.

De mannen aan de overkant schrokken van
de toch wel heel onwillige houding van hun
gesprekspartner. Ook Marjolijn keek haar
verrast aan. De onderhandelingen waren
toch fantastisch verlopen.

Memola glimlachte. "Ik heb helaas niet meer
dan 20 uur voor jullie. Morgenochtend om
tien uur verwacht ik u hier met een
fatsoenlijk bod en een storting van het
overeengekomen bedrag, eigenlijk per direct
want dan kan alles meteen worden
doorgevoerd. Ik kan en mag niet langer
wachten."

Aan de overkant werd opgelucht adem
gehaald. Dit moest te doen zijn. Ze stonden
op, ze knikten naar Memola en Memola
knikte terug. Marjolijn liet de mannen uit.

Memola was om de tafel heen gelopen. Ze
keek onder de tafel en ja hoor, daar zat een

microfoontje. Ze liep Marjolijn tegemoet en wachtte haar op bij de receptie. Ook daar inspecteerde ze de tafel en de directe omgeving. Ook daar vond ze een microfoontje. Gelijk liep ze naar de voordeur en hield Marjolijn daar even tegen. Ze bleef even staan wachten bij de dichte entreedeur. Ze keek naar Marjolijn en legde haar vinger op haar mond ten teken van zwijgen.

Ze deed de voordeur open en stapte naar buiten. De mannen waren in de lift verdwenen. Ze wenkte Marjolijn.

"Er zitten overal microfoontjes zodat ze ons overal kunnen afluisteren. Ik wilde ze tot morgenochtend laten zitten." Marjolijn knikte. Ze had het begrepen.

Ze wandelden weer naar binnen.

Memola zette een bazige stem op en commandeerde zo ongeveer dat ze nu naar het ziekenhuis gingen om te zien hoe het met Roland ging.

Marjolijn gaf een vriendelijk "Oké" en samen stapten ze naar buiten.

Het was vlak achter het gebouw, volgens Marjolijn dus liepen ze er heen.

Memola vroeg wat de maandelijkse omzetten waren om zich een beeld te vormen van de bedragen waarover hier werd gesproken. Marjolijn vertelde dat de drugsomzet, inclusief pillen ongeveer dertig miljoen per maand waren en dat de kosten ongeveer tien miljoen per maand bedroegen. De marge was dus enorm. De pillenomzet was de afgelopen jaren afgenomen doordat die hoofdzakelijk in de casino's en de muziektenten werden verkocht. Enerzijds waren de casino's verouderd, anderzijds werden er steeds meer festiviteiten op grote terreinen buiten de stad georganiseerd. Daar werden alsmaar meer pillen verkocht. De pillenomzet was daardoor teruggelopen van vijftien naar tien miljoen per maand. De omzet van de casino's zelf was ongeveer vier miljoen per maand, van de horeca, de drankomzet in de dancings, ongeveer drie miljoen per maand.

Ze meldden zich bij de receptie en vroegen waar Roland naar toe was gebracht. De receptie wist van niets. Oh, hij was met een ambulance binnengebracht, dan moesten ze bij de "spoedopname" zijn. De vriendelijke juffrouw wees hen de weg.

Ze wandelden er heen. Ze hadden van het ambulance personeel het kaartje van Marjolijn gekregen. Marjolijn werd onmiddellijk tot familielid verklaard en moest alle mogelijke informatie over de patiënt verstrekken.

Tot Memola's verrassing haalde ze het paspoort van Roland voor de dag en lepelde zo allerlei informatie op, die ze anders waarschijnlijk nooit had geweten.

Ze werden doorverwezen naar een wachtkamer en al snel kwam er een broeder die hen meenam naar een spreekkamertje. Hij stelde zich netjes voor en vertelde over de stand van zaken omtrent het letsel van Roland.

Hij had een zware hersenschudding. Gelukkig was zijn schedel heel gebleven maar de klap was wel heel behoorlijk geweest. Hij was inmiddels bij kennis en vroeg alsmaar om iemand maar ze konden er niets van maken. Hij zou zo vervoerd worden naar een eenpersoonskamer waar hij wat extra zuurstof zou krijgen. Verder wat koude kompressen op zijn hoofd zodat de wond wat sneller sloot en de kans op de vorming van een reusachtige bult wat zou worden beperkt. Hij was aanspreekbaar maar zijn woordkeuze leek nog een beetje beperkt. De broeder kreeg een telefoontje. Hij vertelde waar Roland was ondergebracht en dat ze wel even bij hem mochten aankloppen. Maar wel kort.

De broeder vertrok en Memola en Marjolijn zochten het genoemde kamernummer op. Ze vonden het op de tweede verdieping, helemaal vooraan bij de lift die ze hadden genomen.

Ze stapten naar binnen. Binnen was het helemaal donker. Hun ogen moesten wennen aan het hele weinige licht dat er was. Roland lag op zijn zij te slapen. Memola hoorde zijn ademhaling versnellen en zei rustig, "Hallo Roland, blijf rustig liggen. Marjolijn en ik hebben je honneurs waargenomen en komen nu even naar jou kijken. "

Memola boog zich voorover en kuste hem op zijn wang. Ze hoorde zijn adem versnellen maar dat klonk meer positief dan de geschrokken reactie van net. Ook Marjolijn meldde zich even zachtjes.

Plotseling kwam er een verpleegster binnen. Ze schrok van hun aanwezigheid. Ze reageerde meer in de steil van "oh, zijn jullie er al".

Ze werden dus al wel verwacht maar nog niet. Ze vertelde dat de patiënt een forse hersenschudding had, dat hij nu een extra pepmiddel zou krijgen om de vorming van extra druk op zijn hoofd door de grote hoeveelheid vocht die de klap aantrok wat af te remmen. Als bijwerking leek het net alsof de patiënt snel beter werd maar in de praktijk was het alleen maar een kleine kunstmatige opleving.

Ze gaf hem een forse injectie in zijn nek en haalde het verband van zijn hoofd. Ze draaide het licht even wat hoger zodat ze de wond goed kon zien. Ze reinigde de wond en onder het reinigen zag je Roland wakkerder worden. Ze pakte een grote pleister, deed er speciaal vloeistof op en plakte het plakkaat op de kale plek van de wond. De hoofharen waren in een breed gebied weggeschoren. De wond was goed te zien. Met de grote pleister er op en een klein verbandje om zijn hoofd was de klus geklaard . Het licht werd weer wat lager gedraaid en de zuster maakte aanstalten om te vertrekken. Ze mompelde nog even iets van, "Niet te lang hoor," en vertrok.

Roland lag nu op zijn rug en begon om zich heen te kijken. Hij herkende Memola en Marjolijn. Hij glimlachte.

"Harde muren heb ik he," ze moesten gelijk glimlachen.

"Hallo Roland. Hoe voel je je. Naar omstandigheden een beetje redelijk?

"Nou Memola, eigenlijk valt het niet tegen maar met jullie hier gaat het gelijk een stuk beter. "

"Nooit geïnteresseerd geweest in de medische hoek, kidnapping, verdovingen, losgeld, is dat niks voor jou?" Memola was op zoek naar informatie over de klinieken waar Cecilia in had gelegen.

Tot haar eigen verrassing moest ze vaststellen dat ze noch Roland, noch Marjolijn ooit iets had horen zeggen over de verzorgingstehuizen of iets in die richting.

"Nee," zeiden Roland en Marjolijn vrijwel gelijk. "Dat ligt helemaal niet in mijn lijn, " ging Roland verder. Memola ging toch een beetje geschokt overeind zitten. Ze was er toch van overtuigd geweest dat Roland te maken had gehad met de tehuizen. Ook met het tehuis waar Cecilia had gelegen. Hoe kon dit, waar was de informatie ook al weer vandaan gekomen. Ze moest nodig weer even de situatie evalueren. Ze had het gevoel dat er weer een heleboel dingen anders waren dan ze had verondersteld.

Roland begon vrijwel gelijk daarna weer weg te zakken. Marjolijn en Memola namen afscheid maar hij merkte het al niet meer, hij was al weer in een diepe slaap weggezonken.

Marjolijn en Memola liepen samen terug. Memola liep nog even mee naar het kantoor waar Marjolijn nog even haar spullen wilde ophalen.

Memola maakte nog een opmerking over de maandomzet, die zou boven de vijftig miljoen liggen. Ze sprak niet over een onderdeel of iets maar over het totaal. Marjolijn bevestigde dat en Memola vertrok. Marjolijn zou het kantoor nog even controleren en daarna de boel afsluiten.

Memola ging terug naar het dak. Daar trof ze een merkwaardig kijkende man aan die heel nieuwsgierig naar haar auto stond te kijken. Hij keek alsmaar in het rond om een idee te krijgen hoe die auto hier op het dak zou zijn gekomen maar Memola stelde hem gerust. De auto kon zelf vliegen. Een prototype voor de toekomst. Ze stapte in en de man keek verrast naar de naar boven schuivende deuren.

Memola vertrok snel. Het begon al te schemeren en ze wilde toch weer snel terug naar de afspraak met haar moeder. Het was nog wel een heel eind vliegen maar ze zette er flink de sokken in.

Ze was al over de helft toen ze een berichtje kreeg van Roos. Madeleine was verdwenen. Vannacht al maar ze dorst dat nu pas te melden.

Memola verstijfde. Madeleine. Wie was ze eigenlijk. Was zij het niet die als directrice in het medische centrum had gefungeerd en had beweerd dat zij Kim heette en dat haar ouders ook ergens onder narcose werden gehouden. Was haar moeder dan niet Patricia Ton? Was het ook niet Madeleine, die had beweerd, dat Brok en Roland dezelfde waren? Wie was Madeleine eigenlijk. Was het haar tante, de zus van haar moeder? Ze zou het haar moeder straks vragen, als het zo uit kwam.

Waren er nog meer dingen die niet normaal waren maar die ze zich niet had gerealiseerd. Roland had zoiets gezegd. Hij had geklaagd over zijn ongewone meegaandheid bij de totstandkoming van de lening aan haar.

Ze realiseerde zich dat ze het zelf eigenlijk gewoon als normaal had ervaren. Een mooie meevaller die ze moest benutten. Ze realiseerde zich meteen dat ook de lening van Mark, de energiebaas, op dezelfde eenvoudige manier had plaatsgevonden. Wat was er aan de hand. Waarom ging ze daar nu pas over nadenken. Dit waren toch uitzonderlijke gebeurtenissen. Het was toch eigenlijk absurd. Wie leende er nu dit soort enorme bedragen aan een wildvreemde, zo maar even , bijna onderhands. Geen wonder dat Mark boos was toen ze het geld "even" weg trok uit zijn bank.

# Hoofdstuk 30

Er waren toch gekke dingen gebeurd. Kennelijk ging ze zelf ook niet helemaal vrij uit. Volgens haar moeder had ze zich behoorlijk misdragen in het verleden. Het verdwijnen van Madeleine op het moment dat zij bezig was haar moeder te vinden kon toch haast geen toeval zijn. Ze had toch al veel eerder kunnen verdwijnen. Wat was werkelijk haar rol bij de verdwijning van Cecilia. Hoe kwam het dat ze zelf getrapt was in de rol van de moordenaar aan de deur. Plotseling had de scherpe strakke directrice, de piraat, niets meer geleken dan een zwakke, weke, tere vrouw, een slachtoffer van criminelen. Ze was er in getrapt. Hoe zat het dan met de deur, die was toch echt versplinterd. Zou die Brok echt bestaan en echt boos op haar zijn geweest. Niet vanwege Memola maar vanwege de foute boel bij de verzorging van de bewoners in het tehuis, zoals Cecilia. Misschien toch haar rol bij de ruzie met de directeur van het naastgelegen tehuis. Hierdoor waren de patiënten uit haar huis gehaald. Of eigenlijk niet haar huis maar het huis van Brok. Wie was Brok in werkelijkheid.

Dat leek wel een redelijke oplossing voor een aantal raadsels. Ze was aan de aanslag van Brok ontsnapt en had als wraak ook de andere locaties gemeld. De eerste fout was van haar door de ruzie met de directeur van het verzorgingstehuis. Daar was Brok kennelijk zo boos over geworden dat hij haar wel eens eventjes kwam halen om verantwoording af te leggen en vervolgens had Madeleine nadat ze op wonderbaarlijke wijze was ontsnapt, wraak genomen door de andere locaties te verraden. Dit leek logisch.

Het geheel had helemaal niets te maken met haar en haar moeder. Dat was het verzonnen deel.

Memola voelde dat ze op het goede spoor zat. Ze moest daar wel een beetje voorzichtiger mee zijn want ze had nu wel geleerd dat veronderstellingen ook als veronderstellingen moesten worden gezien en niet meteen als feiten moesten worden gelanceerd.

Even terug naar Patricia Ton. Haar moeder. Kon ze echt haar moeder zijn? Waarom niet, waarom wel? Ze wist het niet. Was de toevalstreffer niet heel erg toevallig. Of lag de keuze voor het zoeken naar een biochemicus wel erg voor de hand. Als je een spoor zou uitzetten om je moeder te vinden dan was het gebruik van dit chemische middel mogelijk wel het beste handvat. Ze vond het allemaal niet erg voor de hand liggend. Het veronderstelde dat je je moeder überhaupt had te zoeken. Dat was geen normale situatie.

Ze landde weer op de parkeerstrook en vroeg zich af of ze niet iets moest eten maar ze had geen trek. Ze wist dat dat niet goed was maar dat veranderde niets aan haar gevoel. Ze was erg zenuwachtig en zag erg op tegen het gesprek met Patricia. Ze vond het nog steeds vreselijk moeilijk om deze vreemde vrouw "moeder" te noemen.

De tijd was inmiddels voor haar gevoel wel heel snel doorgelopen. Ze reed snel door naar het onderzoekscentrum. Ze parkeerde op dezelfde plek als die morgen. Ze kwam meteen weer onder de invloed van het schitterende gebouw. Langzaam stapte ze uit. Ze wandelde op dezelfde manier naar het entreeniveau en keek weer om naar de route die ze had gevolgd bij het traplopen. Ze moest toch weer een beetje grinniken toen ze erkende dat ze weer met een bocht had gelopen.

Ze draaide zich weer om naar de entree en wandelde rustig naar binnen. Er werd zachte muziek gedraaid, sfeer muziek. Dat had ze vanmorgen niet gehoord. Het was wel rustgevend. Ze was nog niet binnen of Patricia kwam aanstappen. Getrouw gevolgd door de jonge dame die haar ook vanmorgen had begeleid.

Patricia begroette haar en zei haar secretaris gedag en tot morgen. De dame liep langs Memola, groette haar met een hoofdknik en wandelde naar buiten.

Patricia vroeg of ze al gegeten had. Memola keek haar even aan.

"Nee, nog niet. Ik heb ook niet zo'n trek", zei ze naar waarheid.

"Gekkie, "mompelde Patricia meteen. "je hoeft niet zenuwachtig te zijn voor een overlegje met mij. Ik begrijp dat je een stuk van je oude leven kwijt bent. Weet je iets over de oorzaak of over de gevolgen?"

Memola schudde haar hoofd, typische moederpraat dacht ze meteen. Nu krijgen we natuurlijk het verhaal over de noodzaak om toch vooral goed en regelmatig te eten.

En jawel hoor Patricia begon er meteen over maar wel vanuit een andere hoek dan ze had verwacht.

"Ik probeer altijd regelmatig te eten. Ik heb nog niet gegeten. Als het dan toch zo laat wordt voor ik aan eten toekom ga ik meestal naar huis en neem daar een greep uit de kleine hapjes di ik altijd op voorraad heb. Pa is meestal ook laat en dan snacken we samen. Heel gezellig. Oh, herinner je je vader? " Patricia ging opeens rechtop staan, zich realiserend dat haar man, de vader van Memola, nog van niets wist.

"Ga je mee, dan informeer ik hem daar meteen over, als je het goed vindt?" Ze pakte haar mobieltje en drukte op enkele toetsen. Ze keek Memola aan. Memola knikte. Ze wilde haar vader ook wel eens ontmoeten. Patricia sprak kort door haar mobieltje. Kennelijk werd het bericht met gemengde gevoelens ontvangen.

Memola maakte zich meer en meer ongerust. Klopte het allemaal wel. Waar was ze eigenlijk mee bezig. Ze was hier gekomen om te achterhalen hoe het zat met de stoffen die in haar lichaam zaten en hoe die daar waren gekomen. Patricia was een van de weinige biochemici die hiermee experimenteerde. Ze wilde hier meer van weten.

"Rij maar achter me aan, je vader wil graag met je praten." Ze draaide zich om en liep naar de ingang. Memola volgde haar gedwee.

Ze liepen naar buiten, de trappen af en aan de andere kant van de ingang dan waar Memola haar auto had staan was een garage waarvan de deur nu open stond. Memola wandelde naar haar eigen auto en stapte in. Ze zag een grote witte auto langsrijden. Ze stapte weer uit. Ze kon zich niet herinneren een  grote witte auto in de garage te hebben zien staan. Ze meende zich een donkergrijze auto te herinneren. Wat gebeurde hier. Ze liep snel naar de garage. De garagedeur was dicht.

De witte auto was gestopt en kwam nu terugrijden. Er werd getoeterd. Memola wilde zich toch eerst overtuigen dat dit allemaal wel in orde was. Ze wandelde rustig naar de grote witte auto en keek naar binnen. Patricia zat rustig achter het stuur.

"Kom je "vroeg ze vriendelijk.

Memola voelde aan het materiaal van de auto. Een heel speciaal soort kunststof. Hier wilde ze meer van weten.

"Sorry, ik herkende de auto niet," zei ze en wandelde terug naar haar auto.

Ze stapte weer in en reed rustig achter de witte auto aan. Patricia zette er best wel de sokken in toen ze eenmaal op de grote weg waren. Al snel nam ze een afslag en ging van de grote weg af. Even later reed ze een groot bosrijk terrein op. Op een kleine heuvel lag een uitgebreid, groot landhuis. Ze reden er heen via een lange oprijlaan. Het hek werd voor Patricia geopend en sloot zich weer achter Memola.

Ze parkeerden voor het huis en stapten uit. Het was een groot breed huis met twee vleugels, volledig begane grond, alleen een verhoging bij de entree. Ze liepen samen naar binnen. Patricia had staan kijken naar de auto van Memola. Ze had er niets over gezegd, ondanks de bijzondere manier waarop de deuren open gingen en weer sloten. Memola zei ook niets.

Het was van binnen wat kleiner dan Memola had verwacht. In de entree hield Patricia haar even tegen.

"Voor ik je aan je vader voorstel, moet je er op bedacht zijn, dat hij er anders uit ziet dan je misschien zou verwachten."

Memola keek Patricia verrast en verbaasd aan. "Anders?" vroeg ze.

"Hij is groot, zowel in de lengte als in de breedte. Hij weegt op dit moment ongeveer twee honderd vijfendertig kilo. "

Memola deed van schrik een stap achteruit. Dat was een kolossale massa.

"Hoe.. " begon ze te zeggen maar Patricia had zich al omgedraaid en liep de woonkamer in.

Memola volgde.

Patricia liep de hele woonkamer door, een toch geweldig grote ruimte. Ze liep naar een zijkant en daar, in een soort aparte uitbouw zat een gigantische man op een grote brede ligbank.

"Hallo ", riep de man van afstand, Memola begroetend. Hallo Pat, " vervolgde hij.

Hij wenkte haar. Memola liep langzaam naar de uitbouw.

"Hallo mijn liefje," begon de kolos. "Hoe gaat het met je. Hoe voel je je. Jullie moeten nog eten, doe dat dan. Eten is belangrijk. Let maar even niet op mij. Ik heb regelmatig rust nodig. " Hij grinnikte een beetje.

Deze kolos was niet te verplaatsen, dit was ook met spieren niet in beweging te krijgen. Memola wist niet wat ze hiermee aan moest.

" Kom maar even mee, dan eten we eerst even wat, ik val zowat van mijn graat. Kom" zei Patricia nog een keer om Memola in beweging te krijgen.

Memola wandelde achter Patricia aan. Ze gingen zitten in de keuken. Patricia rommelde wat op een tableau en schoof iets in een soort magnetron.

Ze wees naar een tafel met een paar stoelen en vroeg Memola daar te gaan zitten. De magnetron gaf een pingel en Patricia haalde er een schaal met hapjes uit.

Ze zette de schaal op tafel en kwam bij Memola zitten. Een stapeltje servetjes lag al op tafel en Patricia nam er een en pakte een hapje.

"Heb ik het goed begrepen dat je je geheugen kwijt bent en dat je kennis niet verder terug gaat dan een maand? "

Patricia keek Memola aan en nam een hap van de snack.

"Klopt, "zei Memola. "Ik herinner me dat ik op de markt in Centra liep. Daar begint mijn geheugen. Ik snap niet wat er is gebeurd. Terugdenkend is het volgens mij wel verrassend dat ik wel de weg terug naar mijn ruimteschip wist te vinden. Ik wist alle handelingen die ik moest verrichten om binnen te komen. Ik heb daarna wel veel veranderd maar zo begint mijn geheugen. Van voor die tijd weet ik niets. " Memola keek naar de hapjes. Ze besloot er in ieder geval een te proberen.

"Je bent geboren, hier in dit huis. Je bent hier opgegroeid. Je vader is afkomstig van een andere planeet. Zijn fysieke problematiek hangt samen met zijn afwijkende lichaamssysteem. Hij is drie jaar na je geboorte vertrokken. Hij moest terug naar zijn geboorteplaneet. De medic in zijn ruimteschip gaf hem wel wat soelaas maar na een periode van vijf jaar moest hij terug om weer te herstellen. "

Patricia nam nog een hapje en wees naar Memola dat ze ook nog iets moest eten. Memola nam nog een hapje hoewel ze zich de smaak van de eerste niet meer kon herinneren.

"Ik heb je hier opgevoed. Intussen was ik druk met mijn onderzoeken en heb besloten dat je een kindermeisje nodig had. Die kon alle dagen met je optrekken. Die regelde alles voor je. Je ging naar school  en was een voortreffelijke leerling. Je ging studeren en kwam regelmatig bij mij op mijn lab en wilde altijd het naadje van de kous weten over mijn experimenten. Dat was allemaal in het oude gebouw. Jij combineerde verschillende studies met elkaar. Je deed chemie, biologie, medicijnen en architectuur. Een merkwaardige combinatie, tot je er nog geologie aan toevoegde. Je wilde al die dingen combineren in allerlei testen en proeven. Je vond ook dat ik dat moest doen. Je was een zeer gedreven meisje. Niet erg gehoorzaam en erg gericht op eigen beelden. Jij had alleen maar gelijk. Helaas bewees de werkelijkheid dat dat ook nog heel erg vaak het geval was. Ik vertel je eerlijk dat je een belangrijke rol hebt gespeeld in veel van mijn uitvindingen. Jij deed voorstellen bij het zoeken naar nieuwe toepassingen, nieuwe medicijnen, nieuwe bewerkingsmethoden voor hersteltechnieken. Zo heb jij ons nieuwe laboratorium ontworpen en is het onder jouw toezicht gebouwd.

Drie jaar geleden kwam je vader plotseling weer boven tafel, terug van zijn home-planeet. Hij was weer de geweldige man die ik vijfentwintig jaar geleden ontmoette en waar ik verliefd op was geworden. Ik was meteen weer verkocht. Hij ook geloof ik. Hij vertelde meteen eerlijk dat hij opnieuw maximaal vijf jaar hier kon blijven of misschien minder omdat er een reële kans was dat het vervalproces een tweede keer sneller zou verlopen. We leefden twee jaar op overweldigende wijze samen. Ik ben bang dat ik jou in die periode flink heb verwaarloosd. Het kindermeisje was vertrokken toen jij ging studeren. Er was geen rol meer voor haar. Jij kon je slecht aanpassen aan onze levenswijze. Je zocht je eigen weg. Ongeveer twee maanden geleden heb je een enorme ruzie gemaakt. Je wilde dat ik allerlei merkwaardige onderzoeken zou doen en je begon zelf met energie-experimenten die voor mij volkomen nieuw waren. Ik zat in de medicijnenhoek en had niets met energie. Jij des te meer. Je beweerde een vliegende auto te hebben gebouwd en die moesten wij zien te verkopen. We konden dat niet en we wilden dat ook niet. Je verweet ons dat we nooit iets voor jou deden. Dat pa nooit ergens goed voor was geweest en dat je niet wist wat hij hier moest. Je riep nog dat je zelf alles wel zou uitzoeken en bent vertrokken.

Je claimde het ruimteschip van pa, het was van jou. We hebben twee keer mensen gevraagd om je te bezoeken op het ruimteschip maar je hebt ze weggestuurd, sommigen werden dagen later ergens in een park teruggevonden. Weliswaar in goede gezondheid maar toch. De tweede groep bleek achteraf minder gelukkig gekozen. Ze bleken uit te zijn op het ruimteschip en de vervoersmiddelen er naar toe. Pa's ruimteboot, bedoeld voor het transport van ruimteschip naar de planeet, hebben ze gestolen. Een week later is de boot teruggevonden, neergestort en volkomen vernietigd. Onherstelbaar gecrasht. Volkomen vernield. De inzittenden zijn omgekomen. Een triest einde van het ideale vervoersmiddel om het ruimteschip te benaderen en naar de aarde te kunnen gaan op je eigen tijd, op je eigen manier. "

Patricia nam nog een hapje.

Memola kon zich alleen maar een tweetal bezoeken herinneren van ruimteschepen. De eerste was voor haar een optie geweest om de energievoorziening van het ruimteschip te beoordelen. Ze had het schip met de bemanning teruggebracht naar de planeet en in goed gezondheid achtergelaten. Bij een tweede poging was ze zelf ontvoerd en uiteindelijk bij Roland terecht gekomen, kennelijk volledig anders dan gepland. Andere pogingen kon ze zich niet herinneren.

"Waarom stuurden jullie niet gewoon een berichtje naar de computer van het ruimteschip" vroeg Memola nieuwsgierig.

Dat hebben we gedaan maar er kwam geen antwoord. We namen aan dat je te boos was om ons te antwoorden. We kregen, ongeveer een mand geleden alle berichten als "niet afleverbaar" terug. Daarmee was het duidelijk. Jij wilde geen contact met ons. Hoewel de lichamelijke conditie van Pam steeds slechter werd, wilde hij je niet benaderen om zijn gezondheid te verbeteren. Hij had de medic echt nodig."

Memola keek haar aan. Deze enorme kolos zou toch niet echt passen in een stasisbed van de medic. Er moest wel snel wat gebeuren. Deze man had direct medische hulp nodig.

"Is hij dan vervoerbaar?" wilde Memola weten.

"Ik sta steeds weer verbaasd over de kracht die hij heeft om die enorme kolos overeind te krijgen en te houden, hoewel het wel een enorme inspanning voor hem is." Patricia zuchtte.

"We hebben nooit begrepen waar de ruzie die jij hebt gemaakt eigenlijk over ging maar ik ben blij dat je er weer bent." Ze nam nog een snack en ook Memola nam nog een hapje. Ze vond ze eigenlijk best lekker. Ze proefde nu bewust. Een heerlijk aroma met een zachte bite. Gewoon lekker.

"Nu weet je wat wij weten, kom laten we naar Pam gaan en nog even met hem praten. Ik ben blij dat je hier bent." Ze was opgestaan en trok Memola tegen zich aan. Ze kuste haar boven op haar hoofd.

Memola had de indruk dat ze zelfs een traantje wegpinkte. Ze had een goed gevoel bij het verhaal van Patricia. Het klonk allemaal logisch en paste in het gevoel dat ze bij haar eigen leven had. Het verklaarde in ieder geval een stukje van haar leven.

Ze volgde Patricia. Patricia ging bij Pam zitten en vertelde hem dat ze Kim haar verhaal had verteld en ook zijn verhaal.

Memola ging er bij zitten en wilde wat meer weten over de rol van Pam in haar leven. Pam vertelde dat ze heel vaak heel veel met elkaar hadden gediscussieerd over allerlei onderwerpen, variërend van chemische tot biologische tot bouwkundige zaken.

De onderwerpen waren veelal afhankelijk van het onderwerp waar ze mee bezig as. Drie jaar geleden ging het vaak over de bouw van het nieuwe onderzoekscentrum, het gebruik van materialen, trucs om het oog te bedriegen, kleurschakeringen enzovoorts. Het laatste jaar ging het vooral over energievoorzieningen. Methodes om de natuurlijk energiebronnen te sparen en alternatieve methoden te ontwikkelen, waarbij de methoden van het ruimteschip en het veertje uitvoerig aan de orde waren gekomen. Tot een paar maanden geleden. Toen had ze beweerd een heel nieuwe energiebron te hebben ontdekt. Ze had er een hele reeks van gebouwd maar niemand wilde ze van haar kopen. Soms moet je die dingen kunnen accepteren. Dan heeft de markt eigen belangen om je product niet te willen benutten en moet je een andere weg zien te vinden, zoals zelf producten fabriceren en op de markt brengen, om resultaten te boeken."

Pam keek haar aan.

"Over die energietoestand of die bouwtoestand had ik me eigenlijk nooit zorgen gemaakt. Ik was wel heel bezorgt over je een jaar of twee geleden. Toen meende je dat je de hele mensheid moest omturnen tot ander levenswijzen en dat jij dat wel zelf zou doen via hypnose. Je wilde jouw denkbeelden via die weg opleggen aan de volledige mensheid. We hebben daar veel discussie over gehad. Je kunt niet van de mensheid stomme zombies maken en dan denken dat je ze hebt veranderd. Elke wilsvrijheid wordt daarmee belemmerd en dat kon ik niet aanvaarden. De eerste vrijheden zijn de vrijheid van eigen keuze. Als je die wegneemt ontneem je iemand zijn mens zijn. Volgens mij heb je het onderwerp wel losgelaten maar niet helemaal weggegooid. "

Hij glimlachte naar haar. Ze voelde zijn geestelijke straling over haar heen glijden. Ze genoot van deze aandacht.

Ze besloot hem te informeren over haar situatie aan boord.

"Ik weet niet wat er een maand geleden is gebeurd. Er zijn een paar gekke dingen waar ik nog verder over moet nadenken. In de eerste plaats het volgende. Ik woon in jouw ruimteschip. Jij moet terug naar een stasisbed, we moeten jou daar zien te krijgen. Ik heb de energieproblematiek opgelost. Ik wil je met alle plezier naar ons ruimteschip brengen, zodat je in ieder geval deels kunt herstellen. Kun je van hier naar mijn auto lopen?"

Patricia keek haar verrast aan. "Meen je dat nou echt", stamelde ze.

Pam keek haar aan. "Je zult verbaasd staan als je me nog ziet bewegen. Hoe had je je de hele tocht voorgesteld. Van hier naar de auto, als je hem even rondrijd naar het terras, ben ik er in vijf stappen. Dat is het eenvoudigste deel. Hoe komen we in het ruimteschip? " Pam keek gefrustreerd naar Patricia en vervolgens naar Memola.

"Mijn auto is uitgerust met een uitvinding van mij waardoor hij beschikt over een enorme hoeveelheid energie en een anti-g systeem, het lost de aantrekkingskracht van de aarde op. Eenmaal in mijn auto, zijn we binnen vier uur in het ruimteschip."

Pam keek haar verrast aan "Binnen vier uur, Dat is wel heel onwaarschijnlijk. Het schip ligt toch nog steeds bij Centra?"

"Klopt" glimlachte Memola.

"Je blijft me verrassen. Je bent geweldig." Pam klonk meteen enthousiast. Patricia keek ongelovig naar Memola.

"Wil je mee Pat of blijf je liever hier, morgen heb je weer een drukke dag. Je volledige nachtrust gaat naar de knoppen. Vier uur heen, twee uur op het schip en vervolgens weer vier uur terug, dat kost je ongeveer de hele nacht. Morgenochtend moet ik eerst nog weer op een andere afspraak zijn dus ben je op zijn vroegst morgen middag pas weer terug. "

Pam was helder en duidelijk. "Je gaat je broodnodige nachtrust niet opofferen zonder enige noodzaak. Ik vertrouw mijn dochter volledig. Dit gaat goed komen. Ik voel het gewoon. Dit is mijn kans om te overleven. Jij moet dat ook doen."

Hij begon aanstalten te maken om overeind te komen. Memola begreep de hint en kwam meteen in beweging. Ze liep snel naar voren en reed haar auto om het huis heen, over het grasveld, het terras op. Ze stapte uit en liet de achterdeur open staan zodat Pam daar terecht kon en de hele achterbank beschikbaar had om zijn lichaam in te plaatsen.

Zowaar kwam Pam overeind en met de hulp van Patricia die regelmatig lichaamsdelen meetrok, stapte hij de auto in. Samen trokken ze hem nog een klein stukje verder de auto in en duwden hem verder naar binnen. Het zweet stond op zijn voorhoofd. Memola begreep dat er nog zo'n toer in het schip zou moeten plaatsvinden, van de auto naar de lift en daarna van de lift naar het stasisbed.

Patricia nam afscheid van Pam en Memola. Ze liet weer een traantje lopen. Memola gaf haar een snelle kus op haar wang en beloofde haar binnenkort een keertje op te halen om haar op het ruimteschip te ontvangen.

Ze reed langzaam het terras af en begon gelijk recht omhoog op te stijgen. Ze zag dat Patricia haar hand voor haar mond sloeg. Ze zwaaide en Patricia zwaaide terug. Ze keek naar Pam. Die was duidelijk overbelast geweest. Hij lag te hijgen en viel al snel in slaap. De beste manier om de tijd te overbruggen als je weer moet aansterken voor de volgende kolossale inspanning.

Memola vloog snel naar haar ruimteschip. Het ruimteschip. Hun ruimteschip. Ze liet het maar even in het midden. Ze had best een goed gevoel bij Patricia en Pam. Het was goed volk.

Ze vloog heel hoog waardoor de weerstand veel minder was en ze al na twee uur bij het ruimteschip was. Hoe sneller omhoog, hoe sneller in het ruimteschip. Ze ging nu recht omhoog met een kleine afwijking richting de ree. Ze had weinig extra horizontale afstand te overbruggen als wanneer ze van Centra kwam. Het koste haar maar driekwartier meer.

Ze koppelde aan en gleed de luchtsluis in.

Eenmaal binnen maakte ze Pam wakker. Ze had de auto vlak voor de lift gezet, zodat Pam weinig afstand hoefde te overbruggen. Plotseling drong het tot haar door dat ze de draaiing van het ruimteschip moest stilleggen zodat de aantrekkingskracht weg zou vallen. Pam had dan geen gewicht te torsen. Meteen sprintte ze naar de computer, regelde de draaiing en snelde weer terug. Het was toch nog een hele toer om Pam in het stasisbed te krijgen maar na een uur lang ploeteren was het toch gelukt. Memola veegde het zweet van haar voorhoofd. Ze hadden vier keer een rustpauze moeten nemen omdat Pam niet verder kon of omdat Memola hem niet voldoende kon steunen.

Maar uiteindelijk was het toch gelukt. Memola liet de medic Pam scannen en onderzoeken. De computer gaf meteen een noodsignaal. De medic begon driftig allerlei injecties te geven en Pam sloot zijn ogen. "Laat mij voorlopig maar een week met rust, "begon Pam, verder kwam hij niet. Hij sliep. Memola hoorde zijn rustige ademhaling. Heel wat rustiger dan het laatste uur van enorme inspanningen.

Memola ging terug naar de computerruimte. Ze zag dat ze meerdere berichten had maar ze had toch een beetje trek. Ze had toch wel heel erg weinig gegeten. Enerzijds was ze opgelucht dat het gesprek met haar vader en moeder goed was verlopen, anderzijds was ze toch een beetje overvallen door de gevolgen. Pam lag nu in haar ruimteschip te herstellen. Was het haar ruimteschip? Zoals de gegevens nu lagen was het Pams ruimteschip. Toegegeven zij had alleen de toegangscodes en verder niemand.

Memola liep al peinzend naar de keuken en maakte een paar hapjes klaar. Ze stelde vast dat dit een gewoonte was, die wel leek afgekeken van haar moeder, nou ja van Patricia. Ze moest toegeven dat ze best wel goede gevoelens had over Pam en Patricia. Het verhaal van Patricia leek wel realistisch. Haar eigen rol was toch wel heel bijzonder. Zou ze echt de ontwerpster zijn geweest van het onderzoekscentrum van haar moeder. Een gebouw dat wel heel goed in haar gevoel lag. Ze zou de plannen opvragen bij Patricia en die gebruiken voor de bouw van de casino's. De bouw en de opstart van de casino's zouden nog wel een forse hoeveelheid geld gaan kosten. Het misdaadsyndicaat moest hier maar voor opdraaien. Ze zou het volledige bedrag op haar rekening bij haar bank laten storten. Bij een drugsomzet van dertig miljoen per maand, dat is ruim driehonderdvijftig miljoen per jaar, moest het toch wel minstens vijfhonderd miljoen opbrengen. Dat moest volstaan. Ze moest nog wel even iets met Roland regelen. Voorlopig was die wel uitgeschakeld maar over een week zou die zich ongetwijfeld weer melden. Zou Marjolijn geschikt zijn om de dagelijkse gang van zaken van de rest van Rolands imperium te organiseren totdat hij terug was. Ze had er wel een goed gevoel bij. Roland moest straks natuurlijk de manager worden van haar twee nieuwe casino's. Als hij daarnaast zijn oude business, exclusief de drugs wilde handhaven dan was dat voorlopig acceptabel. De bouw zou ook nog wel de nodige tijd vragen.

Voor ze het wist waren de hapjes op.

Ze stuurde nog even een berichtje naar Patricia dat Pam veilig was aangekomen en nu heerlijk lag te slapen.

Ze was moe, ze moest morgen weer bijtijds op om naar het syndicaat overleg te gaan. Ze ging naar bed.

# Hoofdstuk 31

Memola was vroeg op. Ze werd gewekt door de computer. Ze had die als wekker ingesteld omdat ze bang was om zich te verslapen. Ze deed flink wat oefeningen. Behoorlijk fanatiek. Ergens was ze nog steeds niet zeker van het vader en moederschap van Pam en Patricia, hoewel ze eigenlijk geen tegenargumenten had, of misschien nog niet.

Ze at een snelle hap en bekeek haar post die ze gisteren had laten liggen. Er was een uitnodiging van de gemeente Centra bij voor een vervolggesprek inzake de bouw van een casino. Memola was hier blij mee. Dit ging de goede weg op. Ze stelde een afspraak voor vrijdagmorgen voor. Ze verstuurde de mail.

Tot haar blije verrassing was er ook een bericht van Cor. Hij wilde toch wel graag overleggen over een combinatie van verschillende opties inzake de mogelijke samenwerking. Memola stelde een afspraak voor donderdagmorgen voor.

Ook de gemeente van de loods reageerde voortvarend. Ze wilden in een groter verband overleg voeren. Het gemeentebestuur stond positief tegenover het verzoek maar wilde graag meer overleg over de voorwaarden. Ze wilden graag op korte termijn overleggen en stelden donderdagmiddag voor. Memola begreep wel dat ze haast hadden. Werkgelegenheid was wel heel essentieel. Ze moest niet vergeten met Patricia te overleggen over de aannemer die haar onderzoekscentrum had gebouwd. Hij had in ieder geval ervaring met de bouwstijl die ze nastreefde.

Ze stuurde nog een berichtje naar Patricia dat volgens de medic Pam wel behoorlijk ver heen was en met extra sterke middelen moest worden behandeld. Hij had een rustige nacht gehad en zou voorlopig in slaap blijven om zo snel mogelijk te herstellen.

Ze moest weg. Ze ging snel naar de planeet en parkeerde weer op het dak van het flatgebouw waar het kantoor van Roland was. Ze was keurig op tijd. Marjolijn was er al en wachtte haar op bij de voordeur. Ze gingen samen naar binnen en dronken een kop koffie.

De mannen van het syndicaat waren ook netjes op tijd. Ze namen weer plaats op dezelfde plek als de vorige keer, waarbij het Memola opviel dat de linkse man nu het woord nam.

Na wat wissewasjes en een prachtig verhaal over de slechte markt kwam hij met een bod van honderd miljoen. Memola voelde dat dit een eerste poging was. Er werd scherp op haar reactie gelet.

Memola glimlachte. "Ik geloof dat we het gisteren hadden over een realistisch voorstel." Ze ging staan.

"Heren, u heeft geen vrijgeleide, zoals we hebben afgesproken. Het is oorlog, jammer. Ik had niet gedacht dat jullie zo stom zouden zijn om je eigen business op te geven en helaas, waarschijnlijk zelf ook het loodje te moeten gaan leggen. Ik zou voorzichtig zijn met de koffie. "

Ze wees glimlachend naar de kopjes.

"Niet alleen nu en hier maar overal, uw hele leven lang. De overlijdensaktes liggen al klaar. Ik heb natuurlijk mijn voorzorgen moeten nemen. Dat heeft kosten met zich mee gebracht."

De middelste crimineel, probeerde haar woordenstroom te onderbreken. Hij maakte sussende gebaartjes en probeerde wat te zeggen.

"Jij wilde nog iets zeggen? Ik zal jullie iets zeggen. Gezien jullie gedrag wil ik 1 miljard van jullie hebben. Als ik de cijfers goed analyseer was de markt van Roland enkele jaren geleden beter dan nu. Jullie rotzooien nu al in zijn gebied zodat een maandomzet van meer dan vijftig miljoen realistisch is.

Per jaar is dat zes honderd miljoen. Ik vraag dus nog geen twee jaar omzet als koopsom. Zeker niet hoog. Gezien jullie gedrag wordt het waarschijnlijk alleen maar hoger omdat jullie onbetrouwbaarheid uitstralen. Hoeveel hebben jullie nu klaar staan om over te boeken? Wanneer betalen jullie de rest?"

Memola was weer gaan zitten. Zij had nu een gigantisch hoog bedrag op tafel gegooid, net zo extreem als hun voorstel.

"Dat kan niet, dat is onmogelijk, daar kunnen we gewoon niet zo maar mee akkoord gaan," sputterden ze alle drie tegelijk.

Memola glimlachte. Marjolijn zat er een beetje beteuterd bij. Ze vond dat Memola wel erg hoog spel speelde.

"Heren, ik geef u even de tijd voor overleg. Zodra u een definitief standpunt hebt bepaald kom u ons dat maar melden. "

Memola stond op en liep naar de deur van de privévertrekken van Roland. Marjolijn strompelde snel achter haar aan. Ze was nooit verder gekomen dan het kantoor en was verbluft over de enorme woonkamer die achter het kantoor lag.

Memola ging rustig zitten en bekeek met interesse het uitzicht.

Marjolijn kwam bij haar zitten. Ze trilde een beetje van de spanning. Ze hield zich kranig.

Al snel werden ze geroepen. Memola veronderstelde dat ze allang wisten waar hun grenzen lagen, dus moest ze nog een paar extra zekerheden in bouwen.

Memola ging zitten en keek de mannen rustig aan. Marjolijn hield pen en papier bij de hand om het voorstel op te schrijven.

De middelste man nam nu het woord.

"We begrijpen uw gedachtegang. Aan uw voorstel van 1 miljard kunnen we helaas niet voldoen. We doen u het volgende voorstel", ging hij snel verder, voordat Memola kon opstaan. "We betalen deze week op een door u op te geven rekening een bedrag van vierhonderd miljoen. "

Hij stak meteen zijn hand op toen hij voelde dat Memola al wilde reageren. Het voorstel hield nog meer in.

"Ik moet erkennen dat we hiermee hadden willen volstaan maar u dwingt ons om tot het uiterste te gaan. We betalen u over twee weken honderd miljoen, over vier en over zes weken nog eens honderdvijftig miljoen. De deal wordt nu bekrachtigd. De overboekingen worden nu geregeld. We betalen dus in totaal acht honderd miljoen, dat is ons de vrede en onze toekomst waard. We erkennen dat we veel geld hebben verdiend maar zoveel cash kunnen we nu niet zomaar ophoesten. Dit is wel ons uiterste bod. Dit is het.

Memola knikte. "Kunnen en willen jullie naast dit geldelijke verhaal de veiligheid garanderen van alle business van Roland in dit gebied, ook in de toekomst, zonder bijbetaling?"

Ze keken elkaar een beetje verbaasd aan. Ze begrepen al snel de impact van deze vraag. Als zij de veiligheid garandeerden dan hoefde Roland daar niet op te letten. "Oké," zei de middelste man.

"Wie zal de vaste contactpersoon zijn en wie komt er regelmatig bij Roland voor overleg over de veiligheid? "Memola wilde alles duidelijk hebben. De middelste man knikte meteen. "Ik", zei hij eenvoudig.

Memola ging staan. Dit is een fatsoenlijk voorstel "Deal" en ze strekte haar hand uit naar de middelste man. Hij ging meteen staan en pakte met een brede glimlach haar hand. Hij schudde die. Ook de andere twee mannen stonden op en schudden haar de hand.

Marjolijn had de deal snel even op papier gezet en alle vier tekenden ze de deal. Memola vroeg Marjolijn een papiertje en schreef er haar rekeningnummer op. Daar moest het geld gestort worden.

Memola liet Marjolijn een lijstje uitdraaien met de namen en adressen van de vaste verkopers van de drugs in het gebied van Roland. Ze hield de lijst in haar hand. Zodra de eerste betaling is binnengekomen zal deze lijst op de mail naar een van jullie worden gestuurd. Naar wie?"

De middelste man gaf zijn e-mailadres op en probeerde nieuwsgierig de lijst in te zien maar Memola hield hem goed uit het zicht.

Voordat we de lijst opsturen, zullen we de mannen en vrouwen informeren over de overgang. Het is daarna aan jullie om hen te bevoorraden en de contacten over te nemen. Tussen vandaag en vrijdag worden er geen afleveringen door ons gedaan bij de dealers.

De mannen vertrokken. Ze begonnen onderling al de discussie waar het geld allemaal vandaan moest komen en wie welk deel moest bijdragen.

Marjolijn liet ze uit en kwam glunderend terug.

"Fantastisch, werkelijk fantastisch. Ik begrijp niet hoe je dit voor elkaar hebt gekregen. Je hebt ze van het begin af aan onder druk gezet en gehouden. Stel dat ze boos waren weggelopen, wat dan?" Ze keek Memola besluiteloos aan.

"Dan nog niets, maar ze zouden nooit weten wanneer Roland alsnog zou toeslaan. Memola legde een pasje op tafel. Dit pasje had Roland een budget van honderd miljoen gegeven voor een door hem te besteden doel. Oorlog? Wie weet.

Memola liep naar de vergadertafel en keek of de afluisterapparaten er nog zaten. Ja hoor die zaten er nog. Ze zocht nog verder en vond er nog twee. Ze liep naar de entree en de receptie en vond er daar ook nog enkele. Ze legde ze bij elkaar en vroeg de luisteraar vooral goed te luisteren. Ze gaf aan er bij elkaar acht te hebben gevonden. Als er nog meer waren, dan moesten ze dat meteen melden. Deze ruimten zouden nog maar kort worden gebruikt. Roland zou verhuizen. Vertrouwen was een zeer belangrijke factor.

Daarna vernielde Memola alle afluisterapparaatjes en gooide ze in de afvalbak.

Ze ging met Marjolijn naar de woonruimte van Roland. Daar vroeg ze Marjolijn om de zakelijke belangen van Roland tijdens zijn afwezigheid te behartigen. Het ging om de casino's en dancings.

Ze besloten samen nog even naar Roland te gaan en te zien hoe het met hem ging.

In het ziekenhuis bleek Roland te zijn verplaatst naar een gewone ziekenzaal. Hij had het niet naar zijn zin en probeerde zo snel mogelijk overeind te komen maar zijn hoofd hield hem nog tegen.

Ze wandelden samen met hem naar het restaurant . Memola stelde voor dat Marjolijn zolang zijn zaken zou waarnemen en Roland vond dat goed. Hij kon hier toch niets uitrichten. Marjolijn nam afscheid en vertrok. Memola vroeg Roland of hij zijn drugkartel niet wilde loslaten. Roland bleef zowaar redelijk rustig. Hij had veel nagedacht over de problematiek. Moord en doodslag was gewoon niet zijn steil. Hij vond dat maar niks. Hij zag alleen niet welk alternatief hij had. Hij kon toch niet zomaar zijn business opgeven.

Memola vroeg hem wat het hem waard zou zijn om met de drugs te stoppen. Roland moest een beetje lachen. Begreep hij het goed en wilde zij hem vrijkopen uit zijn huidige drugsbusiness. Wilde zij hem daarvoor betalen? Natuurlijk er was een dodelijke oorlog aan de gang en als ze hem vonden zou hij morgen de volgende dode zijn. Zijn eigen woorden drongen pas nadat hij ze had gezegd tot hem door. Ja, hij kon simpel de volgende dode zijn.

"De laatste jaren is de omzet teruggelopen doordat die brutale buren van mij de boel meer en meer probeerden over te nemen. Schurken zijn het , hopeloos onbetrouwbaar. Levensgevaarlijk, dat ook. Mijn basis uitgemoord." Hij begon zich weer meer en meer op te winden en kreeg meteen last van zijn hoofd.

"Roland, ik bied je honderd miljoen om je totale drugsbusiness over te nemen. Ik handel verder alles af. In de deal zit ook je

huis en je kantoor. De speelhallen en de
disco's vallen buiten de deal. Wat vind je er
van ? "

Ze stond op en ging achter zijn stoel staan.
Prompt strekte hij zich. Ze begon gelijk zijn
nek te masseren. Hij ontspande.

"Ooo h, wat doe je dat machtig. Oké,
Memola, deal, mits je regelmatig een
uitgebreide massage blijft leveren."

Memola kuste hem. "Deal" zei ze meteen.
Ze legde het pasje voor hem op tafel. Dit is
de betaling. Nu kun je rustig herstellen. Ik
zal Marjolijn vertellen dat ze zich niet druk
hoeft te maken over de drugspoot.

"Wat ga je doen met die handel" wilde
Roland meteen weten.

"Dat heb ik je al vertelt, verkopen," was het
simpele antwoord van Memola.

"Nou, veel succes," mijmerde Roland, die
zich weer concentreerde op de
nekmassage.

Memola stopte er mee.

Ze ging weer voor hem zitten en vroeg hem of hij directeur wilde worden van twee gigantisch grote, nieuw te bouwen casino's. Een in Centra en een in het midden van het land. Hij moest tenslotte wat doen voor de kost nu een groot deel was weggevallen met het verdwijnen van de drugsactiviteiten.

Het leek hem wel, hoewel hij wel enig idee wilde hebben over die gebouwen en het soort bezoekers.

Memola vertelde hem dat ze bij twee grote steden al gesprekken voerde over het bouwen van officiële casino's met vergunningen van de overheid.

"Schitterend, een casino met vergunning", zei hij meteen.

"Kom, meneer de directeur, we gaan weer naar boven. Vergeet je pasje niet. " Roland griste het pasje van de tafel. Zijn vrijheid was eindelijk werkelijkheid geworden. Hij was in de drugswereld gerold en had het niet kunnen tegen houden. Hij had goed geld verdiend en had natuurlijk buiten dit bedrag ook nog het bedrag van de lening aan Memola.

Memola haalde de brief met inloggegevens uit haar binnenzak en gaf die aan Roland. Roland pakte die aan en keek haar aan.

"Vertrouwen" mompelde hij.

Memola glimlachte. Hij was de crimineel en zij had voor zichzelf een prima regeling getroffen. Ze was er blij mee. Ze had nu de middelen om tenminste twee casino's te bouwen.

Ze bracht Roland terug naar zijn kamer. Ze vroeg nog of het verstandig was zijn pasje met de inlogcodes bij zich te houden.

Roland gaf haar de pas en de brief. Dat was veiliger dan hier in een zaal in het ziekenhuis.

Memola vertrok. Ze hoefde Marjolijn niets te vertellen. Ze kende de situatie beter dan Roland.

Ze liep terug naar het kantoor van Roland en trof daar Marjolijn aan. Ze vertelde Marjolijn dat ze een nieuw kantoor moest zoeken voor de zaken van Roland. In principe was een kantoor voor haar alleen genoeg. Ze moest wel alle spullen uit dit gebouw meenemen. Alle zakelijke spullen althans. Marjolijn vroeg of dat ook bij haar thuis kon. Ze had een kamer over die ze eigenlijk wilde gaan verhuren mar die kon ook dienst doen als kantoortje. Memola vond het prima. Ze kreeg het adres en adviseerde haar om zelf naar haar medewerkers toe te gaan en ze niet bij haar thuis te laten komen. Over een goede week zou Roland haar wel informeren hoe hij verder wilde gaan. Marjolijn gaf Memola de sleutels van de ingang, nam twee mappen en haar laptop mee. Dat was de hele administratie, had ze beweerd. Memola vond het prima.

Zodra Marjolijn weg was ging ze naar de privévertrekken van Roland.

Ze zocht zijn computer op en bekeek de beschikbare informatie. Ze was verrast over de eenvoud waarmee ze bij de informatie kon. Het wachtwoord was "Roland", simpeler kon haast niet. Ze zag transacties bij de aankoop van drugs, tijdstippen wanneer en hoeveel. Ze zocht gegevens over de tehuizen maar vond daar niets van. Ze toetste haar naam in maar vond ook daarover geen gegevens.

Als bij ingeving toetste ze de naam Kim Ton in. Er kwam een klein berichtje in beeld. Een soort memo. "Afspraak "er volgde een datum ongeveer twee maanden geleden.

Memola schrok er van. Kim en Roland kenden mekaar!!!. Ze zocht meer gegevens. Ze vond niets. Memola had er geen goed gevoel bij. Wat was er in het verleden gebeurd. Ze zocht zijn agenda om te zien of er over die afspraak meer informatie beschikbaar was.

Via een aparte app vond ze de agenda. Ze bladerde terug en vond op de genoemde datum inderdaad de melding dat er een afspraak was, in een restaurant in de stad. Roland had er een vraagteken bij gezet. Kennelijk wist hij niet wie ze was. Ze bladerde verder en twee weken later kwam haar naam weer voor. Nu stond er geen locatie bij, er stond alleen "ruimtehaven". Er was een dikke streep doorheen getrokken.

Memola staarde naar de elektronische agenda. Het moest hem toch moeite hebben gekost om er een dikke streep doorheen te tekenen. Hij was niet zo handig met de computer. Ze corrigeerde zichzelf. Daar wist ze helemaal niets van. Ze had die conclusie getrokken op grond van het simpele wachtwoord . Dat was wel weer een snelle conclusie. Ze moest het zien als een verwachting. Ze dacht dat hij niet zo goed was met de computer. Vanwaar dan toch die streep.

Ze bladerde verder. Ze was verrast opnieuw haar naam tegen te komen, een week of twee geleden. Ze was hier geweest, een week of twee geleden. Hij had haar ontvoerd. Geen rare gekke andere idioot. Roland had haar te pakken genomen. Maar hoe stak dat dan in elkaar. Hij had toch zelf opdracht gegeven haar uit haar ruimteschip te halen. Wist hij van het ruimteschip. De luchthaven was wel een hint geweest. Als je de luchthaven combineerde met de naam

Ton, kwam je van zelf op het ruimteschip dat waarschijnlijk formeel nog op naam van Pam Ton stond. Memola had er nooit over nagedacht. Het was ook nooit van belang geweest. Voor Roland was het waarschijnlijk een duidelijke zaak geweest. Waarom had hij haar willen hebben.

Ze begreep er niets van. Toen ze eenmaal hier was had zich een hoogst merkwaardig schouwspel afgespeeld. In plaats van haar te gebruiken zoals hij van plan was, had zij hem voor haar karretje gespannen. Op zich eigenlijk even eigenaardig. Zo'n zwak figuur was hij toch niet. Je bouwt geen drugsimperium op met zwakte.

Ze kon de stukken niet aan elkaar knopen. Er leken alleen maar tegenstellingen te ontstaan. Oké, er was nu wel duidelijkheid over de verantwoordelijke man voor de kidnapping. Had hij misschien ook te maken met de inspuiting van de bijzondere stof die in haar lichaam was aangetroffen ?

Ze zocht naar andere gegevens en stuitte inderdaad op haar eigen naam. Memola. Dit was de datum van de vorige afspraak. De datum waarop de lening was getekend, ze volgde de agenda verder en kwam bij haar bezoek van gisteren. Alleen haar naam stond bij die afspraken, Memola, dus. Geen Kim Ton.

Zou er sprake kunnen zijn van twee verschillende personen? Zou het zo kunnen zijn dat ze helemaal Kim Ton niet was. Dat ze feitelijk gewoon iemand anders was. Of omgekeerd . Dat iemand anders zich voor Kim Ton had uitgegeven. Memola zuchtte, zo kwam ze er niet uit. Ze zou het Roland moeten vragen.

Terug naar de feiten. De opdrachtgever voor de geslaagde kidnapping was dus Roland geweest.

Ze bekeek nog de verschillende locaties die Roland beheerde. Zes speelhallen en drie dancings. Memola liet de lijst met adressen uitprinten en nam de lijst mee.

Ze sloot de computer af.

Ze ging in de stoel van Roland bij het raam zitten. Ze had nog geen bestemming voor deze ruimte. Ze pakte haar info-tablet en deelde Frans mee dat deze ruimte ter beschikking stond van de organisatie. Als hij de sleutels nodig had zou zij ze langsbrengen.

Ze stond op en besloot te vertrekken. Er was niets meer te doen. Ze sloot alles af en keerde terug naar het dak. Haar auto had weer belangstelling van dezelfde man als gisteren. Hij bleef haar aanstaren, terwijl ze in de auto stapte en wegvloog.

Memola besloot terug te keren naar haar ruimteschip. Ze wilde eerst even zien hoe het met Pam ging.

# Hoofdstuk 32

Met Pam leek het prima te gaan. Ze had het idee dat hij al wat slanker was geworden maar dat kon ook een idee-fixe zijn. Hij lag in een groot bed zonder afdekking, alleen de koepel van de stasis over hem heen.

Memola keek nog even naar de medic via de computer. De medic gaf een waarschuwing. Bepaalde bijzondere medicijnen leken te weinig in voorraad. Vrijwel alle elf medicijnen waren wel snel beschikbaar in de markt. Een medicijn eigenlijk niet.

Memola schrok. Ze vroeg de gegevens op van dat medicijn en kreeg de indruk dat het een stof was die heel erg veel leek op de stof die ze gebruikte voor haar energievoorziening. Het hars van de boom maar dan in zuivere vorm. Gelijk zocht ze de gegevens op over het voorgestelde procedé om de stof zuiver te maken. Ze herinnerde zich dat een van de onderzoeksbureaus iets had gesuggereerd over " in het luchtledig en in een aantrekkingskracht-vrije omgeving en dat met alcohol mengen". Ze wist het niet meer precies. Ze zocht het op. Ze herinnerde zich dat ze had overwogen, zo wie zo het experiment een keer uit te voeren. Ze had nog een volle emmer hars in haar voorraadkamer staan. Ze haalde hem op, printte de beschrijving uit en bekeek wat ze volgens die jongens nog meer nodig had. Ze had kennelijk wel wat ervaring met deze stoffen want ze vond het meteen logisch dat er wolfraam bij deze combinatie moest worden gevoegd als katalysator. Dat zou het proces fors versnellen. Ze begreep niet waarom ze dat dacht. Ze was verrast dat ze zowaar Wolfraam op voorraad had. Ze verzamelde alle spullen en deed die in een tas. Ze trok haar ruimtepak aan en ging door de kleine luchtsluis naar haar theepotje. Haar ferry bootje om van het ruimteschip naar de ree te gaan. De buitensluis had ze keurig hersteld en ze controleerde meteen of die nog steeds goed functioneerde. Het werkte allemaal prima.

In het theepotje draaide ze de bestuurdersstoel en liet een tableautje uitklappen. Ze legde alle spullen op de tafel en haakte de verpakkingen vast aan de tafelrand, zodat ze niet zouden wegzweven. Ze pakte een zak en legde die op de tafel en koppelde hem vast aan de tafel. Het was wel onhandig werken met zo'n ruimtepak aan. Langzaam bracht ze de verschillende stoffen bij elkaar in de zak. Als laatste de alcohol. Ze legde gewoon alles in de zak en keek wat er gebeurde. Niet duidelijk was of ze moest schudden of duwen of langzaam roeren. Ze besloot gewoon de stoffen maar even hun werk te laten doen. De stoffen zweefden rond in de zak. Er gebeurde niets.

Memola liet het zo en ging terug naar het ruimteschip. Ze zou over een uurtje wel eens gaan kijken hoe de zaak er bij stond.

Memola deed haar ruimtepak uit en ging terug naar de computerkamer. Ze had trek en nam een paar hapjes.

Ze overdacht de situatie. Kennelijk was de werkende stof in de hars van de speciale bomen een medicijn voor Pam. Hoe zat dat. Was er op zijn thuisplaneet een veelvoud van bossen met de bomen. Het zou verklaren waarom er daar gewoon in de open lucht stoffen van die bomen zaten die normaal via de luchtwegen in het lichaam terecht kwamen. Het lichaam was gewend om daar iets tegen te doen. Bij het ontbreken van de stof ging het lichaam met zijn antistoffen andere dingen doen. Kennelijk werd het weefsel fors uitgebreid, samen met extra vetopslag rekte de huid wel steeds verder uit. Ze was benieuwd of de nieuwe situatie, de toevoeging van de werkende stof van de hars, ook invloed had op de hoeveelheid huid en weefsel, naast de verwerking van het vet.

Ze moest het afwachten. Voorlopig waren het allemaal alleen maar veronderstellingen. Pam was een zeer uitzonderlijk individu die makkelijk op nog veel meer punten kon afwijken van de mens van deze planeet. Hij was tenslotte afkomstig van een andere planeet.

Plotseling drong het tot haar door dat zij zelf mogelijk een product was van het zaad van deze mens van een andere planeet en van een mens van deze planeet. Hoe zag haar eigen interne structuur er uit ? Ze wist het niet maar ze was hier opgegroeid dus was haar lichamelijke conditie ongetwijfeld goed afgestemd op deze leefomgeving.

Ze moest even terugdenken aan Roland. Hij had haar dus laten ontvoeren. Ze voelde zich een stuk minder schuldig over de aankoop en verkoop van zijn drugskartel. Ze controleerde of ze Frans al had geïnformeerd over een nieuwe transactie waarbij vrijdag vierhonderd miljoen zou worden gestort. Ze kon geen bericht vinden en dus informeerde ze hem alsnog. Ze wilde het bedrag apart gezet hebben, met dien verstande dat de eerste honderd miljoen zou worden benut ter vervanging van de honderd miljoen die door een van haar contacten kon worden opgenomen. De overige waren bedoeld als reserve en voor de casino's.

Ze bedacht dat als zij de ontwerpster en bouwster van het onderzoekscentrum van Patricia was, er ergens tekeningen en ontwerpen moesten zijn. Ze besloot Patricia daar naar te vragen en indien ze die kon vinden die gegevens via de mail aan haar door te sturen. Verder wilde ze graag filmbeelden van het gebouw hebben. Ze overwoog meerdere van dit soort gebouwen te gaan bouwen. Voor ze de mail verstuurde meldde ze nog wel even dat het prima ging met Pam. Hij zou nog wel de nodige tijd moeten gebruiken voor zijn herstel. Ze wilde Patricia vrijdagavond ophalen om het weekend hier op het ruimteschip door te brengen, als ze dat wilde.

Memola realiseerde zich dat ze Wim wel erg liet zwemmen. De kunststof poot had wel heel wat meer begeleiding nodig. Ook Dirk met de autoproductie liet ze zweven. Ze ging op pad. Ze bezocht eerst Wim. Ze vond hem in het bedrijfje bij Margarita. Ze waren blij haar te zien. Ze wisten niet goed hoe ze verder moesten. Memola besloot ze samen mee te nemen naar de loods.

In de loods begroette Dirk haar enthousiast maar was wat teleurgesteld dat Memola eerst aandacht besteedde aan haar twee gasten.

Memola liet Margarita en Wim haar energieworst zien. De manier waarop die functioneerde en de enorme hoeveelheid energie die er uit kwam verbaasde hen allebei. Ze keken Memola kritisch aan.

Memola liet hen de productiemethode voor de auto's zien. Ze waren echt onder de indruk. Ze hadden haar auto al zo bijzonder gevonden maar waren weg van de verschillende modellen die er gereed stonden voor aflevering. Memola liet hen zien welk stuk van de worst werd gebruikt om de auto's van energie te voorzien. Ook haar auto werkte zo. Ze waren helemaal overdonderd. Plotseling werden ze helemaal enthousiast. Dit bood geweldige mogelijkheden. Dit was de toekomst. Ze zagen het helemaal zitten.

Memola beloofde Dirk snel terug te komen en bracht Wim en Margarita terug. Ze benadrukte na te denken over de producten en de productiemethoden. Mogelijk moesten ze zelf alleen maar beginnen met batterijen in te gieten in kunststof en daarna meer producten te fabriceren waar de batterijen in ingegoten zaten. Ze moesten er vooral op letten dat de producten in hun geheel volledig hergebruikt konden worden. Dan kon je een systeem van terugbrengwaarde instellen. De vergoeding zou altijd minder zijn dan de aanschaf van nieuw materiaal.

Wim moest zich vooral bezighouden met het zoeken naar geschikte locaties en samen met Margarita over de productiemethode, eventueel konden ze Bob inschakelen, voor de computer technische oplossingen en de toepassingen in de productiemethoden met beeldschermen etc. .

Memola liet haar e-mail adres bij hen achter en meldde zich netjes bij Dirk. Dirk vertelde

dat hij twee auto's bij Angelica had gebracht.
Die was er dol blij mee. Ze was meteen
gaan rijden met beide auto's. Ze wilde het
gevoel van het rijden ervaren. Ze werd
alleen maar enthousiaster. Ze vond dat ze er
ook een moest hebben. Pure reclame. De
volgende negen gingen allemaal naar Mark
vertelde Memola. Die betaalde een ton per
stuk. Dat was voorlopig gewoon de prijs.

Dirk glimlachte. Hij vond het een gigantisch
bedrag maar begreep dat als men het er
voor betaalde dit een gouden business kon
worden.

Dirk gaf aan dat de andere locaties in de
komende weken in productie zouden worden
genomen. De combinatie van zeven
bedrijfsruimten zou mede voor opslag en
voormontage worden benut. Ze hadden nog
wel een heleboel montageruimte nodig als
ze de productie verder wilden opvoeren.
Memola vertelde dat Frans, de algemeen
directeur de opdracht had gekregen
managers te zoeken voor alle productie-
eenheden en het  inkoopbeleid. Hij, Dirk en
Bob zouden altijd stand by zijn voor de

inrichting en het opstarten van nieuwe productie-eenheden en productiemethoden. Dirk knikte verheugd. Dat vond hij leuk. Als het eenmaal draaide, nou dan draaide het.

Memola bezocht snel even Roos. Ze was toch weer onder de indruk van het geweldige huis. Ze was er blij mee. Ze parkeerde nu wel wat meer naar achteren zodat haar auto niet echt midden op het grasveld zou staan. Ze wilde Roos niet storen in haar dagelijkse bezigheden.

Als ze bezoek had was haar plompverloren binnenkomst al storend genoeg. Ze wilde eigenlijk nog wat meer van Roos horen over Madeleine. Ze wandelde over het grasveld naar het terras. Roos kwam haar tegelijk tegemoet en opende de terrasdeur voor haar. Ze kusten elkaar welkom op de wang.

Roos was gelijk enthousiast. Het huis was fantastisch. Ze zorgde meteen voor een verse kop koffie en praatte honderd uit over hoe geweldig ze dit huis vond. Ze had een aparte kamer voor Memola gereserveerd. Als ze liever een andere eigen kamer wilde dat hoefde ze dat maar te zeggen en ze zou het regelen. Ze had een kamer apart ingericht als haar atelier. Ze had altijd graag willen schilderen. Daar was nu tijd en ruimte voor.

Memola hoorde het allemaal glimlachend aan. Roos was een goede spontane meid. Een echte gastvrouw.

Ze vertelde Roos dat de mogelijkheid bestond dat ze binnenkort werd benaderd door Angelica. Zij deed de promotie van een aantal van haar producten. De kans was aanwezig dat ze de locatie wilde bekijken en mogelijk benutten om bepaalde producten te promoten.

Roos knikte begrijpend, gelijk een beetje gelukzalig om zich heen kijkend. "Logisch", zei ze meteen.

"Verder wil ik graag iets meer horen over Madeleine. Je berichtte dat ze zo maar opeens was verdwenen? " Memola keek Roos aan.

"Ja," begon Roos en viel toen een beetje stil.
"Ja, Madeleine. Ik had haar de grote kamer
aan de voorkant gegeven. Ze had geen
kleren bij zich en geen spullen om zich te
wassen of op te maken. Ze heeft van mij
make-up en dat soort spullen gekregen."
Roos stopte even en keek naar haar
handen. Ze keek Memola aan en ging iets
meer rechtop zitten.

"Madeleine," ging ze verder met iets meer
voortvarendheid in haar stem, " wilde echter
ook kleren van mij. Ik had maar weinig
kleren bij me, de rest is inmiddels wel,
toevallig vandaag, via de pakketpost
bezorgd, maar eergisteren had ik nog maar
heel weinig kleren. We kregen een beetje
ruzie. Ze wilde perse al mijn kleren, behalve
wat ik aan had. Dat mocht ik nog net
aanhouden. Voor de goede vrede heb ik
haar maar haar zin gegeven. Ze bleef echter
erg stil en was niet erg spraakzaam.

We hebben samen gegeten maar ze wilde
nergens over praten. Ik heb gekookt en zij
heeft alleen maar lui zitten kijken naar wat ik
deed. Ik kreeg er de zenuwen van.

Gelijk na het eten begon ik de tafel af te ruimen en vroeg haar of ze wilde meehelpen opruimen. Dat was kennelijk tegen het zere been. Ze stond meteen boos op en ging naar haar kamer. Ze had mijn spullen verzameld en ergens een grote tas vandaan gehaald. Ze meldde zich bij mij in de keuken en vroeg of ik de poort wilde open doen. Ze ging weg. Ik heb de poort opengedaan en verwachtte eigenlijk, dat ze die avond nog terug zou komen maar ik heb haar niet meer gezien. Ik durfde het eerst niet bij jou te melden maar toen ze de volgende dag nog niet boven tafel was heb ik het je maar gemeld. Ik wist niet wat ik anders moest doen"

Roos keek weer heel bedrukt naar haar handen en daarna voorzichtig omhoog naar Memola. Ze wist niet hoe de onderlinge verhoudingen waren tussen Madeleine en Memola. Ze konden wel familie of goede vriendinnen zijn.

Memola keek Roos glimlachend aan. "Prima gehandeld hoor, Roos. Madeleine was een toevallige passant. We kunnen haar beter kwijt dan rijk zijn. Ze heeft volgens mij een verkeerd verleden. Laar ze zich daar maar mee bezig houden."

Roos knapte zienderogen op. Ze dacht ergens toch iets verkeerd gedaan te hebben maar dat leek allemaal erg mee te vallen.

Roos vertelde prompt weer honderduit over haar schilderwerk, over haar vriend, de voorbereidingen op hun huwelijk enzovoorts. Memola stopte de woordenstroom en nam afscheid. Ze vertrok snel weer naar haar ruimteschip.

Het gebeuren rondom Madeleine zat haar niet lekker. Vrijwel alles wat ze had aangegeven was gelogen. Er van uitgaande dat Pam en Patricia haar ouders waren, waren die dus niet ergens onder narcose gehouden en werd ze dus ook niet met dat gegeven afgeperst om Cecilia en anderen onder narcose te houden. Haar rol moest dus wel anders zijn.

Ze besloot onderweg om toch nog even langs het appartement van Madeleine te gaan. Inmiddels was Madeleine vast al weer teruggekeerd in haar eigen huis, als ze dat van plan was geweest. Nou ja, waar moest ze anders heen. Memola had eigenlijk geen idee. Wat wist ze nou eigenlijk echt van Madeleine . Eigenlijk helemaal niets.

Ze landde rustig op het terras van het penthouse van Madeleine waar ze de vorige keer ook had gestaan. Er brandden geen lichten. Ze stapte uit en voelde aan de schuifdeur naar het terras. Tot haar verrassing was die niet afgesloten.

Ze wandelde naar binnen en deed het licht aan in de woonkamer. Ze schrok van de enorme bende die was aangericht. Alles was kapot geslagen en vernield. De kasten waren omgegooid en echt kapot geramd. De tafel, de stoelen, allemaal kapot, het tapijt was in stukken gesneden. Memola sloeg verschrikt een hand voor haar mond. Dit was echt bizar. Hier was echt een intense woede gebotvierd.

Ze luisterde maar hoorde niets. Ze liep voorzichtig de gang in. Daar was het ook een grote puinhoop. Ze zag dat de voordeur nog steeds vernield en in stukken op de grond lag en voor een deel nog in de hengsels hing. Ze liep er voorzichtig naar toe. Ze keek door de deur in het halletje er achter en zag een kleine ruimte met alleen een liftdeur. Natuurlijk het was het enige appartement op deze etage.

Ze draaide zich om en zag dat de deur naar de slaapkamer, waar Madeleine de vorige keer uit was komen lopen, open stond.

Ze meende een zacht kreunen te horen en sloop voorzichtig naar de deur. Ze keek er om heen maar kon niets zien. Het was er helemaal donker. De gordijnen waren dicht en het licht was uit.

Weer meende Memola een zacht steunen te horen. Ze besloot simpel weg het licht aan te doen. Dan was meteen duidelijk wat er aan de hand was.

Ze stapte naar binnen en zocht naar de lichtknop. In eerste instantie kon ze die niet vinden. De knop bleek erg laag te zijn aangebracht.

Ze knipte het licht aan en zag ook hier een immense rotzooi. Het bed was volledig in elkaar geslagen. Het kreungeluid nam toe. Memola had de indruk dat er iemand onder het kapotgeslagen bed lag. Voorzichtig schoof ze wat beddengoed aan de kant en schrok van de persoon die er onder vandaan kwam. Madeleine lag onder de dekens. Memola zag dat Madeleine een beetje bij kennis leek te komen.

"Handschoenen," mompelde ze.

Memola begreep niet wat ze bedoelde. Madeleine sloeg weer haar ogen op en keek naar de handen van Memola. "Handschoenen", mompelde ze weer.

Plotseling drong het tot Memola door. Ze moest handschoenen aan doen, dan kwamen haar vingerafdrukken niet op de kapotgeslagen spullen.

Memola had geen handschoenen bij zich. Ze stak haar handen omhoog ten teken dat ze geen handschoenen beschikbaar had.

Madeleine liet haar blik zakken naar de kapotgeslagen wandkast en leek er met haar kin naar te wijzen.

Memola had met haar te doen. Ze lag er volledig verkreukeld bij. Haar gezicht was flink toegetakeld. Een oog was helemaal blauw en dik.

Memola keek achter zich naar de kapotgeslagen kast en zag een gebroken la waar naast andere kledingstukken ook enkele paren handschoenen in lagen. Ze pakte een paar en deed die aan. Ze waren wel wat groot maar volstonden.

Voorzichtig probeerde ze meer spullen van Madeleine af te halen maar die gilde het meteen uit van de pijn. Dat ging niet goed.

Madeleien begon wat te zeggen en Memola ging vlak naast haar zitten en hield een hand vast. Dat gaf Madeleine kennelijk rust. Ze zakte een beetje achterover en begon een beetje duidelijker te praten.

"Hallo Madeleine, fijn dat je nog even bij me langs bent gekomen. Ik dacht weer veilig terug te kunnen naar huis maar dat was niet zo. Ze hebben me hier opgewacht en meteen te pakken genomen. Er zijn wat dingen die je moet weten." Het kwam er zachtjes gesproken en een beetje hortend en stotend uit. Ze leek moeilijkheden te hebben met haar ademhaling.

"Moet ik niet eerst even een ambulance bellen," vroeg Memola bezorgd.

"Eerst luisteren", mompelde Madeleine moeizaam.

Ze haalde even diep adem e begon daarna, een stuk minder helder dan net " Memola, ik heb van alles bij elkaar gelogen. Ik heb daar spijt van maar ik was boos op de hele wereld. Eerst waren er een paar mooie mannen die ik wilde maar die mij niet wilden. Ik heb ze allemaal gestraft. Ik heb naaste familieleden gegijzeld en in coma gehouden. Ik heb zelf vaak de plaats ingenomen van degene die ik had gevangen. Ik ben heel erg goed in schminken en maskers. Levensecht kan ik vrijwel iedereen imiteren. Cor bij jou en Cecilia bij Cor thuis en bij Johan, bij de overval, geweldig vond ik dat. Soms als er bezoek kwam moest dat wel allemaal goed worden voorbereid. " Ze rochelde en even viel ze weg. Vel werd er duidelijk voor Memola, toch rancune.

"Ik geef toe, ik ben vele jaren verpleegd geweest om mijn agressie beter te beteugelen maar dat heeft niets geholpen. De laatste tien jaar heb ik mijn gram gehaald. Mijn neef, Brok, ja, hij is familie van mij, heeft mij altijd tegengewerkt. Hij had de tehuizen en ik verziekte een deel van zijn inkomsten. Vorige week heb ik hem helemaal te pakken genomen." Madeleine hoestte en leek zich te verslikken in een soort bizarre lach.

"Ik had toegang tot enkele van zijn rekeningen om zaken voor hem te regelen. Ik heb vorige week enorme bedragen van zijn rekening gehaald. Hij was daar wit heet over. Ik heb dat zes maanden geleden ook al eens gedaan. Toen heb ik een vliegtuigje gekocht. Ik had mijn vliegbrevet gehaald en wilde vliegen. Brok vond dat niets maar ik vervoerde hem over de planeet en dat vond hij geweldig. " Ze haalde weer even een paar keer diep adem.

"Ik heb al het geld dat over was op een aparte rekening gestort, eerst cash opgehaald en daarna op een eigen rekening gestort. Zo zou ik voortaan onafhankelijk zijn. "

Ze keek Memola aan. "Ik heb spijt van wat ik de arme mensen heb aangedaan, ik wil het goed maken met ze. Ik kan dat voorlopig niet doen. Mocht ik als gevolg van mijn huidige conditie sterven, wil je dat dan voor mij doen?" Ze keek Memola smekend aan.

Memola slikte even een brok weg. Ze knikte. Dat wilde ze wel doen.

Madeleine zakte onderuit. De uitputting nabij. Ze draaide met haar ogen en was even weg. Ze kwam weer bij en keek Memola aan.

Madeleine knikte, alsof ze iets aan wilde wijzen. Memola vroeg of ze iets wilde. Weer knikte Madeleine. Memola keek naar waar ze naar leek te knikken en wees naar de zijmuur, net naast de plek waar de kast had gestaan. Madeleien knikte en zakte meteen verder weg. De ogen gesloten.

Memola keek naar de muur maar zag alleen maar een plint. Ze besloot de plint iets weg te trekken , dat ging heel makkelijk en daarachter lag iets. Ze pakte het op en zag dat het een brief was met iets er in. Ze vouwde de brief open en zag tot haar verrassing een bankpasje.

Ze besloot de brief met het pasje gewoon in haar zak te stoppen en meteen een ambulance te bellen. Ze kon niets meer voor Madeleine doen.

Ze belde met de ambulance en vertrok.

Ze was best een beetje moe van de moeilijke situatie met Madeleine.

Aan de ene kant was het wel heel erg zielig , wat haar was overkomen, aan de andere kant had ze het ook wel helemaal aan zichzelf te danken. Geld stelen van een gewelddadige crimineel moest je niet plompverloren doen en hem dan voor het blok zetten. Dat vroeg om problemen.

Het was al weer etenstijd en ze besloot maar eens uitgebreid te eten. Ze begon met een lekker voorafje, nam daarna een kopje soep, een heerlijk stuk vis en als toetje een smakelijk stuk ijs. Ze nam er zelfs een glaasje wijn bij. Ze nam er alle tijd voor.

Na het eten, ze had er een dikke buik van, ging ze even bij Pam kijken. Het leek wel goed te gaan maar er veranderde niet echt veel. Het zou ook wel langzaam gaan. Dit kon niet in een dag worden veranderd.

Memola begon haar ruimtepak aan te trekken om naar het experiment in het theepotje te gaan kijken toen er een signaal van de computer kwam. Nieuwsgierig liep ze met het ruimtepak aan maar nog niet dicht, naar de computer. Het signaal bleek te maken te hebben met een noodoproep van Patricia. Ze had alle spullen gevonden maar er was zoveel materiaal dat ze dat niet zomaar kon versturen. Ze zou het in kleine stukjes doen dan moest ze het zelf maar weer bij elkaar voegen. Helaas wilde ze wel naar het ruimteschip komen maar ze kon er niet tegen in een afgesloten omgeving in de ruimte te zijn. Ze werd er ziek van. Als Memola haar op de hoogte hield dan vond ze dat prima maar ze dorst niet in een ruimteschip.

Memola was verrast. Enerzijds was dit toch geen paniekbericht en anderzijds had ze er nooit bij stil gestaan dat iemand er problemen mee zou hebben om in een ruimteschip te zijn. Verrassing.

Weer ging het panieksignaal. Memola keek naar de computer. Het panieksignaal had te maken met de druk in het theepotje. De druk liep daar te hoog op. Ze stopte het signaal, trok snel haar ruimtepak verder aan en rende naar de kleine sluis. Ze ging de sluis in. Het duurde haar veel te lang maar ze had geen alternatief. Ze sloot het pak en opende de zuurstoftoevoer. Eindelijk, eindelijk kon ze de sluis uit en via de gang het theepotje in. De zak was stevig opgeblazen en drukte boven tegen het dak van het theepotje waar de veiligheidsvoorziening zat. Memola bekeek wat er was gebeurd. Ze koppelde de zak los en draaide hem voorzichtig om. Er was een enorme damp in de zak waardoor ze niet veel kon zien. De zak was lang en puntig en helemaal uitgevouwen door de interne druk. Memola wist even niet wat ze met de zak aan moest. Ze pakte een tweede zak, precies dezelfde en koppelde de twee zakken aan elkaar. Langzaam liet ze de overdruk uit de volle zak wegvloeien naar de tweede zak. De damp sproeide de tweede zak in. Memola was verrast door de kleur van het sproeisel. Het was diep donkergroen. Memola sloot de toevoer af, toen de druk vrijwel gelijk was. Ze bekeek beide zakken maar had er geen enkel gevoel bij. In de nieuwe zak zweefde een donkergroene massa in dikke druppels, die zich langzaam maar zeker aan elkaar leken te voegen. In de oude zak leek zich een heel ander proces af te spelen. Een redelijk vaste stof was tot een bruinachtige klomp aaneengeklonken en de rest leek een onvast rommeltje van verschillende elementen. In de lucht zaten nog een behoorlijk aantal druppels vocht, deels doorzichtig, deels gekleurd. Memola staarde er naar. Ze besloot eerst maar eens de donkergroen stof te gaan testen. Ze koppelde de twee zakken los en bond de oude zak weer vast aan de tafel. De andere zak nam ze mee het ruimteschip in. Via de luchtsluis ontstond er weer druk en door de draaiing van het ruimteschip ontstond er weer zwaartekracht.

Tot haar verrassing verkleurde de geleiachtige massa die nu onderin de zak was terechtgekomen tot een verrassend kobaltblauw. Ze ging naar de keuken en pakte een leeg, schoon potje en liet de kobaltblauwe gelei er in rollen. De stof maakte een ploppend geluid bij het neerkomen. Memola nam er een klein lepeltje van en probeerde de stof in een reageerbuisje te laten zakken. Het werd om onduidelijke redenen een beetje dunvloeibaarder en gleed soepeltjes in het reageerbuisje. Ze dekte het buisje af met een speciaal dekseltje dat bij het reageerbuisje hoorde en van hetzelfde materiaal was gemaakt. Ze plaatste het buisje in de controlebus van de medic en vroeg de medic te controleren of dit de stof was die nodig was voor Pam. Dat was nu eenmaal het enige dat de medic kon doen, controleren of de stof het materiaal was, dat hij nodig had voor een bepaalde behandeling.

Memola besloot ook een reageerbuisje naar het laboratorium te sturen dat de suggesties had gedaan over het bereiden van de stof. Ze zocht de gegevens op en maakte een pakketje klaar met een reageerbuisje met deksel met de kobaltblauwe gelei er in. Ze zou het morgen opsturen.

Eigenlijk was ze wel stik nieuwsgierig of deze stof ook geschikt was als energiebron voor haar auto. Ze had tijd. Ze zou het nog wel verder uitzoeken. De analyse van het laboratorium zou in ieder geval informatie over de chemische samenstelling bevatten. Daarna kon ze er verder mee experimenteren.

Ze wachtte op een reactie van de medic. Die liet echter op zich wachten. Ze liep naar het apparaat en bekeek of het wel werkte. Nadrukkelijk gaf het aan dat het "bezet" was.

Ze haalde een kop koffie uit de keuken en met dat ze zich weer tot de computer wendde kwam er een reactie van de medic. Dit was de stof die nodig was. Het was superstof zelfs.

Memola ging meteen achter de computer zitten en bekeek de uitgebreidere informatie. Het was zeer geconcentreerd materiaal.

Memola haalde opgelucht adem. Volgens de info was de inhoud van het reageerbuisje voldoende voor het volledige herstel van Pam. Het zou wel een week of drie vragen. Er moest wel zo nu en dan met de patiënt worden gewandeld. De computer zou waarschuwen wanneer dat nodig was, de eerste keer over tien dagen. Memola vond het aan de ene kant nog wel een behoorlijke tijd, aan de andere kant was het herstel wel enorm snel als je de conditie van Pam bekeek, toen hij het luchtschip binnen kwam.

Memola ging even rustig zitten. Ze dronk kalm haar koffie op. Het gaf haar een

geweldig gevoel. Ze had echt het idee dat
ze Pam had gered. Na de rust met de kop
koffie ging ze terug naar de computer. Er lag
een stapel mails met bijlagen van Patricia.
Ze had maar een beperkte ruimte voor
bijlagen en had alles met betrekking tot de
bouw van haar onderzoekscentrum in kleine
brokken naar haar toegestuurd. Ook was er
een filmpje bij met een rondleiding door het
gebouw. Ze bekeek het filmpje wel vier keer.
Ze vond het een geweldig gebouw.

Het was inmiddels al laat geworden. Ze nam
nog een paar snacks omdat ze toch ook nog
wel een beetje trek had en ging naar bed.

Memola sliep lekker uit, Ze vond dat ze dat
verdiend had en had bewust geen wekker
gezet. Ze sportte stevig en langdurig.
Vandaag nog geen afspraken, dus had ze
de tijd om de gegevens van het gebouw van
haar moeder eens goed te bekijken en
nader uit te werken. Ze vond dat ze de
laatste tijd te weinig aan lichaamsbeweging
had gedaan en matte zich eens even flink

af. Ze nam er flink de tijd voor. Eindelijk vond ze het genoeg en ging douchen. Ze kwam lekker afgespoeld onder de douche vandaan en droogde zich af. Ze kamde haar haren en schrok een beetje. Haar haren waren donkerbruin maar aan de onderkant, daar waar de haren groeiden zat een grijze rand. Ze werd grijs !! Ze moest nodig naar de kapper. Ze was verrast. Werd ze nu al grijs. Zelfs Pam was nog niet grijs. Zij begon al wel heel erg vroeg grijs te worden. Ze zuchtte eens diep. Nu ze Patricia niet hoefde op te halen kon ze misschien vrijdagmiddag wat tijd besteden aan de kapper. Ze zou nog wel zien.

Ze nam een lekker ontbijtje en nam er de tijd voor.

Na het ontbijt begon ze te spitten in de gegevens omtrent de bouw van het onderzoekscentrum van Patricia. Ze begreep de traptoepassing en schetste op de computer een soortgelijke trap voor het gebouw in de stad van de loods. Ze oriënteerde zich helemaal op het grote terrein naast de markt waar de afgebrande restanten van oude gebouwen nog op stonden. Er waren weinig parkeermogelijkheden dus die moesten wel onder het gebouw worden gecreëerd. Twee lagen misschien wel.

Ze begon met die twee lagen voor de auto's. Vanuit de parkeergarage kon je een zwierige trap op lopen naar de entree. Eenzelfde trap zou de toegang moeten vormen van buitenaf naar binnen.

Memola ging helemaal op in het ontwerpen van het casino. De entree, de trucjes die ook in het ontwerp bij Patricia zaten. De laboratoriumzaal werd een speelhal.. Er ontstonden vier niveaus met speelhallen.

Tot slot moest er bovenop nog een hotelentourage komen. Hoe hoog zou het mogen worden. Ze maakte mooie luxe kamers en goedkope kamers die nog altijd aan een goede standaard zouden moeten voldoen. Het toprestaurant betrof de bovenste verdieping met daarboven een zwembad met zonneterras. De keuken zat in het midden. De bevoorrading zat een verdieping lager. De buitenrand daarvan was kantoorruimte. Memola goochelde met kleuren en vormen en had er het grootste plezier in om alle ontwerpen te verwerken in de computer. Ze maakte er een super-de-luxe film van en zette die in haar laptop.

Ze draaide hem drie keer af en was er zelf enthousiast over.

Ze keek even naar de computer en realiseerde zich dat ze de hele dag bezig was geweest met het, nee, haar casino.

Het middageten was al lang voorbij, zelfs voor het avondeten was het al laat. Ze at alsnog een redelijk aantal snacks.

Ze nam ze mee naar de woonkamer en zette de televisie aan voor de nieuwsberichten.

Er was een nogal schokkend item over een bendeoorlog met een groot aantal doden en enkele gewonden. De journalist had een van de kopstukken gesproken. Die had gezegd dat ze een regeling hadden getroffen en dat alles nu weer rustig was op straat. Alles was weer veilig. De informant wilde niet alleen niet-herkenbaar maar wilde helemaal niet in beeld. Memola glimlachte. Ze wist alles van de deal.

Memola schakelde over naar het nieuws in de buurt van de loods. Daar was ook al een hot item aan de gang. Er was een vrouw vermoord. De vrouw werd in verband gebracht met de vrouwen die maanden lang onder narcose waren gehouden. De vrouw was degene geweest met wie de directeur van het nabijgelegen verzorgingstehuis ruzie had gemaakt omtrent een aantal patiënten die bij hem uit het tehuis waren gehaald en die zij onder narcose had gehouden.

Informatiebronnen hadden aangegeven dat ze deel zou uitmaken van de bende van Brok. De politie zou Brok verdenken van medeplichtigheid bij haar dood.

Memola keek toe. Madeleine was dood. Zoals verwacht, overleden aan haar verwondingen, toegebracht door Brok of zijn trawanten.

De reporter insinueerde dat de hele achtergrond zou zijn geweest dat het in slaap houden van in totaal zo'n twintig mensen op vier plekken alleen maar was gebeurd omdat de vermoorde vrouw een merkwaardige rancune had opgebouwd tegen bepaalde families. Ze had een uitgebreide verhandeling in haar dagboek over elk van de families. Kennelijk was ze in het verleden door meerdere mannen uit die families genegeerd of niet als schoonheid binnengehaald, wat ze zelf wel had verwacht. De politie had inmiddels beslag gelegd op het dagboek, waardoor veel details nog ontbreken.

De bronnen rondom de organisatie van Brok zeggen dat ze zonder toestemming van Brok had gehandeld maar wel met gebruikmaking van de panden en de organisatie van Brok.

Wie die "Brok" precies was , wist eigenlijk niemand. Hij was altijd uit het zicht gebleven en hij was altijd via handlangers naar buiten getreden.

Brok was het grote geheim van de onderwereld.

Memola was er beduusd van. Ze had nooit gedacht dat die Brok echt werkelijk zou bestaan, tot Madeleine hem voor het eerst echt als een echt bestaande figuur had aangegeven. Een onderwereldfiguur met invloed. Hij leek zijn privé-omgeving goed afgeschermd te hebben. Madeleine was terecht bang voor hem geweest maar het was natuurlijk wel haar eigen schuld. Ze had er genoeg van. Zette de televisie uit en ging naar bed.

# Hoofdstuk 33

Memola stond op de normale tijd op, keek even bij Pam en deed snel wat oefeningen. Ze douchte, nam een snel ontbijt en kroop achter de computer. De dood van Madeleine schoot door haar gedachte maar ze had dat hoofdstuk gisteravond al afgesloten. Ook al was de gedachtegang van de journalist gebaseerd op suggesties van derden, Zij kende het verhaal uit de eerste hand. Het was waar.

Ze bekeek de film die ze gemaakt had van het casino, dat ze in de stad van de loods wilde bouwen. De film was gebaseerd op beelden van het gebouw van Patricia. Ze vond het zelf een prima geheel. Ze zou het nog eens aan Angelica laten zien. Die zou van deze beelden ongetwijfeld ook enthousiast worden. Ze zette alles op een memorystick en stopte die bij zich.

Ze stuurde nog een berichtje naar Patricia over de voortgang van Pam. Ze meldde dat de medicijnen die mogelijk een tekort zouden opleveren alsnog waren verkregen en liet het daar wat dat betreft bij.

Ze legde nog even contact met de computer van de loods en kopieerde een groot deel van de tekeningen in zake onderdelen die in de auto's werden verwerkt en die volgens haar door Cor, Johan en zijn broer konden worden aangeleverd. De technische eisen stonden er expliciet op vermeld. De huidige kostprijs ook. Met grotere aantallen konden de prijzen omlaag. Voor volgend jaar moesten er toch minstens tienduizend auto's worden gefabriceerd. Heel veel werk zat ook in de montage. Memola was tevreden over de beschikbare gegevens.

Ze zette alles op een aparte memorystick en stopte die ook in haar zak. Ze had er een rode sticker op gedaan om de sticks uit elkaar te houden.

Ze keek nog even naar haar post maar zag niets bijzonders. Een groot aantal medicijnen zou worden afgeleverd. Ze twijfelde even of ze het pakketje voor het onderzoekslaboratorium nog zou meenemen maar besloot dat niet te doen. Het was kostbare stof. Ze moest er zelf experimenteel mee ervaren hoe het werkte en wat het kon. Ze was blij dat ze in ieder geval al haar handelingen inzake het proces in het theepotje uitgebreid had beschreven. Zoveel geluk bij het vinden van oplossingen had je maar zelden.

Tevreden en vol goede moed ging Memola op pad. Ze landde in de achtertuin van Cor tussen de bomen en struiken en wandelde naar het terras. Johan begroette haar bij de terrasdeur en liet haar binnen.

Miranda en Cecilia omhelsden haar meteen daarna. Voor Memola was er een aparte stoel bij de tafel gezet. De andere zes stoelen waren hetzelfde. De stoel voor Memola had wel hetzelfde frame maar had een andere, sterk afwijkende bekleding.

Memola kreeg meteen een kop koffie voorgeschoteld met koekjes, cakejes en chocolaatjes. Het was duidelijk. Haar komst werd op prijs gesteld.

Cor deed de aftrap. Ze waren een zeer groot bedrijf en waren een beetje achter gebleven bij de ontwikkeling van nieuwe auto's. Dat betekende dat ze minder werk voor hun mensen hadden en dus graag werk wilden aannemen. Cor keek Memola aan.

Memola begreep het. Ze wilden hun eigen bedrijf behouden. Geen vreemden in het bedrijf. Prima. Ze zou haar eigen gang gaan.

Ze vertelde dat ze hun standpunt begreep. Ze pakte de memorystick zonder gekleurde sticker en gaf die aan Johan.

"Hierop staan een hele reeks producten die volgend jaar moeten worden afgeleverd. Voor jullie gemak heb ik er de huidige kostprijs bij gezet. Ik heb er tenminste tienduizend nodig, verspreid over het jaar, af te leveren op door mij op te geven locaties in door mij op te geven hoeveelheden.

Graag voor elk van de producten een prijs met in principe aflevering op een centraal punt.

Ze bekeken samen de gegevens op de computer. Ook de broer van Johan keek mee. De gevraagde onderdelen waren duidelijk. Grotendeels opgebouwd uit een stuk of tien kleinere onderdelen maar allemaal expliciet omschreven. Johan zag duidelijk mogelijkheden. Hij reageerde heel enthousiast. Hij vond de prijzen zeker niet hoog maar bij de juiste aantallen weldegelijk interessant. Johan keek meer naar de montage van de verschillende onderdelen. Alles leek zeker doenbaar in zijn hallen.

Memola vroeg nog naar het gebruik van de oude hallen van de gesloten productie-eenheden in de stad van de loods. Ze hadden er nog geen echte bestemming voor maar zouden alles moeten renoveren om het weer op orde te kunnen maken. Memola vroeg wat ze voor het hele complex wilde hebben.

Cor was daar niet op voorbereid en zou daar nog op terug komen. Memola vertelde wel meteen dat het bedrag dat ze er voor hadden geboden in het faillissement zeker niet aan de orde was.

Cor keek verrast. Een groot deel van de betaling was verrekend met bestaande schulden aan het moederbedrijf. Feitelijk hadden ze dus veel minder betaald. Hij begreep haar probleem en het feit dat ze dat te veel had gevonden.

Ze praatten nog wat na en Memola vertrok. Ze groette Cecilia, Miranda en haar zus en wandelde weer terug naar haar auto.

In de auto informeerde ze Dirk en Frans dat er een grote reeks producten waren uitgezet voor offertes. Ze wilde volgend jaar tienduizend auto's bouwen. Ze vroeg Dirk de huidige theoretische capaciteit aan te geven op jaarbasis.

Memola vloog door naar de stad van de loods. Ze nam de tijd om in het centrum van de stad te parkeren. Ze wandelde er uitgebreid rond, bekeek de winkels en de gebouwen. Het aantal bezoekers dat rond liep. Het was toch best wel een grote stad maar de kwaliteit aan winkels was niet al te hoog. Ze was natuurlijk gewend aan Centra, een wereldstad in vergelijking met deze stad, maar toch.

Ze wandelde over het hele terrein waar het oude gebouw was afgebrand. Alles moest wel worden weggeruimd. De parkeergarages moesten wel worden uitgegraven. De gebouwen in de omgeving waren niet erg hoog. Het hele hotel zou er bovenuit steken. Twintig verdiepingen hoog. Dat was een heel eind. Anderzijds zou het de stad wel eens wat meer allure kunnen geven. Er waren eigenlijk geen echte hotels in de binnenstad. Geen congressen, geen bijeenkomsten, geen vergaderingen. Mogelijkheden genoeg.

Memola zocht een restaurantje op in de buurt van de markt. Het was wel een beetje zoeken. Ze nam maar iets eenvoudigs. Dat was redelijk. Voor zoiets simpels was het voldoende maar dat was het dan ook. Ook de koffie was matig. Hier was nog veel te verdienen in de horeca. Ze zou nog bekijken of er in het gebouw van het casino nog een theater, een filmzaal en een dancing kon worden opgenomen. Twee extra verdiepingen?

Ze zou het meenemen in haar presentatie.

Kort voor het afgesproken tijdstip meldde Memola zich in het gemeentehuis. Ze werd snel doorgeleid naar een klein zaaltje. Er stond een grote tafel in. Ze was nog niet binnen of de jonge gemeentesecretaris, waarmee ze de vorige keer had gesproken kwam binnen en heette haar hartelijk welkom.

Hij ging zitten en schonk zelf voor Memola en voor zichzelf een kop koffie in uit de gereedstaande koffiekan.

Hij begon te vertellen dat de plannen in die zin een beetje waren gewijzigd doordat de voltallige gemeenteraad de bijeenkomst wilde bijwonen. Het was al een poosje geleden dat een grote investeerder zich had gemeld en de nood was hoog in de stad. Die vergunning tot exploitatie van een casino, dat zat wel snor. Het zou helemaal top zijn als er ook nog een schouwburg, filmzaal en een dancing in het complex zou kunnen worden ondergebracht. Verder zou het schitterend zijn als de oude plek van de schouwburg zou worden gekozen als locatie. Hij vertelde erbij dat dat het afgebrande complex was op de markt.

Memola hoorde het allemaal met een goed gevoel aan. Het bedje lag gespreid.

Ze werd meegenomen naar een hele grote zaal, groot genoeg voor wel zeshonderd mensen. Die bleken er ook allemaal te zijn.

De secretaris had dit kennelijk ook gedacht want hij wandelde rustig naar het midden van het kleine podium. Daar stond een microfoon en hij maande iedereen tot rust en stilte.

Hij vertelde kort wat het doel was van de bijeenkomst en gaf de microfoon aan Memola.

Memola vertelde dat het de bedoeling was, dat de wensen aan haar kenbaar gemaakt zouden worden en dat er gesproken zou worden over de voorwaarden voor de vergunning om een casino te bouwen.

Ze wilde eerst alle vragen en voorwaarden horen, zodat ze daar op kon antwoorden. Het werd een heel rumoerig half uurtje.

Memola sloot de eerste fase af en begon met mee te delen dat in principe aan alle voorwaarden zou kunnen worden voldaan.

Ze plugde haar memorystick in in de gereedstaande laptop die gekoppeld was aan een beamer. Het grote gordijn waar ze voor stond schoof weg en een groot wit doek werd zichtbaar.

Memola verzocht iedereen goed op te letten. Nu volgde er een presentatie van het gebouw, zoals tot nu toe voorzien. Indien er een schouwburg, bioscoopzaal, dancing etc. bij moest komen, dan zou het te investeren bedrag fors omhoog moeten, denk aan twee of drie verdiepingen meer.

Memola startte de voorstelling.

Het werd snel stil in de zaal. De vele vragen over uitvoering en aankleding werden volledig beantwoordt. Er werden vele foto's gemaakt van de beelden.

Aan het eind van de voorstelling, na ongeveer een kleine tien minuten, schakelde Memola de laptop uit.

Een donderend, staande applaus klonk er op.

Memola wuifde, nam de memorystick uit de laptop en stak die weer in haar zak.

Ze bedankte iedereen voor hun aandacht en vertrok.

De secretaris kwam meteen achter haar aan. Hij glunderde.

"Magistraal" riep hij herhaaldelijk.

Ze spraken af dat hij zou zorgen dat de vergunning met alle voorwaarden op zo kort mogelijke termijn naar Memola zou worden gestuurd. Elke dag dat het langer duurde kostte de gemeente en de investeerders geld.

Memola vertrok. Ze verliet het gemeentehuis via een zijuitgang. Voor het gemeentehuis was het nog een drukte van belang met alle mensen die in de zaal aanwezig waren geweest. Tienrallen stonden te wijzen naar de oude, afgebrande schouwburg. Velen wezen omhoog om de skyline aan te geven.

Voor Memola was dat op dit moment niet echt interessant.

Ze vloog terug naar het ruimteschip.

Onderweg besloot ze alsnog even bij het ziekenhuis langs te wippen waar Roland lag. Voor zover zij wist had hij geen familie en waren de banden met Marjolijn strikt zakelijk. Ze parkeerde, gewoontegetrouw boven op het dak van het flatgebouw waar Roland zijn kantoor had gehad. Ze ging weer met de lift naar beneden en wandelde naar het ziekenhuis.

Ze liep gewoon het gebouw door naar de zaal waar Roland de laatste keer had gelegen. Hij was niet op de zaal. Navraag bij een verpleegster leerde haar dat hij vrijwel altijd beneden in de ontvangsthal zat. Hij knapte inmiddels aardig op. De kans was groot dat hij het eind van de dag naar huis mocht. Memola knikte en zocht hem op in de ontvangsthal.

Hij zat rustig onderuitgezakt een krant te lezen. Memola verdacht hem er van doelbewust de krant voor zijn gezicht te houden zodat hij niet te makkelijk herkend zou worden.

Memola ging naast hem op het bankje zitten. Hij schrok er van.

"Jij weer", begon hij meteen.

"Misschien mag je straks naar huis. Waar ga je dan heen. Zoals je weet heb je jouw kantoor met woonhuis aan mij verkocht. "

Roland keek haar een beetje verdwaasd aan. Hij bleef de krant omhoog houden. Hij knikte. Hij had er kennelijk niet over nagedacht.

Toch keek hij haar verrast aan.

"Ik ga gewoon naar huis," antwoordde hij prompt.

Nu was Memola even beduusd. Hij had een ander thuis dan het appartement. Weer zo'n veronderstelling die ze had gemaakt. Hij woonde ergens anders. Ze had er niet over nagedacht, ze was er blindelings van uit gegaan dat hij in het appartement woonde bij het kantoor. Mogelijk had hij een vrouw en kinderen ???!!! Ze had als vast aangenomen dat hij vrijgezel was. Daar was geen enkele aanwijzing voor. Het was weer zo ver. Ze had weer iets als een feit vastgesteld dat helemaal geen feit was.

Ze ging recht zitten en keek de ontvangsthal in.

"Ben je getrouwd, heb je kinderen?"

Roland keek opzij naar haar. Hij draaide zich naar haar toe en glimlachte.

"Nee, Memola, ik ben niet het type voor een gezin, voor een vrouw en kinderen. Ik ben een eenling. Ik pluk de vruchten van de dag. "

Hij draaide weer terug en zei, nog even tussen neus en lippen door:     "Ik woon bij mijn moeder. Zo'n lief mensje kun je niet zomaar alleen laten. " Hij grinnikte.

Ergens voelde Memola zich opgelucht. Ze vroeg of hij nog had nagedacht over de functie die zij hem had aangeboden als manager van twee nog te bouwen casino's.

Hij keek weer opzij naar haar.

"Vraag het me nog maar eens als ze klaar zijn. Ik ben geen bouwer. Ik bouw zelf of helemaal niet." Roland klonk wat kregelig.

Hij vouwde de krant op en keek Memola aan.

"Je hebt me wel genoeg afgetroggeld. Ik begrijp niet hoe dat kon gebeuren maar ik kom mijn woord na. Ik heb begrepen dat je mijn drugs business voor heel veel meer geld hebt verkocht. Ik moet bekennen dat ik er geen stuiver voor zou hebben gegeven maar jij hebt dat spel ongelooflijk knap gespeeld. Complimenten, maar wel over mijn rug. Daarnaast heb je gelden van mij geleend, ook al uitzonderlijk en belachelijk. Hij hield zijn hand op en Memola begreep meteen dat hij zijn honderd miljoen in eigen hand wilde hebben.

Memola keek hem aan. Pakte het pasje en de begeleidende brief en gaf hem die.

"Beterschap en vooral een snel herstel. Denk in het komende jaar nog maar eens na over mijn aanbod. Verder verwacht ik dat je aangeeft op welke rekening ik de eerste afbetaling en de eerste rentebedragen over de lening moet storten. "

Hij pakte gretig het pasje en de brief en stopte die meteen in zijn zak.

"Daar kun je op rekenen", mompelde hij en stond op. Hij groette haar met een hoofdknik en liep weg.

Memola vond het ook mooi geweest en wandelde terug naar haar vliegauto.

Ze keerde terug naar haar ruimteschip.

Ze bedacht dat ze nodig iets moest doen aan de rommel in het theepotje. Als het nodig was moest ze toch met het theepotje naar de ree kunnen. Ze kleedde zich om en trok het ruimtepak aan. Het theepotje was nog niet opnieuw volgepompt met lucht en dat wilde ze ook nog niet doen. Ze wilde eigenlijk ook nog experimenteren met de stoffen die als afvalstoffen van het proces tot het maken van de energiestof, tegelijk ook het medicijn.

Eigenlijk vond ze het wel raar en wel heel toevallig dat de energiestof ook het medicijn voor Pam bleek te zijn.

Ze haalde de eerste zak die nog in het theepotje zat los en bekeek de inhoud. Ze kon helemaal niets zien. Kennelijk was een deel van de inhoud neergeslagen tegen de binnenwand van de zak. Ze besloot de hele zak mee te nemen en voorlopig maar even in een aparte doos te bewaren. Ze had de indruk dat er nog weer wat veranderde in de zak toen ze eenmaal terug was in het ruimteschip en er weer druk, temperatuur en zwaartekracht aanwezig was. Ze trok haar ruimtepak uit en bekeek de zak weer. Het leek er op dat de neergeslagen stof weer los kwam van de binnenwand. Het werd iets doorzichtiger. Ze besloot de zak nog maar even gewoon in het zicht te laten liggen en te zien wat er gebeurde.

Ze had trek gekregen. Ze besloot meteen maar te gaan eten, voor ze aan enige experimentele activiteit zou gaan beginnen.

Ze at rustig en met smaak, haar eten bestond toch weer uit kleine hapjes. Ze had er steeds meer plezier in om met hapjes te eten, hapjes in allerlei samenstellingen. Ze moest er maar eens een restaurant mee beginnen. Iedereen kon zijn eigen hapjesmenu samenstellen. Allerlei groentes, vleessoorten, aardappelen in allerlei vormen en uitvoeringen. Alle opties bestonden feitelijk al. Ze kocht ze zelf in. Oké, idee voor de toekomst.

Ze zette het nieuws aan en begon bij het nieuws in de buurt van de loods. Er was een heel spektakel over haar presentatie. De stad zou weer herleven, het begin van een nieuwe toekomst. Memola glimlachte. In wezen hadden ze gelijk. Dit was een nieuwe start.

Ze schakelde over naar het nieuws in Centra. Kennelijk was daar ook iets opgepikt over de nieuwbouw van een casino in de stad van de loods. Er werd geroepen om initiatieven van het gemeentebestuur. Daarbij werd het initiatief in de stad van de loods als voorbeeld gebruikt.

Prompt was het gemeentebestuur van Centra met een verklaring gekomen dat zij al bezig waren met een dergelijke optie. Er was al een verzoek binnengekomen om een officieel casino te mogen starten.

Memola geloofde de rest wel.

Ze keerde terug naar de zak die nu volledig doorzichtig was. Er was een, zo te zien, massieve klomp die helemaal aan het eind van de zak lag. Verder lagen er drie heuveltjes met drie verschillende een beetje geleiachtige bulten, kleiner dan de grote klomp. Verder lagen er drie kleine bultjes, keurig gescheiden van nog drie andere samenstellingen. De zak was gevuld met gas want hij was nog steeds vol en dus was er druk van binnenuit. Ze moest hier maar voorzichtig mee omgaan. Ze begon met een aantal nieuwe zakken te halen uit de voorraadruimte. Ze liet zoveel mogelijk gas in een nieuwe zak lopen en bekeek of de andere stoffen er op reageerden. Voor zover ze kon zien was er geen reactie.

Ze vroeg de computer hoe gassen konden worden onderzocht naar hun samenstellingen. Ze kreeg verschillende suggesties met geluid en andere straling. Je had er speciale apparatuur voor nodig. Memola besloot alleen maar iets met deze spullen te kunnen uitrichten als ze de meetapparatuur had die de stoffen konden analyseren. Of ze moest een instituut inschakelen die al die analyse methoden zelf had.

Ze ging achterover zitten. Waar was ze mee bezig. Ze moest elk van de stoffen, net als de medicijn door het bureau laten onderzoeken dat de suggesties had gedaan over het isoleren van de energiestof.

Ze deed een beetje van het gas in een reageerbuisje en sloot het buisje luchtdicht af.

Ze plakte er een sticker op en noemde het: Memola Gas 1" . Hetzelfde deed ze met elk van de andere stoffen. Ze gaf ze allemaal een naam en een Memola volgnummer. Ze legde de pakjes klaar. Die zou ze morgenochtend toch maar opsturen. Ze was benieuwd wat er uit zou komen.

Ze ging ontspannen achterover zitten.

Chemische stoffen speelden zo langzamerhand wel een belangrijke rol in haar leven. Ze schrok een beetje van die gedachte. Het verlies van haar geheugen leek wel steeds weer heel snel naar de achtergrond te worden gedrongen. Dat was op zich wel heel merkwaardig. Ze was toch eigenlijk op zoek geweest naar de chemische stof die ze in haar bloed hadden gevonden en zo was ze bij Patricia uitgekomen. Waarom was het dan niet bij haar opgekomen om Patricia hiernaar te vragen. Hoe zat dat eigenlijk. Wat zou die stof van doen kunnen hebben met Patricia en wat zou Patricia hiermee voor gehad kunnen hebben. Ze kon niets bedenken.

Plotseling kwam er een noodsignaal van de computer.

Memola snelde er heen en activeerde de oproep en stopte het signaal.

Een waas kwam voor het scherm. Letters werden zichtbaar. Ze had de indruk dat iemand de letters een voor een op een beslagen spiegel tekende en ze steeds een voor een had opgenomen.

"MORGENMIDDAG IS JE MAAND OM"

Het beeld verdween.

"MORGEN OM 15.00 UUR "

Kwam er daarna in beeld.

Wat was dit ????

Ze keek om zich heen om te zien of iemand haar in het ootje nam.

Ze keek opnieuw naar het scherm.

Morgen om 15.00 uur. Het stond er duidelijk. De computer gaf een bliep en het beeld verdween.

Memola bleef naar het donkere beeld staren.

Ze haalde eens diep adem. Ze blies de adem ferm uit.

Ze ging rechtop zitten en kwam een beetje bij.

Ze drukte op de spatiebalk om weer beeld te krijgen maar het scherm bleef zwart. Dit was verrassend. Ze pakte haar info-tablet. Ook daar bleef het scherm donker. Ze snapte er niets van. Wat was hier aan de hand.

Het licht bleef gewoon schijnen dus alle normale functies leken gewoon te werken. Wat was er dan mis met de computer. In samenhang met de aankondiging, moest er op de een of andere manier een verband zijn.

Ze kon er niets mee en ging naar bed.

# Hoofdstuk 34

Ze sliep onrustig. Ze werd veelvuldig wakker. Wat gebeurde er nu weer. Ze was blij dat ze de presentatie voor die ochtend al klaar had. Ze gebruikte gewoon de presentatie voor het gebouw in de stad van de loods. Ze stond vroeg op. Ze kon niet meer slapen.

Ze deed wat oefeningen maar bepaald niet erg fanatiek. Ze douchte en nam een klein ontbijtje.

Wat stond haar te wachten. Wat kon haar überhaupt te wachten staan. Kennelijk had iemand iets met de computer uitgespookt.

Pam ?? Pam was toch eigenlijk de enige die in aanmerking kwam. Of Patricia. Die had sindsdien angst voor ruimteschepen. Of had Madeleine wat uitgespookt. Dat was helemaal niet onwaarschijnlijk. Madeleine, dat was toch de meest waarschijnlijke optie. Wat zou ze hebben uitgespookt en wanneer zou ze dat hebben uitgespookt.

Wat zou ze er mee hebben willen bereiken. Ze leefde niet meer, of hoorde dat bij haar verhaal. Zou ze haar geheimen prijs geven. Ze wist dat ze grote risico's liep. De aanslag bij haar thuis was niet gespeeld. Die was echt, of toch niet.

Memola zuchtte diep. Ze kwam er niet uit. Ze kon zich van alles voorstellen maar begreep niet wat er zo speciaal kon zijn, dat er een vooraankondiging via de computer voor nodig was.

Ze zuchtte weer.

Ze stond op, controleerde of ze de memorystick bij zich had, controleerde ook of ze de postpakketjes bij zich had en vertrok.

Ze nam weer de veilige route via de zee en landde op het landweggetje. Ze parkeerde weer in de parkeergarage en wandelde naar het postagentschap en gaf de pakketjes af.

Ze wandelde door het centrum en passeerde het gemeentehuis. Ze had nog ruim een half uur. Er stond een enorme rij voor de hoofdingang. Ze vroeg zich af of dat met haar afspraak te maken kon hebben maar kon dat niet zo goed rijmen voor een eerste kennismakingsgesprek. Ze liep naar de zeekant en bekeek op haar info-tablet de beelden die ze van boven van de stad had gemaakt. Ze bekeek de mogelijkheden voor een geschikte locatie voor het casino. Ze zag geen open terreinen. Mogelijk stonden er panden leeg maar dat kon ze niet zien.

Alles overziend zag ze maar een optie om in ieder geval in het centrum iets te kunnen doen, om de zee te benutten. Een stuk droogleggen, uitgraven en dan opbouwen. Ze zou die optie verder uitwerken, als er geen alternatieven waren.

Ze wandelde naar een zij-ingang en meldde zich daar aan. Ze werd eerst teruggestuurd maar toen ze aangaf dat er een heleboel mensen voor de deur stond en zij degene was die de voorlichting over het casino moest geven, werd er iemand gebeld.

Ze werd opgehaald en in een spreekkamer achtergelaten met de mededeling dat er zo iemand voor haar zou komen.

Tien minuten later kwam er een oudere heer, een beetje verward binnen. Hij excuseerde zich en vertelde dat er enorme problemen waren. Er waren honderden mensen komen opdraven die allemaal dachten aanwezig te mogen zijn bij het informatie overleg met degene die een vergunning had aangevraagd voor de bouw en exploitatie van een casino.

Hier hadden ze op geen enkele manier rekening mee gehouden.

Memola vertelde wat er een dag daarvoor was gebeurd in de stad van de loods. Ze stelde voor hier hetzelfde scenario te volgen. Een grote zaal alle mensen er in en een laptop met beamer beschikbaar.

De man keek haar helemaal verbaasd aan.

"U heeft daar geen enkel probleem mee?" mompelde hij verrast.

Memola maakte duidelijk dat zij een groot voorstander was van openbaarheid van bestuur.

De man stond op. Hij zag er zeer opgelucht uit. Hij glunderde zelfs.

Hij begeleidde Memola naar de zijkant van het toneel van een hele grote zaal. Memola vroeg nog naar de laptop en de beamer en de man wees naar een klein tafeltje net achter het doek, net naast het podium. Memola knikte. Ze deed twee stappen opzij en keek achter het gordijn dat achter het podium hing. Er hing een groot wit doek. Prima geschikt voor haar presentatie.

De enorme zaal stroomde snel helemaal vol. Memola wachtte rustig op het vervolg. Kennelijk leefde de problematiek omtrent investeringen en werkgelegenheid hier al even sterk als in de stad van de loods.

Uiteindelijk, nog altijd pas na een half uur, stapte de oudere man, die met Memola had gesproken, het podium op en pakte de microfoon die op het podium klaar stond.

Hij maande om stilte. Toen het redelijk stil was, memoreerde hij dat er vandaag alleen maar een eerste informatieve bijeenkomst was belegd met iemand die een aanvrage had ingediend om in Centra een casino te mogen bouwen. Hij vroeg enkele vertegenwoordigers van kennelijk bekende actiegroepen om hun woordje te komen doen. Hij vroeg hen om hun visies weer te geven en indien aan de orde, voorstellen te doen die met hun wensen samenhingen.

De zes sprekers waren allemaal heel bezorgd over de criminaliteit die de casino's zouden aantrekken. De louche presentatie en de gokverslaafden zouden het probleem zijn. Het gebouw moest er wel mooi uit zien.

Memola schreef een paar vragen op over beschikbare bestaande gebouwen, leegstaande terreinen of locatie voorstellen. Ze gaf het vragenlijstje aan de oudere man die de zaal bestookte met voorstellen daarover.

Uiteindelijk, meer dan twee uur nadat Memola was binnengekomen werd ze naar voren gehaald. Er ontstond een stilte, een zacht rumoer maakte duidelijk dat niemand had gedacht dat er een vrouw naar voren zou komen om als vertegenwoordiger van de casino exploitant het woord te doen. Al snel veranderde het rumoer in een applaus.

Memola kreeg de microfoon van de oudere man die ook applaudisseerde.

Memola temperde de reactie. Ze maakte duidelijk dat er vele keuzes waren maar dat er wel op heel korte termijn beslist moest worden. Gisteren was de eerste stad met een nieuw casino opgestaan. Afhankelijk van de snelheid van besluitvorming kon Centra de tweede stad worden.

Er volgde opnieuw een applaus.

Ze gaf aan dat ze haar denkbeelden het beste kon duidelijk maken met een filmpje. Ze liep naar de laptop, zette haar memorystick er in en gaf een seintje dat het gordijn kon worden weggeschoven. Ze startte de film en ging rustig staan te kijken hoe de mensen in de zaal reageerden.

Al snel was het muisstil in de zaal.
Regelmatig flitste er een fototoestel.

Nadat de film was afgelopen werd er een
staande ovatie gegeven. Men was vreselijk
enthousiast over de getoonde beelden.
Memola haalde de stick uit de laptop en gaf
het signaal dat het gordijn weer terug kon
komen. Ze liep naar de microfoon. De ovatie
hield aan.

Ze maande tot stilte. Ze wilde weten waar dit
gebouw gerealiseerd kon worden. Waren er
lege ruimtes of leegstaande gebouwen.
Helaas kwamen er ook nu geen reacties.

"Moet het dan in of boven de zee!!!???"
Plotseling was er wel een eensgezinde
reactie. " Ja het moest boven zee of in de
zee."

Memola moest glimlachen. De gemeente
zou een droog stuk zee beschikbaar moeten
stellen.

Ze bedankte het publiek en gaf de microfoon
terug aan de oudere man. Hij sloot de

bijeenkomst en haastte zich om samen met Memola van het podium te verdwijnen.

Memola liep met de man mee. Ze maakte hem duidelijk dat de gemeente een droog stuk zee beschikbaar zouden moeten stellen of het geld aan haar beschikbaar moeten stellen dat zij nodig dachten te hebben aan het beschikbaar maken van de zeebodem. De man begreep de noodzaak, Hij zag daar wel een groot probleem in. Geldgebrek zou wel eens het probleem kunnen zijn. Overleg daarover moest nog maar eens volgen.

Memola nam afscheid en vertrok. In alle tumult was ze de afspraak met haar computer zowaar even vergeten maar die afspraak schoot haar onmiddellijk weer te binnen, zodra ze het gemeentehuis uit was.

Wat kon het toch zijn.

Memola liep al mijmerend terug naar de markt. Ze besloot bij het restaurantje daar haar lunch te nemen en daarna in alle rust terug te keren naar haar ruimteschip. Normaal gesproken was ze ruimschoots op tijd voor de afspraak van drie uur.

Ze had net haar lunch besteld toen ze een berichtje van Frans kreeg. Ze bekeek het bericht op haar info-tablet . De vier honderd miljoen was binnen. Ze kon een brede glimlach niet onderdrukken.

Ze berichtte Frans terug dat hij 100 miljoen moest toevoegen aan het beschikbaar gestelde vermogen voor de energiepoot en de overige driehonderd miljoen moest reserveren voor casino's, de derde poot. Komende weken verwachtte ze nog een maal honderd miljoen en daarna nog twee maal honderdvijftig miljoen. Die zouden voorlopig in de reservepot voor de bank gaan.

Memola was heel erg tevreden. Ze had toch aardig wat bereikt in de afgelopen maand.

Ze at haar lunch op en rekende af.

Plotseling voelde ze het pasje en de brief van Madeleine in haar zak. Ze besloot die naar Frans te brengen en hem te laten uitzoeken om welk bedrag het hier ging.

Ze wandelde snel naar het kantoor van Frans, wisselde wat voortgangsgegevens uit en Ze gaf Frans het pasje en de brief van Madeleine. Met zijn bankbevoegheden kon hij meteen nagaan hoeveel geld er op de rekening stond. Het was een behoorlijk bedrag van zeventienmiljoen. Zeker een bedrag om iets mee goed te kunnen maken. Ze zou de namen van de gedupeerden moeten achterhalen. Ze vroeg Frans een aparte stichting op te richten en deze gelden op de rekening van die stichting te storten. Hij zou zelf samen met Memola het bestuur vormen.

Memola meende alles geregeld te hebben en vertrok naar haar ruimteschip.

Ze was keurig op tijd. Ze had nog een uur. Ze had eigenlijk nergens zin in. De spanning over wat er vanaf drie uur zou gebeuren kreeg haar in zijn greep. Ze wist niet hoe ze de tijd moest door komen. Ze keek even naar Pam. Hij lag rustig te slapen. Ze vond wel dat hij al een stuk was afgeslankt. Ze vroeg zich wel af of de medicijnen er ook echt voor zouden zorgen dat zijn enorme overschot aan vel zou worden weggewerkt.

Ze keerde terug naar de computer. Ze realiseerde zich dat haar info-tablet vanmorgen wel had gewerkt. Ze startte het beeldscherm van de computer op. Er verscheen een klok met de tijd, digitaal midden op het scherm. Ze probeerde wat anders op het scherm te krijgen maar dat ging niet.

Veertien uur twintig, vertelde de klok.

Memola besloot wat te gaan sporten. Ze moest de tijd doden. Ze kleedde zich om en begon zichzelf fel af te matten. De tijd schoot niet op. Ze wandelde, rende, deed krachttrainingen en souplesse acties. De tijd tikte langzaam voorbij.

Eindelijk was het tien voor drie. Ze stopte met trainen, douchte en kleedde zich aan. Ze wandelde naar de computer en nam plaats.

De klok tikte door, nog drie minuten. Ze haalde nog snel een kop koffie en ging weer zitten.

De klok tikte verder.

Tien, negen, acht , de klok telde terug naar nul. Drie , twee, een, tijd.

"Wilt u alstublieft de spatiebalk indrukken ".

Memola staarde naar het beeld. Ze drukte de spatiebalk in.

Er kwamen twee rondjes in zicht met er onder te tekst "oog scan".

Memola boog zich voorover en hield haar beide ogen tegelijkertijd voor de twee rondjes.

Een lichtflits verblindde haar. Ze schoot achteruit en viel terug in haar stoel.

"Dank je, Memola," klonk het en een beeld ontstond.

De figuur die al eens eerder in beeld was geweest, de figuur met het masker was er weer. Ook nu droeg hij een masker.

Memola staarde naar de figuur. Waarom had ze nooit meer teruggedacht aan deze gemaskerde figuur?

"Memola !" klonk het scherp, ze werd ruw uit haar gedachtegang gehaald.

"Je moet goed opletten."

Memola keek om zich heen. Keek er iemand naar haar of hoe ging dit. Ze kreeg er de kriebels van.

"Memola luister goed. Ik ga je een heleboel vertellen en dat moet je allemaal heel goed tot je laten doordringen."

Het was even stil.

"Ik ben Kim Ton."

Memola staarde naar het scherm. Dit was Kim Ton, de dochter van Patricia en Pam. Zij was dat dus niet, alles was bedrog of was dit bedrog. Weer van die hopeloze onduidelijkheden.

"Memola !"klonk het weer redelijk scherp.

Memola kreeg er toch een beetje de rillingen van.

"Memola, jij bent Kim Ton. Ik ben jij en jij bent ik."

He, wat ? Memola raakte de draad kwijt. Jij bent ik en ik ben jij.

"Memola, luister goed"

Er volgde een korte stilte.

"Ik ga mijn masker af doen. Je zult jezelf niet herkennen. Dat komt omdat ik mijn uiterlijk helemaal heb veranderd."

Langzaam werd het masker weggehaald. Er kwam weliswaar een vrouw in beeld maar ze leek in de verste verte niet op Memola. Ze had lang blond haar met geweldige krullen aan de onderkant. Het leek niet op het korte donkere haar van Memola. Haar gezicht was behoorlijk bleek en wit, Memola was een beetje gekleurd, gebruind door een beetje zon.

Ze moest erkennen dat als je er nauwkeurig naar keek de vorm van het gezicht, de jukbeenderen, de neus, de mond en de stand van de ogen weleens hetzelfde konden zijn.

Aan het eind van deze opnamen laat ik je de veranderingen zien die ik heb doorgevoerd om van "Kim" "Memola" te worden.

"Ik zal je nu eerst een stukje historie vertellen. Ik ben afgestudeerd aan meerdere universiteiten. Ik heb academische titels in economie, chemie, biochemie, psychische filosofie, geologie, architectuur en psychologie. Sommige combinaties lijken niet logisch maar hadden gewoon mijn interesse.

Ik heb nieuwe gebouwen ontworpen voor het onderzoekscentrum van Patricia Ton, mijn moeder. Mijn vader , Pam, is , zoals ik je al eerder heb gemeld, afkomstig van een andere planeet. Hij is een geweldige vent met heel veel kennis en heel veel geduld. Ik heb juist van hem heel veel geleerd. Naast al mijn meedenk oplossingen voor mijn moeder was ik nooit echt in staat om mijn eigen uitvindingen om te zetten in economische successen. Ik ontdekte een speciale stof die Pam nodig had om te overleven. Die stof had ik zelf in mijn lichaam. Ik ben Pams dochter. De stof heeft geen enkele invloed op mijn lichamelijke functioneren, alleen geeft het de bijzondere eigenschap om sneller te kunnen denken. Ik kan het niet anders omschrijven. Door de hogere denksnelheid ben je anderen voor. Dat heeft op zich nog niet echt enig voordeel. Het werkt, denk ik ook zo, dat je geneigd bent veel meer alternatieven in een hele korte tijd af te wegen. Ik heb daardoor veel sneller een suggestie voor een oplossing. Alleen maar gebaseerd op mijn hele brede kennis met natuurlijk het daarbij behorende gevoel. Elk stuk vakkennis heeft als bijwerking je vakgevoel. Een chemicus zal sneller een oplossing vinden voor een chemisch probleem dan een niet-chemicus. Hij werkt met zijn vakkennis en zijn productgevoel.

Door die combinatie en Pams probleem om een speciale chemische stof te moeten hebben om te kunnen overleven, heb ik veel onderzoek gedaan naar de stof in mijn en Pams lichaam. Ik ontdekte de boomhars die deze stof bevatte. Ik ontdekte ook dat deze hars een enorme energie inhoud had. Ik probeerde of de beide stoffen gesplitst konden worden of dat ze een geheel vormden. Het waren niet dezelfde stoffen. Ik moest een snelle manier vinden om de stoffen te splitsen, zodanig dat beide elementen zouden ontstaan."

Memola moest even slikken. Ze had steeds gedacht dat het dezelfde werkende stof was. Natuurlijk ze had nog geen enkel experiment uitgevoerd. Ze had wel de stoffen opgestuurd.

"Tegelijkertijd," ging Kim onverdroten door, " vond ik dat de uitvinding van mijn energiestof snel in de markt moest worden gezet. Enerzijds waren er heel veel producten uit de natuur benut , zoals fossiele brandstoffen, die en de natuur uitputten en het milieu vervuilden. De gevonden energiecapaciteit was ongeveer duizendkeer zo sterk. Mogelijk nog veel sterker in zuivere vorm. Ik moest, in mijn beeld dus ook een methode ontwikkelen waarbij die energiestof niet alleen verder gezuiverd zou worden maar ook versneld in de markt gezet moest worden. Om dit allemaal te kunnen realiseren had ik het volgende uitgedacht."

Ze haalde diep adem en ging iets voorover zitten alsof ze nu de kern van haar verhaal ging vertellen.

"Pam werd snel zieker, de vervuiling van de planeet nam snel toe. Ik had haast. Ik bouwde een vliegauto, geschikt om rechtstreeks van af de planeet naar het ruimteschip te vliegen. Ik bouwde ook een mini-auto, geschikt om drie meter hoog te vliegen. Ik stopte er apparatuur in die nodig waren om recht omhoog te kunnen opstijgen, en horizontaal te kunnen vliegen. Deze vliegcapacitieit was zeer beperkt. Mijn vliegauto was vele malen sterker uitgerust."

Weer keek ze even naar beneden en gelijk daarna weer recht in de camera.

" Helaas lijd ik aan een behoorlijke vorm van disfunctie in mijn hoofd. Het is uitermate moeilijk voor mij om me goed te kunnen concentreren. In het verleden heb ik regelmatig ruzie gezocht met mijn vader en mijn moeder om een bepaalde periode even volledig los van het dagelijkse leven te kunnen zijn zodat ik me helemaal kon concentreren op een specifiek onderwerp. Ik heb dat gedaan voor enkele tentamens, examens  zo ook voor de periode waarin ik de stijgauto en de vliegauto heb gebouwd.

Om nu de concentratie te kunnen opbrengen voor de zojuist genoemde activiteiten heb ik besloten opnieuw diezelfde methode toe te passen.

Wat ik doe is het volgende: Ik hypnotiseer mijzelf. Ja, je hoort het goed. Ik breng mijzelf onder hypnose.  In die hypnose geef ik mezelf opdrachten die ik moet uitvoeren. In het onderhavige geval heb ik je opdracht gegeven alles te vergeten in zake je familie en alles wat er met de voorgaande tijdsperiode samenhangt, behalve al je kennis, dus ook je kennis over het terugkeren naar het ruimteschip. De kennis over de verkoop van de motoren die Pam had meegebracht. Je had een aantal hulpjes nodig om de route te volgen die nodig was. Je moest crashen met de stijgauto. Daarbij moest je de energieboxen vinden, die je ook

bij de man op de markt moest zijn
opgevallen. Verder moest je de anti-
gravitatie elementen vinden en meenemen.
Je moest al die kennis combineren en een
eigen vliegauto bouwen. In vervolg daarop
moest je onrustig worden over je verleden,
niet te veel maar wel wat. Je moest de
vreemde stof in je lichaam ontdekken. Via
die stof moest je bij Patricia terecht komen.
Via haar bij Pam. Via Pam moest je zoeken
naar de oplossing hoe je de stoffen vanuit
de hars van de bomen kon splitsen.

Via de medic zou de noodzaak benadrukt
moeten worden. Ik hoop dat dit je allemaal is
gelukt in de korte tijd die we hebben.

Het andere traject, het economisch benutten
van de energie stof, heb ik op een andere
manier voorbereid. Ik heb tijdens de
jaarlijkse familiebijeenkomst van de tien
rijkste families van de planeet iets uitgehaald
in de verwachting dat jij daar baat bij zou
kunnen hebben. Ik heb Henk, Fabrice, Mark
en Julien onder hypnose gebracht. Henk is
de grote man van de diamantmijnen en
andere delfstoffen, Fabrice is van twee grote

kledingketens en geurstoffen, Mark is van de energie-industrie en Julien komt uit de onroerend goed sector. Alle vier zijn multimiljonair. Onder hypnose heb ik ze gezegd jou elk vijfhonderd miljoen te willen lenen onder door jou, als Memola, te stellen voorwaarden. Ik heb ze een foto van jou getoond, deze foto." Ze liet een foto zien waar Memola zelf inderdaad op stond. "Het is een foto van dezelfde vermomming die ik al eens eerder heb benut. Ik weet niet wie je zult tegen komen maar hier moet je het mee doen. De leningen zijn bedoeld om de producten die je in de markt wilt zetten, bij voorkeur auto's, snel te kunnen opstarten. "

Ze keek weer even recht in de camera.

"Alle uitvindingen verder zul je echt allemaal zelf moeten ontdekken. Alle technische uitwerkingen zul je zelf moeten doen. Uit eerdere ervaringen weet ik dat na ruim een maand je haren beginnen uit te groeien en komt de gele haarkleur weer door. Daarom ook deze termijn. In de eerste plaats hoop ik dat je de medicijn voor Pam hebt kunnen maken. Verder hoop ik dat je iets hebt kunnen doen om auto's in de markt te zetten met behulp van de leningen. Dit eerste deel eindigt hiermee. Druk op de spatiebalk voor het tweede deel."

Memola haalde eens goed adem. Ze wilde even niet nadenken. Ze drukte meteen op de spatiebalk.

Het beeld werd weer gevuld met de blondine. Kim Ton.

Ze vond het nog steeds zeer verwarrend dat zij en Kim Ton dezelfde zouden zijn.

"Hallo Memola, Voordat ik je de metamorfose laat zien moet ik je nog een ding vertellen. Ik ben enkele dagen geleden in contact gekomen met een zware crimineel. Roland. Hij wilde mij versieren maar ik had geen tijd voor hem. Eerst hebben we elkaar toevallig ontmoet in een restaurant waar we allebei alleen zaten te eten en daardoor in gesprek raakten. Daarna hebben we afgesproken bij de ruimtehaven. Daar moest ik hem hypnotiseren omdat hij te opdringerig werd. Ik heb de gelegenheid te baat genomen om ook hem een toezegging te laten doen voor een lening van vijfhonderd miljoen. Ik denk dat de kans reëel is dat hij iets met je probeert uit te halen. Ik heb gezorgd dat hij je niet zal bezeren.

Nu zal ik beginnen met de metamorfose. Je moet je realiseren dat je geheugen, nadat ik de metamorfose heb doorgevoerd weer snel zal terugkeren. Deze opname zal worden gewist, Niemand hoeft te weten dat ik hypnose heb misbruikt, want zo voel ik het wel. Ik hoop dat de stof die Pam helpt jou, en dus mij, ook helpt tegen onze kwaal."

Het geluid stierf weg. De dame op het scherm begon haar haren af te scheren met een tondeuse, hele korte stekeltjes van twee centimeter lengte bleven achter. Alle blonde lokken vielen weg. Alleen daardoor al veranderde het gezicht volledig. Met een kleine kwast werden de haren donker geverfd. Het ging snel en efficiënt. Met een crème werd de gezichtshuid ingesmeerd en de huid werd wat licht geteint. Memola keek verrast naar zichzelf, een huivering trok door haar lichaam. Ze zag zichzelf. Het gezicht

glimlachte naar haar en het scherm werd
donker.


EINDE